El pueblo es inmortal

VASILI GROSSMAN

El pueblo es inmortal

Galaxia Gutenberg

La edición original de esta obra en lengua española fue publicada
por Ediciones en Lenguas Extranjeras en Moscú en 1946. El presente
volumen recupera íntegramente esa traducción revisada y corregida, así como
una actualización de Andrei Kozinets que se basa en el manuscrito original
del autor e incluye el texto previamente censurado y eliminado.

Traducción del ruso

Publicado por
Galaxia Gutenberg, S.L.
Av. Diagonal, 361, 2.º 1.ª
08037-Barcelona
info@galaxiagutenberg.com
www.galaxiagutenberg.com

Primera edición: octubre de 2023

© The Estate of Vassili Grossman, 2023
de la introducción, epílogo y sus notas: © Robert Chandler y Julia Volohova, 2022
de la traducción de la introducción, Orden núm. 270,
listado de personajes y epílogo: © Amelia Pérez de Villar, 2023
© de la traducción de los fragmentos añadidos en esta edición
y las notas al texto principal: Andrei Kozinets, 2023
© Galaxia Gutenberg, S.L., 2023

Preimpresión: Maria Garcia
Impresión y encuadernación: Sagrafic
Depósito legal: B 12643-2023
ISBN: 978-84-19738-02-8

Introducción

En las primeras horas del 22 de junio de 1941 Hitler invadió la Unión Soviética. Stalin se había resistido a dar crédito a los más de ochenta avisos de Inteligencia que le advertían de las intenciones de Hitler, y el ataque tomó a las fuerzas soviéticas por sorpresa. En veinticuatro horas se destruyeron más de dos mil aviones soviéticos. Durante los meses siguientes los alemanes envolvieron, en repetidas ocasiones, ejércitos soviéticos enteros. A finales de ese año habían logrado llegar a las afueras de Moscú y más de tres millones de soldados soviéticos habían muerto o caído prisioneros.

Según parece, antes de la invasión alemana, Grossman estaba atravesando una depresión. Tenía sobrepeso y andaba con bastón, a pesar de sus treinta y pocos años. Incluso en estas condiciones y con sus problemas de visión, se presentó voluntario para unirse a las tropas. Si —como a tantos colegas suyos que se habían alistado en las milicias de escritores— le hubieran aceptado, probablemente habría muerto al cabo de dos o tres meses. Pero le mandaron al *Red Star* —el periódico del Ejército Rojo, de publicación diaria— y no tardó en convertirse en uno de los corresponsales de guerra soviéticos más conocidos, admirado no sólo por la potencia de sus narraciones sino también por su valentía. Durante la guerra el *Red Star* fue tan importante como el *Pravda* y el

Izvestia, los periódicos oficiales del Partido Comunista y del Soviet Supremo; muchos de los mejores escritores de la época fueron colaboradores suyos y contaba con un gran número de lectores entre civiles y militares. Al principio de la guerra su tirada era de unos trescientos mil ejemplares, cada uno de los cuales, sobre todo en el frente, lo leía mucha gente.

David Ortenberg, redactor jefe del *Red Star*, era plenamente consciente del talento de Grossman. En abril de 1942 le dio licencia para tomarse dos meses de permiso y dedicarse a escribir una novela corta sobre una unidad militar soviética que rompe el cerco alemán. Grossman fue entonces a reunirse con su familia, en Chístopol, una pequeña ciudad de Tartaristán a la que habían sido evacuados muchos escritores soviéticos, Borís Pasternak entre ellos.

A Grossman le abatía la falsedad de muchas de las historias y artículos que se publicaban en la época hablando del heroísmo del Ejército Rojo. El 17 de julio escribió a su padre: «Estoy a punto de terminar: sólo me quedan dos capítulos. Terminaré para el 20, y al parecer saldré [para Moscú – R. C.] el 21 o el 22. Cuando leo lo que he escrito a alguien, en voz alta, siempre recibo halagos emocionados. La gente se muestra muy, muy entusiasta. Pero no es porque mi historia sea buena: lo que ocurre es que mis pobres colegas están escribiendo muy mal en este momento. ¿Has leído la historia de Panfiorov en el *Pravda*? Es lógico que después de eso cualquier cosa medio decente parezca extraordinaria». Grossman apunta críticas similares en sus cuadernos de la época de la contienda. En septiembre de 1941 escribe un texto donde cita una frase del editorial de otro periódico militar: «Su incesante avance no permitía al enemigo hacerse fuerte en línea alguna».[1] Y en la nota siguiente desprecia el trabajo de otro mal periodista reproduciendo una broma que había oído a sus colegas: «Iván Pupkin mató a cinco alemanes con una cuchara».[2]

El pueblo es inmortal, la primera novela soviética sobre la guerra, se publicó por entregas en el *Red Star* entre julio y agosto, y recibió la aclamación general. Grossman continuó cubriendo las principales batallas de la guerra, desde la defensa de Moscú hasta la caída de Berlín, y sus artículos fueron siempre muy valorados, tanto por los soldados rasos como por los altos mandos militares. En la línea del frente los soldados se reunían en grupos a escuchar mientras uno leía en voz alta sus textos en el único ejemplar del *Red Star* de que disponían; el escritor Víktor Nekrásov, que luchó en Stalingrado siendo muy joven, lo recuerda así: «Leíamos y releíamos los periódicos, con los artículos de [Grossman] y Ehrenburg, hasta que se caían a pedazos».[3]

Los artículos de Grossman se publicaron una y otra vez, en un sinfín de ocasiones: en varios periódicos militares, en folletos distribuidos por toda la Unión Soviética y, a veces, incluso en el *Pravda*. Su libro *Años de guerra* –un grueso volumen publicado por primera vez en 1945 y que incluye una versión revisada de *El pueblo es inmortal*, el largo artículo de Grossman sobre Treblinka, dos historias cortas y veintiún artículos del *Red Star*– fue traducido a varios idiomas, entre ellos el inglés, el francés, el neerlandés y el alemán.[4] *El pueblo es inmortal* se publicó en un volumen independiente en danés, galés y la mayoría de los idiomas de la Europa del Este, entonces ocupada por los soviéticos.

Las tres novelas de guerra de Vasili Grossman son perfectamente reconocibles como obras de un mismo autor;

todas despliegan su agudeza para la introspección psico-
lógica y su talento para las descripciones, que nos tocan
los cinco sentidos. Pero los objetivos que él mismo se
impuso en esas novelas era muy distinto.

Su obra más conocida, *Vida y destino*, no es sólo una
novela, sino un ejercicio de filosofía moral y política en el
que se pregunta si es o no posible que una persona se
comporte de un modo ético cuando se la somete a una
violencia abrumadora. La primera versión de *Stalingrado*, escrita entre 1945 y 1947, es sobre todo una obra
conmemorativa, un tributo a todos los que murieron durante la guerra. *El pueblo es inmortal*, que narra las ca-
tastróficas derrotas de los primeros meses de la guerra, es
la contribución de Grossman al esfuerzo bélico soviético.
Grossman consigue aunar dos exigencias que estaban en
conflicto: por un lado, la novela es optimista y sube la
moral; por otro, incluye muchos aspectos que fueron objeto de controversia. Grossman no ahorra críticas a la
forma en que se está luchando en esa guerra.

El argumento es simple y convencional, al menos en
su disposición general. Lo que atrapa inmediatamente al
lector es la viveza de los detalles. Como sucede en las dos
novelas sobre Stalingrado, los pormenores de la vida militar –las bromas de la soldadesca, la disposición de los
pozos y trincheras y lo que piensan los soldados cuando
se enfrentan a los Panzer alemanes– se ofrecen de manera sucinta y clara. Las descripciones del mundo natural
que nos ofrece Grossman no resultan menos convincen-
tes. Su relato de un destacamento de reclutas campesinos
que marcha, de noche, atravesando campos de cereal, no
sólo nos permite oír, ver y sentir la escena completa: también nos ofrece una visión inesperada de lo que esa marcha nocturna va a significar para los propios hombres:
«Marchaban por campos aún sin segar, y en medio de la

oscuridad, por el susurro de los granos que caían, por el crujido de la paja bajo las botas, por el murmullo de las espigas que se enganchaban a las guerreras, reconocían el trigo, la cebada, el alforfón, la avena. Y en la marcha con las pesadas botas militares por el delicado cuerpo de la cosecha no recogida, el grano, susurrante como la triste lluvia y que palpaban en la oscuridad, hablaba a muchos corazones campesinos de la guerra y de la sangrienta invasión con mayor elocuencia y fuerza que los incendios que ensangrentaban el horizonte; que el rojo pespunte de las balas trazadoras, que ascendían lentamente hacia las estrellas; que los azulados haces de los reflectores, oscilantes en el cielo; que el lejano y sordo retumbar de las explosiones de las bombas».

Los personajes que dibuja Grossman son simples, pero hábiles. Entre los más memorables están Lioña, un niño de once años decidido a no desprenderse de su revólver negro de juguete mientras camina, durante varios días, tras las líneas alemanas, convencido de que conseguirá encontrar a su padre, comisario; la rebelde abuela de Lioña, a la que disparan tras abofetear a un oficial alemán; Bruchmüller, un coronel de artillería alemán respetado y experimentado que admite que le perturba enormemente no ser capaz de entender el temperamento ruso, y Semión Ignátiev, mujeriego y narrador talentoso que resulta ser uno de los más valientes soldados de la tropa, y uno de los que más recursos tienen.

Hay varios capítulos dedicados a la vida en Bielorrusia bajo la ocupación alemana. Grossman nos muestra ese mundo desde varias perspectivas distintas: la del joven Lioña, la de dos muchachas, algo mayores que él, que contemplan todo lo que las rodea como un sueño enloquecido que, simplemente, no puede durar mucho más, la de Kotenko, un campesino antisoviético acérrimo que al principio se alegra de la llegada de los alemanes, y la de Ignátiev, airado por la visión de los oficiales y soldados alemanes que comen, beben y se divierten en un pueblo igual al suyo.

Grossman pasó la mayor parte de los años de la guerra en la línea del frente, y era enorme –e inusual– su capacidad para ganarse la confianza de soldados rasos y altos mandos por igual. La gente hablaba con él con toda libertad, y eso le permitió crear una imagen de la vida durante la guerra que reproducía fielmente sus vivencias. En esta edición se incluye el texto de la novela junto con muchos pasajes del manuscrito de Grossman hasta ahora inéditos.

Esta versión extendida de la novela nos permite ver que fue mucho más controvertida de lo que uno puede llegar a imaginar. Como en casi toda su obra, a lo largo de tres décadas de carrera profesional, Grossman escribió instalado en la frontera de lo permisible. No nos sorprenderá, por tanto, que algunas de sus ideas menos ortodoxas fueran eliminadas por sus editores, pero sí que consiguiera introducir muchas de sus críticas al pensamiento militar convencional en el periódico militar más importante de la Unión Soviética.

Y particularmente chocante es la frecuencia con la que sus personajes más positivos –el capitán Babadzhanián y el comisario de batallón Bogariov– hablan y actúan desafiando la decisiva Orden núm. 270 emitida por el Stavka (el mando del Soviet Supremo) el 16 de agosto de 1941. No es sólo la independencia con la que proceden Babadzhanián y Bogariov, arriesgándose a ser acusados de insubordinación: es que ambos muestran, además, una indulgencia inaceptable al limitarse a reprender a subordinados suyos que –según dicha orden– tendrían que haber sido ejecutados en el acto.

El texto de la última parte de esta orden, de una brutalidad sorprendente, es el que sigue a esta introducción. Servirá no sólo para poner de relieve la audacia del criterio de Grossman, sino también para ilustrar la desesperación de Stalin al intentar controlar la caída en picado del Ejército Rojo.

ROBERT CHANDLER y JULIA VOLOHOVA,
septiembre de 2021

Orden núm. 270, emitida por el Stavka (Alto mando del Soviet Supremo) el 16 de agosto de 1941

En conclusión:

¿Podemos tolerar que en las filas del Ejército Rojo haya cobardes que se rindan al enemigo y deserten, o comandantes que, de manera tan ruin ante el mínimo impedimento, se arrancan los galones y se repliegan a la retaguardia? ¡No! ¡No podemos tolerarlo! Si damos rienda suelta a estos cobardes y desertores no tardarán en llegar las consecuencias: la desintegración de nuestro ejército y la destrucción de nuestra patria. Hay que acabar con los cobardes y desertores. ¿Puede llamarse comandante a un hombre que se esconde en la trinchera, si aparta los ojos del campo de batalla, si no observa el curso de la lucha desde la línea del frente? ¡No! Ese hombre no puede considerarse comandante de un batallón o un regimiento, sino un impostor. Si damos rienda suelta a estos impostores no tardarán en convertir nuestro ejército en una simple burocracia a gran escala.

[...]

ORDEN PRIMERA:
1. Que todos los comandantes y funcionarios políticos que, durante el combate, se despojen de sus galones y deserten, replegándose a la retaguardia o bien rindiéndose al enemigo, se considerarán desertores intencionados,

por lo que sus familias quedarán bajo arresto en calidad de parientes de un hombre que ha violado un juramento y traicionado a su patria.

Se insta a todos los altos cargos, comandantes y comisarios, a ejecutar a dichos desertores en cuanto los encuentren.

Listado de personajes

(No se incluyen los personajes a los que se menciona una sola vez.)

ALTO MANDO MILITAR

Víktor Andréyevich Yeriomin	Teniente general, jefe del frente C-en-C
Cherednichenko	Comisario de división y miembro del ejército del Frente
Iliá Ivanóvich	General, jefe del Estado Mayor
Piotr Efímovich	Coronel, jefe de operaciones, ayudante del jefe del Estado Mayor
Mursijin	Ordenanza
Orlovski	Comisario de batallón, secretario del Soviet
Samarin	General, comandante de una agrupación del ejército

PUEBLO DE MARCHÍJINA BUDA

Cherednichenko, María Timoféyevna (su nombre evoca el de Matriona Timoféyevna, una de las heroicas campesinas del largo poema narrativo de Nekrásov, *Quién es feliz en Rusia*)

Lioña	Nieto de María Timoféyevna
Grischenko	Presidente del koljós
Serguéi Ivanov Kotienko	campesino antisoviético
Vasili Kárpovich	Pastor

CUARTEL GENERAL DEL REGIMIENTO

Petrov	Coronel, comandante de división
Mertsálov	Mayor, comandante de regimiento
Semión Guermóguenovich Kudakov	Jefe del Estado Mayor de Mertsálov
Kochetkov	Mayor, comandante del primer batallón
Babadzhanián	Capitán, comandante del segundo batallón
Mishanski	Teniente, ayudante del jefe de Estado Mayor
Koslov	Teniente al mando de un pelotón de reconocimiento
Serguéi Aleksándrovich Bogariov	Comisario de batallón
Kosiuk	Teniente, comandante de la compañía de ametralladoras

UNIDAD DE OBUSES

Vasili Rumiántsev (Vasia)	Capitán, oficial al mando de la unidad
Serguéi Nevtúlov (Seriozha)	Comisario de la unidad
Klenovkin	Teniente

BATALLÓN DE BABADZHANIÁN

Semión Ignátiev	Soldado de la primera compañía de fusileros
La vieja Bogachija	Anciana del pueblo de Ignátiev que ha sido su mentora
Marusia Pesóchina	Prometida de Ignátiev
Vera	Una bella joven refugiada que está en Gómel
Sedov	Amigo de Ignátiev que anteriormente fue mecánico en Moscú
Iván Rodímtsev	Koljosiano de Riazán; amigo de Ignátiev
Zhaveliov	Soldado de la primera compañía de fusileros

EL PUEBLO ES INMORTAL

Agosto[1]

Aquella tarde del verano de 1941, la artillería pesada avanzaba en dirección a Gómel. Las piezas eran tan enormes que hasta los expertos soldados del convoy, habituados a todo, contemplaban con interés las colosales trompas de acero. El aire vespertino estaba saturado de polvo, que cubría de una capa gris los rostros y la ropa de los artilleros, y les inflamaba los ojos. Sólo algunos marchaban a pie; los más iban sentados en las piezas. Uno de los combatientes bebió agua de su casco de acero y las gotas rodaron por su barbilla; sus dientes, humedecidos, brillaban, y parecía que reía, pero no era así. Su rostro reflejaba concentración y cansancio.

–¡Aviones! –gritó con voz estentórea el teniente que marchaba en cabeza.

Dos aviones volaban raudos hacia la carretera por encima de un pequeño robledal. Los hombres, preocupados, los siguieron con la vista e intercambiaron opiniones:

–¡Son nuestros! Es un «borrico».[2]

–No, son alemanes: será un Junkers o un Heinkel.

Y como siempre en estos casos, alguien dio muestras de la agudeza nacida en el frente:

–Son nuestros, son nuestros. ¿Dónde está mi casco?

Los aviones volaban en perpendicular al camino, claro indicio de que eran soviéticos. Los aviones alemanes, por lo general, al divisar una columna tomaban un rumbo paralelo a la carretera con el objetivo de ametrallarla o bombardearla con proyectiles de poco calibre.

Poderosos tractores arrastraban los cañones por la calle de la aldea. Entre las casitas de adobe encaladas y los pequeños jardincillos poblados de ondulantes centauras doradas y de peonías rojas, llameantes a la luz crepuscular; entre las mujeres y los viejos barbicanos sentados en los bancos de tierra, entre el mugido de las vacas y los ladridos de los perros, los enormes cañones, que avanzaban por la aldea sumida en el sopor de la tarde, ofrecían un aspecto extraño y fantástico.

Junto al pequeño puentecillo, que gemía bajo el terrible y desacostumbrado peso, se hallaba estacionado un coche ligero, esperando a que acabasen de pasar los cañones. El chófer, por lo visto habituado a tales detenciones, fumaba un cigarrillo de liar mientras contemplaba sonriente al artillero que bebía agua del casco. El comisario de batallón sentado a su lado se limitaba a mirar de vez en cuando hacia delante, esperando ver aparecer la cola de la columna.

—Camarada Bogariov —dijo el chófer con acento ucraniano—, ¿no sería mejor pernoctar aquí? La noche se nos echa encima.

El comisario negó con un movimiento de cabeza.

—No, tenemos que darnos prisa —respondió—; debo llegar hoy sin falta al Estado Mayor.

—De todos modos, de noche no podremos avanzar por estos caminos y nos tocará dormir en el bosque —indicó el chófer.

El comisario soltó una carcajada.

—¿Qué te ocurre, te han entrado ganas de beber un poco de lechecita?

–¡Pues claro! ¡No nos vendría mal beber leche y co-
mernos unas patatas fritas!

–Y un ganso asado –añadió no sin ironía el comisario.

–¡Pues claro! –respondió el chófer con jovial entusiasmo.

–Dentro de tres horas tenemos que haber llegado al
Estado Mayor, sin importar la oscuridad ni el estado de
las carreteras.

Poco después, el coche se lanzaba por el puente. Unos
chiquillos aldeanos rubios e incansables corrieron tras él,
pisando silenciosamente el polvo con sus pies descalzos
como si caminaran por el agua.

–¡Tiítos, tiítos –gritaban–, cojan unos pepinos, cojan
unos tomates, cojan unas peras! –Y tiraban por la venta-
nilla abierta del auto pepinos y peras todavía sin sazonar.
Bogariov saludó a los pequeños agitando una mano y, en
aquel mismo instante, un escalofrío de emoción recorrió
su cuerpo. Era habitual en él experimentar aquel sentimiento de aflicción y ternura al ver cómo los pequeños
campesinos despedían al Ejército Rojo en retirada.

Antes de la guerra, Serguéi Aleksándrovich Bogariov
era profesor de marxismo-leninismo en uno de los institutos de enseñanza superior más importantes de Moscú.
Como sentía una ferviente vocación por la investigación
básica, trataba de dedicar el menor número posible de
horas a las clases. Concentraba todo su interés en un trabajo científico que había emprendido hacía dos años.
Dicha investigación era seguida con gran interés por los
dirigentes del Instituto Marx-Engels-Lenin. En un par de
ocasiones, fue convocado a reuniones por el Comité
Central del Partido en las que expuso algunas conclusio-
nes previas de la investigación. Se trataba de sentar las
bases teóricas del principio colectivo de la labor indus-

trial y agrícola en Rusia. Su esposa estaba disgustada con él porque pasaba poco tiempo con la familia: marchaba de casa antes de las nueve de la mañana y no regresaba hasta las once de la noche. Después de volver del trabajo, se sentaba a cenar, sacaba de su cartera algún manuscrito y se enfrascaba en su lectura. Ante las preguntas de su mujer sobre si le gustaba la cena, si no le faltaba sal a la tortilla, él le contestaba lo primero que se le venía a la cabeza. La mujer unas veces se enfadaba y otras se reía, pero Bogariov le decía invariablemente: «Sabes, Lisa, hoy he sentido un verdadero placer leyendo unas cartas extraordinarias de Marx dirigidas a Lafargue: las acaban de encontrar en un viejo archivo». Entonces, se ponía a explicarle el contenido de las cartas. Ella lo escuchaba hablar, dejándose llevar involuntariamente por su interés y apasionamiento. Ella lo amaba y estaba orgullosa de él porque sabía cuánto lo apreciaban y valoraban sus compañeros de trabajo y cuánto entusiasmo mostraban al mencionar la pureza, la entereza y la transparencia de su carácter.

Su ineptitud para las cosas prácticas y su incapacidad de abordar las cuestiones menores de la vida cotidiana, enternecían a Yelisaveta Vlásievna. Cuando en verano, una vez acababa el curso académico, se iban de vacaciones al balneario de Teberda en el Cáucaso, ella se encargaba de todas las gestiones relacionadas con los trámites del viaje, la adquisición de billetes, la reserva del taxi y la contratación del mozo de cuerda: Serguéi Aleksándrovich, que, en su trabajo o en el curso de un debate, sabía mostrarse inflexiblemente voluntarioso y perseverante, demostraba ser totalmente inútil a la hora de tener que afrontar todos aquellos quehaceres elementales.

Al estallar la guerra, Serguéi Aleksándrovich Bogariov se convirtió en el jefe de la Sección de Propaganda entre las fuerzas enemigas, aneja a la Dirección Política del Frente. Había momentos en que añoraba las frías salas del archivo del instituto, su escritorio atestado de papeles, la lámpara de despacho, el chirrido de las ruedecillas de la escalera que la bibliotecaria movía de una estantería a otra. A veces, en su cerebro surgían determinadas frases de su trabajo inacabado, y entonces se ponía a meditar sobre las cuestiones que tan viva y ardientemente le habían apasionado a lo largo de su vida.

El coche avanzaba por uno de los caminos de la zona de guerra. Nubes de polvo flotaban sobre esos caminos: polvo oscuro color ladrillo, polvo amarillento, gris, fino, polvo levantado por cientos de miles de botas militares, las ruedas de los camiones y las orugas de los tanques, los tractores y los cañones, las pezuñas de las ovejas y de los cerdos, las manadas de caballos de labor y los numerosos rebaños de vacas, los tractores koljosianos y los desvencijados carros de los refugiados, los *laptis*[3] de los campesinos y los zapatitos de las muchachas evacuadas de Bobrúisk, Mosir, Zhlobin, Shepetovka y Berdíchev. Ese polvo envolvía Ucrania y Bielorrusia, flotaba sobre el territorio soviético, confería a todos los rostros un tinte cadavérico. De noche, el resplandor de las aldeas en llamas teñía el oscuro cielo agosteño de un rojo siniestro. El ruido ensordecedor de las explosiones de las bombas de aviación retumbaba en los sombríos robledales y pinares, en los bosques de abedules, en las trémulas pobedas; las balas trazadoras, verdes y rojas, pespunteaban el tupido terciopelo celeste; relampagueaban los fogonazos de los obuses antiaéreos; en la tenebrosa altura se oía el monótono zumbido de los Heinkel, cargados de bombas, y parecía que el ronquido de sus motores decía «trai-i-go, trai-i-go»... Los ancianos, las viejas y los niños de las aldeas y caseríos acompañaban a los combatientes en retirada y les decían: «Bebe un poco de leche, querido. Come un poco de requesón. Toma un pastelillo, unos pepinillos para el trayecto, hijito...».

Regueros de lágrimas eran los ojos de las viejas, que entre miles de rostros graves, cansados y cubiertos de polvo buscaban el de sus hijos. Extendían las manos, que sostenían pequeños paquetes con regalos, y suplicaban: «Toma, toma, querido; os quiero a todos como a mis hijos».

Serguéi Aleksándrovich Bogariov llevaba cincuenta días recorriendo los caminos de la guerra. A veces se preguntaba: «¿Qué queda ahora mismo de mi vida anterior a la guerra, de mi esforzada labor de oro, de aquellas alegrías y decepciones, de las ideas y de las páginas manuscritas?».

Las hordas alemanas, cuyos individuos se contaban por millones, avanzaban desde occidente. Sus tanques exhibían como emblema calaveras con tibias cruzadas, dragones verdes y rojos, bocas de lobo, colas de zorro y cabezas de ciervo. Cada soldado alemán llevaba en sus bolsillos fotografías del París vencido, de la Varsovia destruida, del Verdún deshonrado, del Belgrado reducido a cenizas, de Bruselas y Ámsterdam, de Oslo y Narvik, de Atenas y Gdynia invadidos. Los oficiales guardaban en sus carteras de bolsillo fotografías de chicas y mujeres alemanas con bucles y rizos, vestidas con pantalón de pijama a rayas; cada oficial llevaba sus amuletos: cascabeles de oro, hilos con corales, muñequillos de serrín con pequeños ojos de cristal. Cada uno de ellos poseía un diccionario militar alemán-ruso de bolsillo, con frases obvias y estereotipadas: «¡Manos arriba!», «¡Alto!», «¿Dónde está tu arma?», «¡Ríndete!». Cada soldado alemán se sabía de memoria las palabras «leche», «pan», «huevos», «coco» y «traiga, traiga» en un ruso chapurreado. Venían de occidente, seguros de la grandeza e invencibilidad de la Alemania fascista después de conquistar Dinamarca en menos de un día, Polonia en diecisiete días, Francia en treinta y cinco, Grecia en ocho,[4] Países Bajos en cinco, y convencidos de que necesitaban no más de setenta y cinco días para subyugar Ucrania, Bielorrusia y la gran Rusia.

Y decenas de millones de hombres se alzaban para hacerles frente, hombres venidos del límpido Oká y del ancho Volga, del sombrío y amarillento Kama, del espumoso y helado Irtysh; de las estepas de Kazajistán y de la cuenca del Donetsk; de las ciudades de Kerch, Astrakán y Vorónezh. El pueblo organizaba su defensa: decenas de millones de brazos fieles cavaban zanjas antitanque, trincheras, refugios y pozos; los susurrantes bosques y arboledas inclinaban dócilmente sus troncos, obstaculizando las carreteras y los soñolientos caminos vecinales; las alambradas envolvían los territorios de las fábricas y empresas; las barras de hierro se transformaban en erizos antitanque, cerrando las plazas y calles de nuestras pequeñas y queridas ciudades, llenas de verdor.

A veces, a Bogariov le extrañaba la facilidad y rapidez con que había sido capaz de alterar el rumbo de su vida anterior. Le satisfacía haber podido conservar su calmoso raciocinio en una situación tan grave, y haber sabido obrar enérgica y eficientemente. Y aunque consideraba que esto era lo principal, también veía que las vicisitudes de la guerra no le habían cambiado, que seguía siendo el mismo de antes, que había conseguido salvaguardar su mundo interior. La gente confiaba en él, le estimaba y sentía la fuerza de su espíritu lo mismo que antaño, cuando sentaba cátedra en los debates filosóficos. Se alegraba por lo inquebrantable de su fe, diciéndose a menudo: «Mis estudios de la filosofía marxista no fueron en vano: su dialéctica revolucionaria fue una buena instrucción de orden cerrado para afrontar esa guerra en la que las civilizaciones más antiguas de Europa se han venido abajo». No obstante, el puesto que desempeñaba no le satisfacía; juzgaba que no mantenía un contacto bastante estrecho con los soldados –la palanca principal en la guerra– y quería dejar la Dirección Política para integrarse en las filas del ejército de operaciones.

Con frecuencia, una de sus funciones consistía en interrogar a los prisioneros alemanes –en su mayoría cabos y suboficiales–, y observaba que el sentimiento de odio hacia el fascismo, que no le abandonaba ni un solo instante, se transformaba durante los interrogatorios en desprecio y asco. En la mayor parte de los casos, los prisioneros se mostraban cobardes: en el acto y sin reticencias declaraban el número de su unidad y el armamento que utilizaban, aseveraban ser obreros, simpatizantes con el comunismo que, incluso, habían estado en la cárcel por sus convicciones revolucionarias, y todos exclamaban unánimes: *«Hitler kaput, kaput!»*, a pesar de que era evidente que en su fuero interno estaban convencidos de lo contrario.

Las cartas que habían recibido de casa y las que les fueron requisadas, impresionaban a Bogariov por la pobreza de su contenido. En ellas, abundaban descripciones entusiastas del proceso de preparación de carne de pollo, de cerdo, de ganso; se detallaban las cantidades de crema y miel consumidas; aparecían descripciones de paisajes teñidas de sentimentalismo. Algunas de las cartas parecían albaranes de una tienda de manufacturados: «Acuso el recibo de tu paquete con sedas, agua de colonia y ropa interior de mujer. Gracias. No dejes de hacernos llegar con uno de los próximos envíos un jersey de abrigo para el abuelo, aparte de varios rollos de hilo de lana, botas infantiles, etc.».

Pocas veces solían comparecer ante él fascistas que, en cautiverio, encontrasen valor para hacer manifestaciones de fidelidad a Hitler y de fe en la superioridad de la raza germana, llamada a esclavizar a los demás pueblos del mundo. A esos, Bogariov tenía la costumbre de interrogarlos detalladamente. Resultaba que no habían leído nada, ni siquiera folletos y novelas fascistas, que no conocían a Goethe o a Beethoven, y tampoco a pilares del Estado alemán como Bismarck o Moltke, Federico el Grande y Schlieffen, figuras célebres entre los militares. Sólo conocían el nombre del secretario de su organización de distrito del Partido Nacionalsocialista y creían a pies juntillas en que los alemanes eran seres superiores y en que, entre estos, el Führer, Goering y el sabio de Goebbels eran los primeros entre iguales. En consecuencia, se arrogaban el derecho de hollar los trigales que ellos no habían cultivado y derramar la sangre sagrada de los niños, basándose en aquella idea abyecta, propia de ignorantes y totalmente falsa, de su superioridad.

Bogariov estudiaba detenidamente las órdenes del mando alemán, en las que veía una insólita capacidad de organización: los alemanes sabían saquear, arrasar y bombardear de un modo organizado y metódico; sabían organizar la recogida de botes de conserva vacíos en los acantonamientos militares; sabían elaborar el complejo plan de movimiento de una enorme columna, teniendo en cuenta miles de detalles que cumplían con una exactitud matemática. En su capacidad de obedecer de un modo mecánico y de marchar sin cavilaciones, en el complejo e intenso desplazamiento de aquellos millones de soldados sujetos a una férrea disciplina, había algo animal, impropio del libre raciocinio del hombre. No era la cultura de la razón, sino la civilización de los instintos, un modo de proceder más acorde con la organización de las hormigas y de los animales que viven en rebaño.

Desde que se encontraba en el ejército, Bogariov, entre la gran masa de cartas y documentos alemanes, había encontrado únicamente dos misivas (una enviada por una mujer joven a un soldado y otra de un soldado que no llegó a enviarla) con ideas exentas de automatismo, con sentimientos libres de vulgaridad repugnante; cartas llenas de vergüenza y amargura por los terribles crímenes que cometía el pueblo alemán.

Una vez tuvo que interrogar a un viejo oficial, antiguo profesor de literatura, y este también resultó un hombre pensante que odiaba sinceramente al hitlerismo.

–Hitler –dijo a Bogariov– no es un creador de valores nacionales, es un usurpador. Se ha apoderado de la laboriosidad y de la cultura industrial del pueblo alemán como el bandido ignorante que roba un magnífico automóvil construido por un ingeniero.

«¡Nunca, jamás –pensaba Bogariov–, lograrán vencer a nuestro país! Cuanto más exactos sean sus cálculos en los detalles y menudencias, cuanto más matemáticos sean sus movimientos, tanto mayor será su impotencia para comprender lo esencial, tanto más atroz será la catástrofe que les espera. Planean pequeñeces y detalles, pero sólo piensan en dos dimensiones. Artesanos metódicos, es lo que son. En la guerra, que ellos han desatado, no han llegado a conocer las leyes del movimiento histórico, y estas no pueden llegar a ser conocidas por gente que simplemente se deja llevar por sus instintos y por el más bajo utilitarismo.»

El vehículo circulaba cortando el aire fresco de los oscuros bosques, a través de puentecillos tendidos sobre tortuosos riachuelos, por valles envueltos en niebla, bordeando calmosos lagos en cuyo fondo titilaban las estrellas del inmenso cielo de agosto. El chófer dijo en voz baja:

–Camarada comisario, ¿se acuerda del soldado que bebía agua del casco, aquel que estaba sentado sobre el cañón? Pues se me ha ocurrido que es posible que fuera mi hermano. Sólo ahora he comprendido por qué me llamó tanto la atención.

2

El Consejo Militar

Antes de que diera comienzo la reunión del Consejo Militar, el comisario de división Cherednichenko salió a dar un paseo por el parque. Caminaba despacio, deteniéndose de vez en cuando para llenar de tabaco su pipa corta. Cuando hubo dejado atrás el antiguo palacio con su alta y sombría torre y con su reloj parado, se dirigió hacia el estanque, sobre cuyas aguas se inclinaban las verdes y pobladas ramas de los árboles. El sol matutino bañaba con su nítida luz los cisnes que nadaban en el lago. Parecía que la lentitud de sus movimientos y la tensión de sus graciosos cuellos obedecieran a la enorme densidad del agua verdinegra. Cherednichenko se detuvo y, meditabundo, se puso a contemplar las aves de albo plumaje. La arena húmeda crujía bajo sus botas. Desde el lado de la Sección de Enlace, por la alameda que bordeaba el estanque, vio acercarse a un comandante de edad madura con barba negra. Cherednichenko le conocía: era de la Sección de Operaciones y un par de veces le había informado de la situación. Una vez hubo llegado frente al comisario, el comandante exclamó:

–¡Permítame dirigirme a usted, camarada miembro del Consejo Militar!

–¡Informe! –ordenó Cherednichenko mientras miraba a los cisnes que, alarmados por la potente voz del comandante, se dirigían hacia la orilla opuesta.

34

–Acaba de recibirse un parte del jefe de la 72.ª división de Infantería.

–De Makárov, si no me equivoco.

–Exacto. De Makárov. Informaciones de suma importancia, camarada miembro del Consejo Militar. Ayer, cerca de las once de la noche, el enemigo puso en movimiento grandes masas de tanques y fuerzas motorizadas. Los prisioneros informaron de que pertenecían a tres divisiones de tanques escogidas del ejército de Guderian y que se dirigían a Únech-Nóvgorod-Siéversk. –El comandante miró a los cisnes y añadió–: Según las declaraciones de los prisioneros, las divisiones de tanques no están completas.

–Así es –dijo Cherednichenko–. Me enteré anoche.

El comandante escrutó el ajado rostro del comisario y sus grandes ojos rasgados. El color de estos era más claro que el de su tez morena, que había conocido los vientos y los fríos de la guerra ruso-alemana de 1914 y las expediciones esteparias durante la guerra civil. La cara del comisario parecía serena y meditativa.

–¿Me permite retirarme, camarada miembro del Consejo Militar? –preguntó el comandante.

–Infórmeme del último parte de operaciones del sector central.

–Parte de operaciones con datos de las 04.00.

–¡Vaya, ya me ha salido con los cero cero! –exclamó Cherednichenko–. ¿Y si fuera de las tres y cincuenta y siete minutos?

–Es posible, camarada miembro del Consejo Militar –dijo el comandante con una sonrisa–. No contiene nada de extraordinario. En los demás sectores el enemigo no ha revelado gran actividad. Sólo al oeste de la travesía ocupó la aldea de Marchíjina Buda, y en el curso de esa operación perdió cerca de un batallón y medio.

–¿Qué aldea? –preguntó Cherednichenko mientras se volvía hacia el comandante.

–Marchíjina Buda, camarada miembro del Consejo Militar.

–¿Está seguro? –preguntó Cherednichenko con voz severa y fuerte.

–¡Absolutamente! –El comandante hizo una pausa y, sonriendo, agregó con voz culpable–: Hermosos cisnes, camarada miembro del Consejo Militar. Ayer en el bombardeo perecieron dos; han sobrevivido los polluelos.

Cherednichenko volvió a encender la pipa y lanzó una bocanada de humo.

–Con su permiso.

Cherednichenko asintió con la cabeza. El comandante dio media vuelta, haciendo chocar sus tacones, y se encaminó hacia el Estado Mayor pasando junto al oficial de enlace de Cherednichenko, que estaba apoyado en un añoso arce con una pistola Mauser colgada del cinto. El comisario permaneció inmóvil largo rato mirando los cisnes, las brillantes manchas de luz estampadas en el verde raso de la superficie del lago. Después dijo en voz baja y ronca:

–¿Qué será de ti, madre, que será de Lioña, nos veremos algún día? –Y empezó a toser con esa tos seca de los viejos soldados.

Cuando volvía hacia el palacio con su habitual paso lento, el oficial de enlace, que le estaba esperando, le preguntó:

–Camarada comisario de división, ¿me permite enviar un coche en busca de su madre y su hijo?

–No –respondió Cherednichenko, y tras fijar sus ojos en el sorprendido rostro de su ayudante, añadió–: Marchíjina Buda fue ocupada por los alemanes anoche.

El Consejo Militar celebraba sus reuniones en una sala alta y abovedada cuyas alargadas y angostas ventanas estaban cubiertas con cortinas. El mantel rojo con flecos que cubría la mesa parecía negro en la penumbra. Unos quince minutos antes de empezar la reunión, el secretario de guardia, avanzando silenciosamente por la alfombra, se acercó al oficial de enlace y le dijo en voz muy baja:

—Mursijin, ¿han traído las manzanas para el jefe?

El oficial respondió con desparpajo:

—Ordené, como siempre, que trajeran también agua de Narzán y cigarrillos Sévernaia Palmira. Mire, ahí lo traen todo.

En la habitación entró un ordenanza con una fuente de manzanas verdes y varias botellas de Narzán.

—Colóquelo todo en aquella mesilla —indicó el secretario.

—¿Acaso cree que no lo sé, camarada comisario de batallón? —inquirió el ordenanza.

Unos minutos más tarde entró en la sala el jefe del Estado Mayor, un general con expresión de descontento y cansancio al que seguía un coronel, jefe de la Sección de Operaciones, con un rollo de mapas. El coronel era delgado, alto y de tez rojiza; el general, por el contrario, era grueso y de tez pálida; sin embargo, ambos guardaban un cierto parecido. El general preguntó al ayudante, que se había cuadrado:

—¿Dónde está el jefe?

—Hablando por teléfono, camarada general mayor.

—¿Hay enlace?

—Ha sido restablecido hace unos veinte minutos.

—Ya ve usted, Piotr Efímovich —dijo el jefe del Estado Mayor—, ¡y su ponderado Stemejel había prometido arreglarlo para el mediodía!

–¡Tanto mejor, Iliá Ivanóvich! –le respondió el coronel, y con el tono familiar, autorizado para un inferior en ese tipo de circunstancias, añadió–: ¿Piensa usted acostarse algún día? ¡Lleva ya tres noches sin dormir!

–¿Sabe usted?, ¡la situación es tal que en lo que menos piensa uno es en dormir! –respondió el jefe del Estado Mayor, y tras acercarse a la mesilla cogió una manzana. El coronel, que estaba extendiendo los mapas sobre una mesa grande, también estiró el brazo para coger otra. El oficial de enlace, que permanecía en postura marcial, y el secretario, que se hallaba sonriente junto a la biblioteca, intercambiaron una mirada.

–¡Ahí lo tiene, es ese mismo! –dijo el jefe del Estado Mayor mientras se inclinaba sobre el mapa y miraba la gruesa flecha azul que señalaba la dirección que había seguido la columna de tanques alemanes hacia la profundidad del semicírculo rojo de las líneas defensivas soviéticas. Miraba el mapa con los ojos entornados; luego mordió la manzana y, frunciendo el ceño, exclamó–: ¡Demonios, qué porquería más ácida!

El coronel también hincó los dientes en la manzana y se apresuró a decir:

–Lleva razón, es vinagre puro. –Y en un tono de enfado preguntó al oficial de enlace–: ¿Es posible que no se hayan podido conseguir mejores manzanas para el Consejo Militar? ¡Qué escándalo!

El jefe del Estado Mayor se echó a reír.

–Sobre gustos no hay nada escrito, Piotr Efímovich. Es un encargo especial del jefe, a quien le gustan las manzanas ácidas.

Se reclinaron sobre la mesa y entablaron conversación a media voz. El coronel dijo:

—Amenazan la línea principal de comunicaciones; es fácil descifrar el objetivo de su movimiento, vea: ¡quieren rodear nuestro flanco izquierdo!

—¡Vaya! Ya nos ha salido usted con lo de rodear —observó el general—. Digamos «amenaza potencial de que nos rodeen».

Dejaron las manzanas mordidas sobre la mesa y, los dos a un tiempo, se cuadraron cuando irrumpió en la sala el jefe del frente, Yeriomin, hombre alto, delgado y de pelo corto en el que brillaba la plata de las primeras canas. Entró con pasos ruidosos; no caminaba por la alfombra, como todos, sino sobre el crujiente piso encerado.

—¡Salud, camaradas, salud! —dijo. Y, al fijarse en el jefe del Estado Mayor, le preguntó—: ¿Qué le pasa a usted, por qué tiene tan mal aspecto, Iliá Ivanóvich?

Por lo habitual, el jefe del Estado Mayor se dirigía al jefe del frente por su nombre y patronímico —Víktor Andréyevich—, pero esta vez, ante una reunión tan importante del Consejo Militar, respondió con voz sonora:

—Me encuentro perfectamente, camarada teniente general —y preguntó a su vez—: ¿Me permite darle cuenta de la situación?

—Bueno. Ahí viene precisamente el comisario de división —indicó el jefe del frente.

Cherednichenko entró en la sala, saludó en silencio con un movimiento de cabeza y se sentó a la mesa.

—¡Un momento! —exclamó el jefe del frente, y abrió la ventana de par en par—. ¿Acaso no se acuerda de que ordené que abriesen las ventanas? —reprendió con severidad al secretario.

La situación de la que informó el jefe del Estado Mayor era compleja. Las cuñas del ejército fascista alemán realizaban movimientos de pinzas sobre los flancos de nuestras unidades, amenazando con envolverlas. Nuestras tropas se retiraban a nuevas posiciones. Dichas retiradas se producían en el curso de unos combates encarnizados; la artillería soviética hacía retumbar sus cañones día y noche: centenares de miles de obuses pesados eran disparados con estrépito contra el enemigo. Nuestras divisiones lanzaban contraataques a diario: en cada río, en cada terreno accidentado, alrededor de los barrancos, en medio de bosques y ciénagas, tenían lugar cruentos y prolongados combates. Pero el enemigo avanzaba y nosotros nos replegábamos. El enemigo ocupaba una ciudad tras otra, invadiendo vastos territorios. Cada día, la radio y los periódicos fascistas anunciaban más y más nuevos triunfos. La propaganda hitleriana cantaba victoria. También entre nosotros había gente que sólo veía lo que le parecía irrefutable: los alemanes avanzaban; las tropas soviéticas se batían en retirada. Y esa gente creía la guerra perdida, estaba nerviosa, anonadada, no esperaba nada bueno del porvenir. Eran incapaces de comprender las duras y complejas leyes de la más terrible guerra que el mundo hubiese conocido jamás. No se percataban de los procesos que se daban a nivel molecular dentro de los ingentes organismos de los países en contienda; no notaban cómo se endurecía y ganaba músculo nuestra defensa ni cómo perdía empuje y se desangraba la ofensiva enemiga. El *Völkischer Beobachter*[5] encabezaba sus páginas con grandes titulares en rojo; en los clubes fascistas se pronunciaban discursos de júbilo; las mujeres alemanas esperaban el retorno de sus maridos, que parecía cuestión de días, a lo sumo de semanas. Sin embargo, en los pasillos del Estado Mayor de la Wehrmacht, cuando acababan las reuniones, ciertos generales veteranos mantenían entre ellos en voz baja unas conversaciones que destilaban alarma, y se callaban bruscamente en presencia de cualquiera de aquellos altos mandos jóvenes y optimistas, los incondicionales de la estrategia nacionalsocialista.

Al calor del sol abrasador de agosto, que dificultaba la respiración, los prisioneros germanos sudaban mientras observaban curiosos al comisario de batallón Bogariov quien, para su sorpresa, les interrogaba sobre las reservas de equipos de invierno en los almacenes del ejército alemán. Y es que los estrategas fascistas, de pensamiento bidimensional, pagados de sí mismos y expertos en detalles rutilantes aunque de poca importancia, no fueron capaces de columbrar la coordenada del tiempo: uno de los condicionantes más relevantes en la gran batalla de las naciones que se libraba en los campos de Bielorrusia y Ucrania.

El ponente y su ayudante el coronel, el secretario, el jefe del frente y el comisario: todos veían la flecha azul incrustada en el cuerpo del país soviético. Al coronel aquella flecha le parecía terrible, impetuosa, incansable en su movimiento por el papel cubierto de líneas. El jefe del frente sabía más que los otros sobre las divisiones y los regimientos de reserva, sobre las unidades que se encontraban en la profunda retaguardia y que marchaban desde el este hacia el oeste; tenía una noción perfecta de las zonas de combate; percibía físicamente los accidentes orográficos, la fragilidad de los pontones tendidos por los alemanes, la profundidad de los rápidos riachos, la fangosidad de los pantanos, donde se proponía hacer frente a los tanques fascistas. Para él, la guerra no se desarrollaba sólo sobre los cuadrados del mapa, tal y como la veían los oficiales del Estado Mayor y de la Sección de Operaciones. Se combatía en tierra rusa, sobre un territorio con bosques selváticos, con nieblas matutinas, con luz incierta en los crepúsculos, con denso cáñamo sin recoger, con altos trigales, con almiares, con hórreos, con aldehuelas sobre las abruptas orillas de los ríos, con barrancos cubiertos de matorrales. Percibía la longitud de las carreteras y de los tortuosos caminos vecinales, sentía el polvo, el azote de los vientos y de las lluvias; veía los apeaderos volados, las vías destruidas en los empalmes. Y la flecha azul cuya punta se asemejaba a la de un anzuelo no le infundía temor ni le emocionaba. Era un general de sangre fría, que amaba y conocía su país, al que le gustaba luchar y que sabía hacerlo. Sólo ansiaba una cosa: la ofensiva. Pero ahora tenía que retroceder y eso le atormentaba.

Su jefe de Estado Mayor, profesor en una academia, poseía todas las cualidades del militar ilustrado, conocedor de los métodos tácticos y capaz de tomar decisiones estratégicas. El jefe del Estado Mayor disponía de una vasta cultura histórico-militar y era aficionado a buscar las semejanzas y diferencias en las operaciones llevadas a cabo por los ejércitos, cotejándolas con otras batallas de los siglos XIX y XX. Estaba dotado de una viva inteligencia no inclinada a los dogmas, y mientras conversaba con sus asistentes solía señalarles: «Camaradas, hay que recordar que la cooperación, dinámica e intensa, entre distintos tipos de armas, es uno de los principios fundamentales de la guerra moderna de maniobra. ¡Sí, la maniobra!». Atribuía un gran valor a la capacidad de maniobra del mando supremo alemán, a la movilidad de la infantería fascista y a la habilidad de su fuerza aérea para cooperar con las tropas terrestres. Entendía la guerra en un sentido amplio, que incluía el plano estratégico, el económico y el histórico-político. Era un auténtico académico de la guerra con todos los rasgos propios de un militar, un representante de la cultura intelectual de nivel europeo. Una noche soñó que, en su despacho del Estado Mayor, sometía a un examen al mismísimo Gamelin[6] y le abroncaba por su incapacidad de comprender la peculiaridad fundamental de la guerra moderna. Le amargaba la retirada de nuestros ejércitos y consideraba que la flecha azul apuntaba a su propio corazón de militar ruso.

El jefe de la Sección de Operaciones, un coronel cumplidor, sabedor refinado de su oficio, gran experto y poseedor de conocimientos específicos, amoldaba sus pensamientos a las categorías de la topografía militar. Para él no existía más realidad que la de los cuadrados del mapa a escala 1:2000; se acordaba con exactitud de cuántos mapas habían sido cambiados en su mesa y de qué desfiladeros estaban señalados con lápiz azul o rojo. Le parecía que la guerra se desarrollaba sobre los mapas y que la hacían los Estados Mayores. El curso de la guerra le afligía: opinaba que la retirada de nuestro ejército era inevitable. Las flechas azules del movimiento de las columnas motorizadas alemanas, dirigidas hacia los flancos del ejército soviético, según creía, avanzaban de acuerdo a las leyes matemáticas de las escalas y de las velocidades. En este movimiento no veía más leyes que las geométricas.

Cherednichenko, el comisario de división, era un hombre callado y de actitud serena, que se había ganado el apodo de «el Kutúzov-soldado».[7] En los momentos más críticos de los combates, en torno a este hombre paciente, lento y de expresión taciturna se generaba una atmósfera de extraordinaria calma. Sus burlonas y cortantes réplicas, sus agudos y expresivos exabruptos eran repetidos y recordados con frecuencia. Todos conocían muy bien su corpulenta figura. Solía pasear despacio mientras fumaba meditabundo su pipa, o permanecía sentado en algún banco con el ceño fruncido, y pensaba.

Y a todos los oficiales y soldados se les llenaba el pecho de alegría cuando veían a este hombre de pómulos salientes, ojos entornados y ceño fruncido con su pipa corta en la boca.

Durante el informe del jefe del Estado Mayor, Cherednichenko permaneció cabizbajo, y para el resto de los oyentes era imposible discernir si escuchaba con atención o estaba sumido en sus pensamientos. De vez en cuando, miraba por la ventana; luego volvía a estar cabizbajo, el codo apoyado en el borde de la mesa. Una sola vez se incorporó y se acercó al informante para ver el mapa.

Concluido el informe, el jefe del frente comenzó a formular preguntas al general y al coronel; de cuando en cuando miraba al comisario, esperando que tomase parte en la discusión. Se respiraba tensión en el ambiente. A cada instante el coronel sacaba del bolsillo de su guerrera una estilográfica, le quitaba el capuchón, probaba la pluma en la palma de la mano y la guardaba de nuevo, pero pasado un instante volvía a lo mismo. Cherednichenko le observaba. El jefe del frente se paseaba por la sala y el entablado crujía bajo el peso de su corpachón. Una sombra nublaba el rostro de Yeriomin: el movimiento de los tanques alemanes tendía a envolver el flanco izquierdo de uno de sus ejércitos.

–Escucha, Víktor Andréyevich –dijo inesperadamente el comisario–, desde pequeño te acostumbraste a las manzanas verdes que robabas en los huertos de los vecinos, y aún hoy no les has perdido el gusto, sin darte cuenta de que haces sufrir a la gente, como puedes ver.

Todos fijaron la mirada en las manzanas mordidas que yacían una al lado de la otra, y se echaron a reír.

–Tienes razón, ¡no hay que servir sólo manzanas verdes, es una verdadera vergüenza! –reconoció Yeriomin.

—¡Así se hará, camarada teniente general! —dijo el secretario con una sonrisa.

Cherednichenko se acercó al mapa y preguntó al jefe del Estado Mayor:

—¿Qué es lo que hay ahí? ¿Propone usted que nos fortifiquemos en estas posiciones?

—¡Precisamente, camarada comisario de división! Víktor Andréyevich cree que aquí podremos emplear del modo más activo y con la máxima efectividad los medios de defensa de que disponemos.

—Así es —intervino el jefe del frente—, pero el jefe del Estado Mayor propone, para un mejor desarrollo de la maniobra, efectuar un contraataque en el sector de Marchíjina Buda y recuperar esa población. ¿Qué opinas tú, comisario?

—¿Recuperar Marchíjina Buda? —preguntó Cherednichenko, y algo en el tono de su voz llamó la atención de los presentes. Encendió su pipa apagada, lanzó una bocanada de humo, lo disipó con la mano y se quedó durante largo rato contemplando el mapa—. ¡No! Me opongo —anunció y, deslizando la boquilla de la pipa sobre el mapa, se puso a explicar por qué consideraba inútil aquella operación.

El jefe del frente dictó una orden sobre el reforzamiento del flanco izquierdo y la reorganización de la agrupación de Samarin, y ordenó al mismo tiempo que se enviase al encuentro de los tanques alemanes una de las unidades de infantería de su reserva.

—¡Ah! ¡Qué buen comisario les voy a mandar! —dijo Cherednichenko mientras firmaba tras el jefe la orden dictada.

En aquel momento retumbaron con fuerza los estallidos de unas bombas de aviación. Se oyeron las ráfagas precipitadas de los cañones antiaéreos de pequeño calibre y el quedo y monótono zumbido de los motores de los bombarderos alemanes. Ninguno de los presentes siquiera movió la cabeza en dirección a la ventana. Tan sólo el jefe del Estado Mayor dijo al coronel, con una nota de enfado en la voz:

–Ahora, dentro de unos cinco minutos, en la ciudad sonarán las sirenas...

–Reflejo retardado –dijo el coronel.

Cherednichenko se dirigió al secretario:

–Camarada Orlovski, llame a Bogariov.

–Está aquí, camarada comisario de división. Pensaba comunicárselo después de la reunión.

–Está bien –dijo el comisario, y mientras abandonaba la sala le preguntó a Yeriomin–: Entonces, ¿estamos de acuerdo respecto a las manzanas?

–Sí, sí, comisario, estamos de acuerdo –respondió el jefe del frente–. ¡Habrá manzanas para todos los gustos!

–Perfecto –asintió Cherednichenko, y se encaminó hacia la puerta acompañado del general y el coronel, que sonreían. Ya en el umbral, le hizo un comentario a este último–: Coronel, estaba de más todo ese manoseo de la estilográfica, ¿a qué venía eso? ¿Acaso cabe dudar aunque sea un segundo? ¡No, mil veces no! ¡Hay que vencer a los alemanes sí o sí!

A Orlovski, secretario del Consejo Militar y que se consideraba buen conocedor de las relaciones humanas, siempre le había resultado extraño el afecto que el comisario de división mostraba hacia Bogariov. Aquel viejo militar, con casi treinta años de servicio en el ejército ruso, acostumbraba a tratar con cierto escepticismo a los jefes y comisarios de la reserva. Bogariov, comandante de reserva y estudioso de filosofía antes de la guerra, constituía una excepción que el secretario no podía explicarse.

En las conversaciones con Bogariov, el comisario sufría una metamorfosis completa: dejaba a un lado su mutismo y una vez incluso se quedó con Bogariov en su despacho casi hasta el amanecer. En aquella ocasión el secretario no podía dar crédito a lo que oía: el comisario hablaba de forma locuaz y apasionada. Cuando el secretario entró en el despacho, los dos interlocutores estaban inquietos, mas no parecía que hubiesen estado discutiendo; se diría que habían mantenido una conversación de extraordinaria importancia para los dos. Ahora, tras salir de la sala donde se había celebrado la reunión, el comisario no sonrió como de costumbre al ver a Bogariov, que se cuadró ante él. Cherednichenko se le acercó con expresión grave en el rostro y dijo con una voz que el secretario no le había oído ni en las paradas militares más solemnes:

—Camarada Bogariov, ha sido usted nombrado comisario de una unidad de infantería a la que el mando encomienda una tarea de suma importancia.

—¡Agradezco la confianza depositada en mí! —contestó Bogariov.

3

La ciudad a oscuras

Antes de la guerra, Semión Ignátiev, soldado de la primera compañía de infantería, mozo alto y de constitución fornida, vivía en uno de los koljoses[8] de la región de Tula. La notificación del Comisariado Militar del distrito le fue entregada de noche, cuando reposaba en el henil, a la misma hora en que Bogariov recibía el aviso telefónico de que debía presentarse a la mañana siguiente ante la Dirección General Política del Ejército Rojo. A Ignátiev le gustaba recordar aquel momento con su círculo de amigos.

—¡Oh, qué despedida me depararon! Por la noche llegaron de Tula mis tres hermanos, que trabajan en la fábrica de ametralladoras, junto con sus mujeres; vino también el maestro mecánico de la Estación de Máquinas y Tractores; soplamos de lo lindo y cantamos hasta desgañitarnos.

Aquella fiesta le había parecido alegre y solemne, pero al despedirse, a Ignátiev se le hizo un nudo en la garganta cuando miró a su madre llorosa y a su anciano padre, empeñado en mantener la compostura, quien sacó de un cofre con sus manos temblorosas de anciano dos cruces de San Jorge con las que había sido condecorado durante la Primera Guerra Mundial, y las enseñó al hijo. «Mira, Sienka —le dijo el viejo—, aquí puedes ver mis dos cruces de plata de San Jorge; otras dos que tenía, de oro, las he dado para el empréstito de la libertad. Toma ejemplo de tu padre, zapador que hizo saltar por los aires un regimiento alemán entero, con un puente y todo», y aunque el viejo se esforzaba por ocultarlo, muy a gusto habría roto a llorar como las mujeres. De sus cinco hijos, Semión era su preferido, el más jovial y cariñoso.

Semión era novio de la hija del presidente del koljós, Marusia Pesóchina, que estaba haciendo en la ciudad de Odóyev unos cursillos de contaduría de los que debía regresar después del primero de julio. Las amigas, y especialmente la madre, la habían advertido de la actitud demasiado alegre y voluble de Sienka Ignátiev. Cantor y danzarín, gran amigo de la bebida y las juergas, parecía incapaz de enamorarse debidamente de una muchacha y serle fiel durante largo tiempo. Pero Marusia les replicaba: «A mí me da igual, chicas; le quiero tanto que cuando le veo se me enfrían los pies y las manos y hasta me pongo a temblar».

Cuando estalló la guerra, Marusia pidió dos días de permiso y en una noche recorrió treinta kilómetros a pie para verse con su novio. Llegó a casa de madrugada y allí se enteró de que la víspera habían trasladado a los movilizados a la estación. Sin descansar lo más mínimo, Marusia volvió a cubrir a pie los dieciocho kilómetros que la separaban de la estación ferroviaria, donde se encontraba el punto de concentración. Allí le comunicaron que los movilizados habían partido en tren, pero se negaron a indicarle en qué dirección. «Secreto de guerra», la informó un teniente. Las fuerzas abandonaron a Marusia, que a duras penas logró llegar a casa de una conocida, la cajera de la sección de equipajes de la estación. Por la tarde su padre vino a buscarla con un caballo propiedad del koljós y la llevó a casa.

49

Semión Ignátiev se hizo célebre en cuanto ingresó en la compañía. Su buena fama rápidamente trascendió y corrió por todo el regimiento. Todos conocían a aquel hombre risueño, fuerte e incansable. Era un magnífico trabajador y manejaba cualquier herramienta como un músico su instrumento: con agilidad y presteza. Estaba dotado de la sorprendente cualidad de trabajar con tanta soltura y satisfacción que a cualquiera que estuviese un rato mirándole le entraban ganas de coger el hacha, la sierra o la pala y ponerse a hacer tan bien y con la misma ligereza lo que hacía Semión Ignátiev.

Poseía buena voz y conocía muchas canciones extrañas y antiguas, que le había enseñado la vieja Bogachija que vivía en un extremo del pueblo. Esta era una arpía insociable, que no dejaba entrar a nadie en su casa y que solía pasarse meses enteros sin cruzar una palabra con los vecinos. Incluso iba por agua al pozo de noche, para evitar encontrarse con las vecinas, que la importunaban con sus preguntas. De ahí que todos se extrañaran de que hiciese una excepción con Sienka, a quien dejaba entrar en su isba y le contaba cuentos y enseñaba las viejas canciones que conocía.

Durante un tiempo, Semión trabajó con sus hermanos en la famosa fábrica de armas de Tula; pero pronto pidió el salario y volvió a su aldea. «Allí no puedo respirar –decía–; para mí pisar nuestra tierra es tan necesario como el pan y el agua, y en Tula el suelo está empedrado.»

Con frecuencia paseaba por los campos vecinos, el bosque o el río, llevando una caña de pescar o un escopetón de mala muerte, cosa que hacía más que nada para despistar y evitar que se burlasen de él. Solía andar siempre a buen paso, con la cabeza descubierta y el pelo revuelto, mas de pronto se detenía, escuchaba el canto de los pájaros, sacudía la cabeza, lanzaba un suspiro y reanudaba la marcha. A veces se encaramaba a una alta loma sombreada de nogueras y se ponía a cantar. Y entonces, los ojos le brillaban como los de un ebrio. En la aldea le habrían tomado por un extravagante y se habrían reído de sus paseos con la escopeta al hombro de no ser porque estimaban extraordinariamente su fuerza y su formidable habilidad en el trabajo. Era capaz de jugarle a cualquiera una mala pasada, si bien las hacía con gracia; podía beber hasta la saciedad sin embriagarse, contar interesantes anécdotas o alguna historia picante, y nunca negaba un cigarrillo a sus interlocutores. En la compañía, todos le cobraron cariño de inmediato. Hasta el adusto brigada Mordvínov solía decirle, en un tono que tanto podía interpretarse de admiración como de reproche: «¡Ignátiev, qué alma más rusa tienes!».

Había trabado gran amistad con dos soldados: el mecánico Sedov, de Moscú, y el koljosiano Rodímtsev, de Riazán, soldado robusto y de rostro cetrino nacido en 1905. Rodímtsev había dejado en casa a su mujer embarazada y a sus cuatro hijas. Se hicieron amigos después de que Ignátiev le dijera a Rodímtsev: «Ya verás que esta vez seguramente tendrá un niño», a lo que Rodímtsev le repuso desconfiado: «Qué vas a saber tú», y sonrió. La sonrisa suavizaba sobremanera los duros rasgos de su rostro oscurecido.

En los últimos tiempos la unidad permanecía en reserva, acantonada en los suburbios de la ciudad. Algunos combatientes se habían instalado en las casas deshabitadas, que eran muchas, ya que de los ciento cuarenta mil habitantes más de cien mil se habían marchado al interior del país. Fueron evacuados los talleres de maquinaria agrícola, los de reparación de vagones ferroviarios y la gran fábrica de cerillas. ¡Qué triste aspecto presentaban las silenciosas naves de los talleres, las chimeneas apagadas, las calles desiertas del suburbio obrero, los quioscos azules, donde hasta hacía poco se vendían helados, cerrados! En uno de ellos solía resguardarse de la lluvia el soldado que dirigía el tráfico agitando banderines de diferentes colores. Sobre los antepechos de las ventanas de las casas, abandonadas por sus habitantes, se veían macetas con flores y plantas marchitas: ficus con sus pesadas hojas caídas y hortensias mustias. Bajo los árboles que sombreaban las calles estaban enmascarados los camiones militares; por las plazoletas destinadas a los niños y donde había montones de arena amarillenta cruzaban los autos blindados, pintarrajeados de verde y ocre, haciendo sonar sus sirenas, cuya estridente voz semejaba la de las aves de rapiña. Los suburbios se habían visto muy afectados por los bombardeos aéreos. A la entrada de la ciudad había un enorme almacén reducido a cenizas, con una inscripción ennegrecida por las llamas que decía: «¡Cuidado con el fuego!».

En la ciudad continuaban funcionando los comedores, una pequeña fábrica de jarabes y las peluquerías. A veces, después de la lluvia, brillaban en el follaje las gotas de rocío, los charcos despedían un brillo alegre y el aire se volvía suave y puro. Y, por unos instantes, la gente se olvidaba del terrible dolor que laceraba a todo el país, de que el enemigo se hallaba a no más de cincuenta kilómetros de su hogar habitual. Entonces experimentaban la ilusión de que su vida de antes no se había alterado. Las muchachas intercambiaban miradas con los soldados rojos, los achacosos viejos se calentaban al sol en los bancos de los jardincillos, los niños jugaban en la arena, preparada para sofocar las bombas incendiarias. A Ignátiev le gustaba aquella ciudad llena de vegetación y medio desierta. No experimentaba la honda pena que sentían los que habían quedado en ella. No veía las lágrimas en los ojos de los viejos, que dirigían miradas suplicantes a todos los militares que encontraban a su paso. No oía el llanto ahogado de las viejecitas, no sabía que cientos de ancianos se pasaban las noches en vela junto a las ventanas, escrutando la oscuridad con ojos humedecidos. Sus labios lívidos murmuraban un padrenuestro. Los viejos se acercaban a los lechos de sus hijas, que durante el inquieto sueño lloraban y lanzaban quejidos, de los durmientes y agitados nietos, y de nuevo ocupaban su sitio junto a las ventanas, tratando de adivinar hacia dónde marchaban los camiones envueltos por las tinieblas de la noche.

A las diez de la noche el toque de generala despertó a los combatientes. En medio de la oscuridad, los chóferes pusieron en marcha los motores de sus vehículos, que gruñían quedamente. Los habitantes salían a los patios y observaban en silencio los preparativos de los soldados. Una anciana judía, de constitución semejante a la de una niña huesuda y delgadita, que cubría su cabeza y hombros con un grueso chal, preguntaba a los combatientes:

–¿Qué me aconsejáis, camaradas, que me vaya o que me quede?

–¿Adónde vas a ir, madre? –inquirió el siempre alegre Zhaveliov–. Con tus noventa años y a pie no vas a llegar muy lejos.

La vieja movió la cabeza con tristeza, dando la razón a Zhaveliov. Permanecía quieta junto al camión, bañada por la luz azulada de los faros. Con una punta de su chal, la vieja limpiaba cuidadosamente, como si se tratara de la vajilla usada en Pascua, el guardabarros del coche, quitándole el lodo reseco. Ignátiev notó el gesto de la viejecita y de inmediato una profunda congoja embargó su joven corazón. Y la vieja, como si se hubiera dado cuenta de ello, rompió a llorar.

–¿Qué hacer, qué hacer? ¿Vosotros os marcháis, camaradas? ¿Sí? ¡Decídmelo!

El ronquido de los motores ahogaba sus débiles lamentos, y la vieja, viva encarnación de una pena resignada, a quien nadie oía, continuó murmurando:

–Mi marido está paralítico, mis tres hijos sirven en el ejército. El pequeño se alistó ayer en las milicias populares. Mis nueras han sido evacuadas de sus fábricas... ¿Qué hacer, camaradas, cómo salir de aquí, cómo salir?

El teniente se asomó al patio, llamó a Ignátiev y le dijo:

–Tres hombres se quedarán aquí hasta el amanecer para escoltar al comisario. Usted será uno de ellos.

–¡A sus órdenes, camarada teniente! –respondió con viveza Ignátiev.

Tenía deseos de quedarse aquella noche en la ciudad. Había descubierto que le gustaba mucho Vera, una joven refugiada que pertenecía al personal de limpieza de la redacción del periódico local. Solía regresar del trabajo después de las once, e Ignátiev acostumbraba a esperarla en el patio. Era una muchacha alta, de ojos negros y pechos generosos. Ignátiev se deleitaba pasando el rato sentado con ella en el banco, uno al lado del otro. Vera, entre suspiros, relataba con cantarín acento ucraniano su vida en Proskúrov antes de la guerra y cómo, de noche, había logrado escapar de los alemanes, llevándose consigo nada más que un vestido y un pequeño saco con galletas, y dejando en la casa a sus padres y a su hermanito pequeño; cómo los alemanes bombardearon con brutal saña el puente que cruzaba el Sozh, mientras ella marchaba en la columna de refugiados. Toda su conversación giraba en torno a la guerra: los cadáveres que había visto en el camino, sus amigas violadas y torturadas hasta la muerte, los niños asesinados y los incendios de las aldeas. De sus negros ojos no se borraba una expresión de tristeza y de horror. Cuando Ignátiev le ceñía el talle con su brazo, Vera le rechazaba y decía: «¿Para qué? Mañana tú te irás para un lado; yo, para otro. Tú no te acordarás de mí, y yo me olvidaré de ti». «Bien, ¿y qué? –respondía él–, a lo mejor no te olvido.» «¡Te olvidarás! De haberme encontrado antes, habrías oído mis canciones; ahora mi corazón no está para esas cosas.» Y seguía apartando su brazo. No obstante, a Ignátiev le gustaba estar a su lado, y seguía creyendo que Vera cambiaría de opinión y no le negaría su amor. Ya no pensaba tanto en Marusia Pesóchina y le parecía que, puesto que estaba en la guerra, no era un pecado imperdonable iniciar un nuevo amor con una muchacha bonita, si así lo quería esta. Mientras Vera contaba los horrores que había vivido, Ignátiev la escuchaba distraído, sin dejar de mirar sus cejas negras y sus ojos, al tiempo que aspiraba el aroma tenue que emanaba de su piel.

Los camiones, uno tras otro, salían a la calle; en la oscuridad, era difícil distinguir los rostros de los combatientes, ni tampoco era posible reconocer a ninguno de ellos por el tono de la voz: todos permanecían serios y en silencio. Se oyó una orden en voz baja y la columna se puso en marcha en dirección a la carretera de Chernígov. Los vehículos tardaron mucho rato en pasar por delante del banco donde estaba sentado Ignátiev. De pronto, todo quedó mudo e inmóvil en la oscuridad, y sólo en las ventanas clareaban las canosas barbas de los viejos y los cabellos blancos de las ancianas.

El cielo estaba tachonado de estrellas y tranquilo como un estanque; de cuando en cuando una estrella fugaz cruzaba el firmamento, y los militares creían que había sido abatida por un avión de guerra. Haría ya dieciséis días que la ciudad dormía tranquila por la noche: después de dos ataques nocturnos contra la estación de tren, la aviación alemana no había vuelto a aparecer. A la sazón, algunos creyeron que tras la evacuación de las industrias, el enemigo había perdido interés en seguir bombardeando la ciudad. Ignátiev esperó a Vera y le pidió que se quedara con él un rato en el banco.

–Estoy muy cansada, soldado.

–Quédate aunque no sea más que un ratito –insistió Ignátiev–. Mañana me marcho.

Y ella se sentó a su lado. En medio de la oscuridad, él clavó su mirada en el rostro de la muchacha. La veía tan bella y llena de ansia que el pobre soldado no hacía más que exhalar suspiros de tristeza. No cabía duda. Vera era muy bonita.

4

La alarma

Bogariov permanecía sentado a la mesa y meditaba. La entrevista con el jefe del regimiento, el Héroe de la Unión Soviética Mertsálov,[9] le había producido una pésima impresión.

Mertsálov le había tratado de forma cortés y atenta, pero a Bogariov le disgustó su tono engreído e indolente. Tampoco le gustó que aquel, antes de irse, le dijera al jefe de contabilidad, que también se marchaba en un viaje de inspección:

—Cada acto tiene que venir justificado con un papel: si no hay justificante, no se te ocurra hacer nada.

—En eso, no estoy del todo de acuerdo con usted —intervino Bogariov.

—Cuando sirva un tiempo en el regimiento, me dará la razón, camarada comisario de batallón. Antes yo también pensaba como usted —repuso Mertsálov.

Mientras Mertsálov informaba a Bogariov sobre los mandos del regimiento, los destacaba por las siguientes virtudes: «cumplidor», «cuidadoso», «preciso» o «cumple las órdenes con la puntualidad de un reloj y presenta informes detallados sin demora». Era curioso, pero la impresión que se llevó Bogariov de Mertsálov, no correspondía con la opinión que tenía de este el comisario de división, quien le había dicho a Bogariov: «¡Es un corajudo, un cabeza loca: habrá que contenerlo principalmente!».

Bogariov anduvo unos instantes por la habitación y, luego, dio unos golpecitos en la puerta del dueño de la casa.

–¿No duerme usted aún? –preguntó.

–No, no, pase –respondió una voz precipitada y senil.

La casa pertenecía a un viejo abogado, ahora pensionista. Bogariov había disfrutado al conversar dos o tres veces con él. El anciano ocupaba una habitación espaciosa, llena de estantes con libros y abarrotada de viejas revistas.

–Quiero despedirme de usted, Alekséi Alekséyevich –le anunció Bogariov–, nos vamos mañana.

–¡Será posible! –exclamó el viejo–; lo siento. En horas tan graves, el destino me obsequió con un interlocutor con el que había soñado largos años. En lo que me resta de vida, recordaré lleno de reconocimiento nuestras conversaciones vespertinas.

–¡Gracias! –respondió Bogariov–. Permítame ofrecerle un presente: un paquete de té chino. Sé que es usted muy aficionado a este brebaje.

La conversación continuó. El anciano dijo que pensaba marchar al cabo de unos días a Tashkent, donde vivía una sobrina suya.

–He decidido viajar sin mis libros –comentó apenado–. Me contaron que un bibliotecario conocido mío que vivía en Minsk había perdido el juicio después de presenciar cómo los señores alemanes rociaron con gasolina y quemaron la biblioteca de la Academia de Ciencias de Bielorrusia.

–Y bien –dijo a eso Bogariov–, esa quema de libros es digna de la superstición fruto de la impotencia que guía a un salvaje. De hecho, el pensamiento es indestructible. No hay fuerza capaz de rebatir las ideas de Marx y Lenin, como es imposible obligar, no ya a la humanidad sino a la naturaleza misma, a renunciar a Darwin y a Newton, a Copérnico y a Mendeléyev. La fuerza de Copérnico radica justamente en el hecho de que la Tierra gira alrededor del Sol, lo mismo que la fuerza de Lenin está en que las leyes naturales de la existencia y de la evolución de nuestro gran país están plasmadas en su doctrina. Rebatir a Lenin equivale a rebatir las leyes naturales de nuestra existencia. Nadie es capaz de hacerlo. Si bien es posible quemar un libro de Newton, no se puede reducir a cenizas la ley de la gravedad.

–Sí, es totalmente cierto –le dio la razón el anciano–: la Tierra gira.

–Faltaría más –dijo jovial Bogariov–, ¡gira y de qué manera!

–Sabe lo que le digo –prosiguió el anciano–, me gustaría hacerle una confesión. En 1917 estuve en contra de los bolcheviques: tenía la impresión de que su política de 1917 y de 1918 favorecía a Alemania. Y ahora, de pronto, veo todo aquello bajo una luz nueva. Aunque, probablemente, hacer una reflexión en profundidad y atar cabos, de eso no sería capaz: es demasiado complejo para mí.

–En eso reside la gran dialéctica de la historia –dejó caer despacio Bogariov–. Sus leyes no son tan sencillas de comprender, especialmente para las personas acostumbradas a pensar de forma lineal y regular. Y no sólo para estas: Plejánov, con su mente preclara y poderosa, no supo comprender que veinticinco años después de la Revolución leninista Rusia se convertiría en el enemigo irreconciliable, el principal, del imperialismo germano y que justamente la Revolución forjaría el poderío ruso capaz de hacer frente al hitlerismo.

–Reconozco que tampoco yo me lo había imaginado –dijo el viejo abogado.

–Y bien, le deseo todo lo mejor –se despidió Bogariov.[10]

Bogariov estrechó la mano de Alekséi Alekséyevich y volvió a su habitación. En aquellas breves semanas de guerra había leído una decena de libros sobre cuestiones militares, muchas obras específicas que sintetizaban la experiencia de las grandes guerras del pasado. La lectura era para él lo mismo que la comida y la bebida. Una noche, leyó un artículo de una revista a la luz de un incendio. La necesidad de leer le era tan orgánicamente connatural que ni siquiera su vista se resentía por el exceso de lecturas: nunca usaba gafas.

Pero aquella noche Bogariov no se puso a leer. Quería escribir unas cartas a su mujer, a su madre y a los amigos más íntimos. Tenía plena consciencia de las dificultades y del peligro que entrañaba la misión que iba a emprender su regimiento. A la mañana siguiente comenzaría una nueva etapa en su vida, y no estaba seguro de si podría mantener una correspondencia regular.

«¡Queridísima, alma mía! –comenzó su carta–, por fin he obtenido el nombramiento con el que soñaba y del que te hablé antes de mi partida, y como recordarás...»

Permaneció meditabundo mientras contemplaba las líneas escritas. Su mujer, naturalmente, se emocionaría y se afligiría al mismo tiempo al recibir la noticia de este nombramiento, con el que él había soñado. Pasaría noches sin dormir. ¿Merecía la pena comunicárselo?

En el umbral apareció la figura del brigada de la compañía.

–¿Da usted su permiso, camarada comisario? –preguntó.

–Pase, ¿qué ocurre?

–Hemos dejado un retén, camarada comisario, una camioneta y tres soldados. ¿Da usted alguna orden?

—Partiremos a las ocho de la mañana. El vehículo ligero necesita una reparación. Yo iré en la camioneta. Por la tarde daremos alcance al regimiento. Ahora escuche: que ningún soldado salga de la casa, dormiremos todos aquí. Revise personalmente la camioneta.

—¡A sus órdenes, camarada comisario!

Parecía como si el brigada quisiese añadir algo. Bogariov le miró interrogante.

—Camarada comisario, los reflectores están registrando el cielo como desesperados; por lo visto, pronto darán la señal de alarma.

El brigada salió al patio y llamó en voz baja:

—¡Ignátiev! ¡Que no se te ocurra salir del patio!

—Pero si no me muevo de aquí —contestó Ignátiev.

—Yo no sé si te mueves de aquí o no; la orden del comisario es que nadie abandone el patio.

—¡A sus órdenes, camarada brigada!

—Di, ¿cómo está el coche?

—¿Cómo va a estar? Listo.

El brigada alzó la vista hacia el hermoso cielo, miró las casas sumidas en la oscuridad y, después de bostezar, dijo:

—Oye, Ignátiev, despiértame si ocurre algo.

—¡A sus órdenes! De ocurrir algo le despertaré —dijo Ignátiev, si bien pensaba: «¡Qué tipo más pesado es este brigada! ¡Qué diablos hará aquí, en vez de meterse en la cama!».

Ignátiev volvió al lado de Vera y, abrazándola rápidamente, comenzó a susurrarle con pasión en el oído.

—¡Cómo eres! —respondió la joven, y él se dio cuenta de que Vera no le rechazaba. Ella misma le estaba abrazando—. ¡Cómo eres! No comprendes nada... —continuó en voz muy baja—. La verdad es que tengo miedo de amarte: a otro se le puede olvidar; a ti no. Entonces, pienso, tendré que llorarte también a ti. ¿De dónde voy a sacar las lágrimas? ¡Y eso que no podía suponer que hubiese tantas en mi corazón!

Ignátiev no supo qué responderle; por otra parte, Vera no necesitaba una respuesta, y él empezó a besarla.

Se oyó en la lejanía el silbido intermitente de una locomotora y, de inmediato, la corearon otras que llenaron el aire con su estridencia.

–¡Alarma! –dijo Vera quejumbrosa–, ¡alarma, otra vez la alarma! ¿En qué va a terminar todo esto?

Al punto, se oyeron a lo lejos las salvas convulsivas de los antiaéreos. Los rayos de los reflectores resbalaron cautelosos por el cielo, como si temiesen lacerar su fino y azulado cuerpo en las afiladas puntas de las estrellas, entre las que relampagueaban las explosiones de los obuses.

5

La muerte de una ciudad

Llegará un día en que el tribunal de los grandes pueblos iniciará sus sesiones, en que el sol alumbrará con repugnancia el hocico rapaz de Hitler, su estrecha frente y sus sienes hundidas, llegará el día en que al lado del verdugo de Europa se agitará pesadamente en el banquillo de la deshonra un hombre de mejillas fofas, el atamán de la vandálica aviación fascista.

«¡Que mueran!», exclamarán las viejas con los ojos ciegos de tanto llorar.

«¡Que mueran!», exclamarán los niños cuyos padres perecieron entre las llamas.

«¡Mueran! –exclamarán las madres que han perdido a sus hijos–. ¡Que mueran en nombre del sacrosanto amor a la vida!»

«¡Mueran!», gritará la tierra por ellos profanada.

«¡Mueran!», susurrará la ceniza de las ciudades y aldeas arrasadas. Y el pueblo alemán, horrorizado, verá fijas en él las miradas de desprecio y reproche, y lleno de pavor y vergüenza, gritará también: «¡Que mueran, que mueran!».

«¡Que mueran, no! ¡Que sean condenados a trabajos forzados a perpetuidad!», exclamarán los polacos y los serbios deportados y esclavizados en Alemania.

De los miles y miles de terribles crímenes cometidos por fascistas, uno de los más terroríficos lo constituyen los bombardeos aéreos de la población civil.

Pasarán cien años, y un joven alemán habrá de exclamar todavía: «¿Cómo hago para expiar el oprobio de ser nieto de un aviador fascista?».

Dentro de cien años los historiadores estudiarán horrorizados las órdenes redactadas calmosa y metódicamente, con racionalidad y esmero al estilo germano, por el Cuartel General del mando supremo del ejército alemán, dirigidas a los jefes de las escuadras y de los destacamentos aéreos. Y pensarán: ¿quién pudo escribirlas? ¿Fieras, locos o seres inanimados? ¿Quizá los dedos de acero de aritmómetros e integradores?

No existe una modalidad de la pena capital cuya ejecución podría hacer expiar al reo ni siquiera la milésima parte de la culpa de quienes redactaron aquellas órdenes ni tampoco la décima parte de la culpa de quienes las cumplían. Camaradas, ¡no existe tal pena capital ni puede existir!

El ataque de la aviación alemana se inició aproximadamente a medianoche. Los primeros aviones de exploración, que volaban a gran altura, dejaron caer unas bengalas con paracaídas y varias cajas con bombas incendiarias. Cuando las blancas lunas de las bengalas se inflamaron y quedaron suspendidas en el espacio, las estrellas empezaron a palidecer y difuminarse. La luz fría inundó las plazas, calles y callejuelas, sacando del negro mar de la noche toda la ciudad dormida: la blanca estatua de yeso de un muchacho con el clarín en los labios, que se alzaba frente al palacio de los Pioneros; las brillantes vitrinas de las librerías; los enormes globos de cristal, azules y rosados, en los escaparates de las boticas. Las oscuras ramas de los arces gigantescos del parque surgieron de pronto de la oscuridad, mostrando cada una de sus recortadas hojas; los grajos jóvenes y necios lanzaron sus alarmados graznidos, asombrados por la repentina llegada del amanecer. Quedaron iluminados los anuncios del teatro guiñol; las ventanas, con sus visillos y macetas con flores; la columnata del hospital; el pintarrajeado letrero de un restaurante; cientos de huertecillos, bancos y ventanucos; millares de puntiagudos tejados. Los tragaluces redondos de los desvanes reflejaron tímidamente la luz; unas manchas nacarinas comenzaron a desplazarse por el lustroso entarimado de la sala de lectura de la biblioteca municipal.

Envuelta en la blanca luz de las bengalas, se alzaba la ciudad durmiente; ciudad en la que vivían decenas de millares de viejos, mujeres y niños; ciudad que se había desarrollado durante nueve siglos; ciudad donde tres siglos antes había sido construido un seminario y una catedral blanca; ciudad en la que habían vivido generaciones de alegres estudiantes y hábiles artesanos. Por esta ciudad, en épocas fenecidas, pasaban las largas caravanas de los boyeros ucranianos; barbudos almadieros navegaban lentamente por delante de sus casas blancas y se persignaban al mirar las cúpulas de la catedral; ciudad famosa que había obligado a los intrincados y sombríos bosques a cederle su lugar; ciudad donde, siglo tras siglo, habían trabajado célebres fundidores, ebanistas, curtidores, pasteleros, panaderos, sastres, hojalateros, pintores y canteros. Y en aquella oscura noche de agosto, la antigua y hermosa ciudad, que se alzaba a la orilla del río, fue iluminada por la luz química de las bengalas.

Ya durante el día, los cuarenta bombarderos bimotores U-88 y Heinkel-111 habían sido dispuestos para el ataque. Los mecánicos alemanes, con una meticulosidad propia de boticarios, llenaban los depósitos de gasolina con el líquido transparente y volátil. Las bombas de metralla, verdinegras, y las incendiarias, plateadas, habían sido sujetas al fuselaje en la proporción adecuada para el bombardeo de una urbe. El jefe de escuadrilla había examinado el plan detallado del vuelo, elaborado por el Estado Mayor; los meteorólogos habían dado los partes exactos sobre el tiempo atmosférico. Los pilotos masticaban chocolate, fumaban, escribían a sus hogares pequeñas y grotescas tarjetas: todos ellos eran mozos presumidos, con el pelo cortado a la moda.

Los aviones, que se aproximaban con un gruñido monótono, fueron saludados por el fuego de las baterías antiaéreas; los reflectores los cazaban en las redes de sus rayos, y pronto uno de ellos se incendió. Dando volteretas, como un juguete de cartón, el avión caía, ora enredándose en el trapo negro de la humareda, ora escapando de él. Pero los pilotos ya habían descubierto la ciudad sumida en el sueño, iluminada por las bengalas.

Se empezó a oír el ulular de las bombas incendiarias arrojadas desde los aviones. Los instantes que aquellas toneladas de la muerte tardan en hacer impacto, son inefablemente angustiosos.

Una tras otra retumbaban las explosiones, haciendo temblar la tierra; saltaban ruidosamente los cristales, en las casas se desprendía el enlucido y se abrían de par en par puertas y ventanas. Mujeres a medio vestir, que sostenían en brazos a sus criaturas, corrían hacia las zanjas-refugio. Ignátiev sujetó a Vera del brazo y corrió con ella hacia la trinchera abierta junto a la verja. Allí estaban ya los pocos vecinos que habían quedado en la casa. Con paso lento, apareció en el patio el viejo abogado. Llevaba en la mano un paquete de libros atado con una pequeña

soga. Ignátiev ayudó al anciano y a Vera a bajar a la zanja y se precipitó hacia la casa. En aquel instante se oyó el
silbido de una bomba. Ignátiev se echó al suelo. Todo
el patio quedó envuelto en tinieblas y el aire se llenó del
fino polvo de ladrillo de un edificio vecino que se había
desplomado. Una mujer gritó:

–¡Gases!

–¡Qué gases ni qué demonios! –observó Ignátiev con
enfado–. Es polvo. ¡Cállate! –Y echó a correr hacia la
casa–. ¡Camarada brigada, los alemanes están bombardeando! –exclamó.

El brigada y los soldados, ya despiertos, se estaban
calzando. Las llamas del incendio que se había iniciado
iluminaban el aposento. Las escudillas de metal blanco
reflejaban las incipientes llamaradas sin humo. Ignátiev
miró a sus camaradas, que se vestían con rapidez y en
silencio; luego sus ojos se detuvieron en las escudillas y
preguntó:

–¿Habéis recogido mi cena?

–Sólo faltaría eso, hermano –exclamó Sedov–, que
nosotros te recogiéramos la cena mientras tú pelas la
pava... ¡contando las estrellas!

–¡Vamos, vamos, daos prisa! –refunfuñó el brigada–.
Tú, Ignátiev, ve a despertar al comisario.

Ignátiev subió al segundo piso. La vieja casa crujía
estremecida por las explosiones; las puertas chirriaban al
abrirse y cerrarse, en los aparadores tintineaba angustio-
samente la vajilla, parecía que todo el edificio temblase
como un ser vivo al ser testigo de la terrible y repentina
destrucción de sus semejantes. El comisario estaba de pie
junto a la ventana. No había oído entrar a Ignátiev. Una
nueva explosión sacudió la tierra; con un golpe sordo y
pesado el enlucido cayó y llenó la habitación de un polvillo seco. Ignátiev estornudó. El comisario, sin oírle, se-

guía junto a la ventana, contemplando la ciudad. «¡Vaya comisario que tenemos!», pensó Ignátiev, e involuntariamente le embargó un sentimiento de admiración. En la alta e inmóvil silueta que observaba los nacientes incendios había algo poderoso y atrayente.

Bogariov se volvió con lentitud. La expresión de su rostro era grave. El velo de un pensamiento amargo y tenaz se extendía por todo su semblante, y las mejillas enjutas, los ojos oscuros y los labios apretados estaban contraídos por una enorme tensión espiritual. «Severo como un icono», pensó Ignátiev, con la mirada fija en el comisario.

–Camarada comisario –dijo–, debería usted salir. Están bombardeando ahí al lado. Si atinan, no quedará nada de la casa.

–¿Cómo se llama usted?

–Ignátiev, camarada comisario.

–Camarada Ignátiev, transmita al brigada mi orden: hay que acudir en ayuda de la población civil. ¿Oye los gritos de las mujeres?

–Les ayudaremos, camarada comisario. Pero poco podremos hacer para sofocar los incendios. La mayoría de las casas son viejas, de madera, y los alemanes están incendiando cientos de ellas a la vez. No hay gente para apagar las llamas: los jóvenes han sido evacuados o se alistaron en las milicias. Sólo han quedado ancianos y niños.

–¡Camarada Ignátiev, recuerde siempre todo lo que está viendo! –exclamó el comisario–. ¡Recuerde siempre esta noche, esta ciudad y esos viejos y niños…!

–¡Nunca lo podré olvidar, camarada comisario!

Ignátiev contemplaba el rostro sombrío del comisario y se repetía: «Tiene razón, camarada comisario, tiene usted razón».

A continuación añadió:

–Si me lo permite, cogeré esta guitarra; de todos modos la casa arderá. A los soldados les gusta que toque la guitarra.

–¡Pero la casa no arde aún! –señaló con rigor Bogariov.

Ignátiev acarició con la mirada la hermosa guitarra, exhaló un suspiro y abandonó la habitación. Bogariov se dedicó a acomodar los papeles en su cartera de campaña, se puso el impermeable y el gorro y volvió junto a la ventana. La ciudad estaba ardiendo. El serpenteante humo, rojizo por las chispas, se elevaba a gran altura, y llamaradas de color ladrillo oscuro se agitaban sobre la plaza. Millares de luces –blancas, anaranjadas, amarillo pálido, rojas y azuladas– cubrían la ciudad como un enorme gorro de lana de Angora. El follaje de los árboles se arrugaba y se mustiaba. Las palomas, los grajos y los cuervos volaban alocados en el aire candente: también sus casas ardían. Los tejados de chapa, calentados al rojo vivo, fosforecían, al tiempo que crujían y chisporroteaban ruidosamente; el humo se escapaba por las ventanas llenas de macetas con flores y ora parecía blanco lechoso, ora negro fúnebre, rosado o gris ceniza. Tan pronto se arremolinaba, elevándose en finos y dorados hilillos y en rubios mechones, como, de repente, saltaba al exterior como una enorme y vertiginosa nube lanzada inesperadamente por el soplo de un enorme pecho, y así cubría la ciudad con su manto, se extendía sobre el río y los valles, quedaba colgado en jirones de los árboles del bosque. Las estrellas se habían sumido en la neblina causada por el humo por encima de la cual se percibía el ruido monótono de los bombarderos fascistas.

Bogariov descendió al patio. En medio de aquel mar de fuego y humo, entre las explosiones de las bombas y los gritos y sollozos de los niños, había hombres serenos que apagaban las llamas, cubrían de arena las bombas incendiarias, sacaban del fuego a los ancianos, evacuaban enseres de los apartamentos incendiados, trataban de establecer un cortafuegos para salvar de la quema las construcciones que empezaban a arder. Soldados, bomberos, agentes de la milicia, obreros, artesanos, sin importarles el aullido de la muerte, con los rostros ennegrecidos de hollín y la ropa humeante, luchaban con todas sus fuerzas por su ciudad, haciendo lo imposible por salvar y arrancar a las llamas aquello que aún se podía salvar y arrancar.

En medio del caos general, Bogariov notó de inmediato la presencia de aquellos hombres; surgían de entre el humo y el fuego, fundidos por una gran fraternidad; juntos desafiaban el peligro, penetraban en las casas envueltas en llamas y desaparecían entre el humo y el fuego, sin dar sus nombres, sin conocer los de los seres a quienes salvaban.

Bogariov vio cómo una bomba incendiaria caía sobre el tejado de una casa de dos pisos; chisporroteando como un cohete, la termita había comenzado a extenderse hasta formar una mancha deslumbrante. El comisario subió en un vuelo la escalera, penetró en el desván y, asfixiándose por el tufo a arcilla, que le recordó su infancia, se acercó a tientas a la claraboya, que despedía una luz turbia. Las planchas recalentadas del tejado le abrasaban las manos, las chispas saltaban sobre su ropa como unas pulgas rojas, pero Bogariov llegó rápidamente al lugar donde había caído la bomba y la echó abajo. El proyectil cayó sobre un macizo, iluminando por un instante los hermosos ásteres y dalias, y se hundió en la tierra mullida, donde comenzó a apagarse. Desde el tejado, Bogariov vio cómo de la casa vecina, que estaba ardiendo, dos hombres con uniforme de soldado sacaban a un viejo tendido en un catre. En uno de los soldados reconoció a

70

Ignátiev, el que le había pedido la guitarra; el otro era Rodímtsev, algo más bajo y más ancho de espaldas. La vieja judía les hablaba rápidamente; con seguridad, estaría agradeciendo a Ignátiev la salvación de su marido. Ignátiev la interrumpió con un ademán, y en su amplio, desinteresado y noble gesto pareció poner toda la grandeza y generosidad del alma del pueblo. En aquellos momentos se hizo más nutrido el fuego de los antiaéreos, a los que se había sumado el tableteo de las ametralladoras. Una nueva oleada de bombarderos fascistas atacaba la ciudad en llamas. De nuevo se oyó el taladrante aullido de las bombas lanzadas por los aviones. Una de aquellas bombas estalló muy cerca, justo en el momento en que Bogariov salía a la calle. La onda expansiva lo arrojó al suelo; se puso en pie, se sacudió la ropa y se dijo a sí mismo en voz alta: «¡Estoy sano y salvo!».

–¡A las zanjas! –gritó alguien.

Pero la gente, enardecida por la lucha, ya no hacía caso del peligro.

La noción del tiempo, de la duración y de la sucesión de los acontecimientos parecía haber abandonado a Bogariov. Junto a los demás, sofocaba los conatos de incendio, cubría con arena las bombas incendiarias, sacaba del fuego todo lo que podía salvarse y ayudaba a unos camilleros que habían llegado con una ambulancia para llevarse a los heridos. Luego corrió con sus combatientes a la maternidad, que había empezado a arder, y salvó los libros de la biblioteca municipal, incendiada también. Algunas escenas quedaron grabadas para siempre en su memoria: un hombre salió corriendo de su casa al tiempo que gritaba horrorizado: «¡Fuego, fuego!». De pronto, al ver que a su alrededor todo se había convertido en una inmensa hoguera, se calmó y, sentado en la calzada, permaneció inmóvil; también se grabó en su memoria cómo, repentinamente, en medio del calor y del humo, percibió una agradable fragancia: las llamas devoraban una perfumería. En su memoria quedó grabada la imagen de una joven que había perdido el juicio. Con el cadáver desfigurado y ensangrentado de su hijita en brazos, asesinada con un trozo de metralla, se hallaba en el centro de la plaza desierta iluminada por las llamas mientras canturreaba con una cadencia calma y somnolienta una canción de cuna... En la esquina de la calle agonizaba un caballo herido. En sus ojos vidriosos, pero aún vivos, Bogariov vio reflejada la ciudad en llamas. Las negras y llorosas pupilas del caballo, llenas de un dolor insondable, reproducían como un espejo las casas en llamas, el humo que flotaba en el aire, las luminiscentes ruinas calentadas al rojo y el bosque de las altas y delgadas chimeneas, que aumentaba y aumentaba allí donde antes se levantaban las casas ahora devoradas por el fuego.

Acometió a Bogariov el súbito pensamiento de que también en su corazón se había reproducido el cuadro de la destrucción nocturna de la antigua y pacífica ciudad.

Al amanecer, los incendios comenzaron a remitir. El sol contemplaba indiferente las humeantes ruinas, a los ancianos sentados sobre sus bultos, entre cacharros viejos, macetas y antiguos cuadros con marcos ennegrecidos, arrancados por la noche de las paredes. Y el sol, que miraba a los niños muertos a través del humo de los incendios que se iban enfriando, también tenía un tono blanco y mortecino, como si hubiese sido intoxicado por el humo y el hollín.

Bogariov se dirigió al Estado Mayor para recibir instrucciones y luego regresó a la casa. En el patio se le acercó el brigada.

–¿Está lista la camioneta? –preguntó Bogariov.

–Sí, camarada comisario –respondió el brigada, cuyos ojos estaban inflamados por el humo.

–Hay que irse; reúna a la gente.

–Es que... camarada comisario, se ha producido un accidente –informó el brigada–. Ya de madrugaba una bomba ha caído precisamente al lado de la zanja donde se resguardaban los vecinos; ha herido a casi todos ellos y matado a dos: al viejecito en cuya casa usted se alojaba y a una muchacha refugiada, con la que Ignátiev solía charlar –añadió con una triste sonrisa.

–¿Dónde están? –preguntó Bogariov.

–Recogimos a los heridos; los muertos siguen allí. En este momento acaba de llegar un carro para llevárselos –explicó el brigada.

Bogariov se dirigió al fondo del patio, donde la gente se agolpaba para contemplar los cadáveres. Era difícil reconocer al viejo por lo desfigurado que estaba su cuerpo. A su lado estaban esparcidos los libros desencuadernados, manchados de sangre. Por lo visto, en el preciso instante en que explotaba la bomba se había incorporado y había asomado la cabeza de la zanja poco profunda: el torso, la caja torácica y el cráneo aparecían deformados y machacados. «*Anales.* Tácito», leyó Bogariov el título de uno de los libros que descansaba junto al cadáver. La muchacha parecía estar durmiendo. Su tez morena ocultaba la palidez de la muerte; las negras pestañas cerraban sus ojos; en sus labios había quedado impresa una sonrisa turbada, como si se avergonzara de que la gente la rodeara.

El carretero, acostumbrado aparentemente a tratar con cadáveres, cogió sin miramientos a la muchacha por los pies y dijo cabreado:

–¡Eh!, ¿quién me echa una mano?

–¡Deja! –exclamó Ignátiev de golpe.

Sin esfuerzo, levantó amorosamente el cuerpo exánime de la muchacha y lo acomodó en el carro. Una chiquilla depositó una flor en el pecho de la difunta. Bogariov ayudó al carretero a levantar el cuerpo del viejo. Y la gente, con los ojos rojos e inflamados y el rostro tiznado de hollín, permanecía en silencio, con la cabeza gacha.

Una mujer de edad miró a la muerta y comentó en voz baja:

—Feliz de ella.

Bogariov se dirigió a la casa. La gente que se hallaba estacionada junto al carro callaba, y sólo una voz algo ronca pronunció con tristeza:

—Minsk ha sido abandonado; Bobrúisk, Zhitómir y Shepetovka, también; ¿acaso existe fuerza alguna capaz de detenerle? Mirad lo que hace: ¡en una noche ha arrasado la ciudad y se ha vuelto a casa como si nada!

—¡Nada de eso! ¡Los nuestros les han destripado seis aviones! —exclamó un soldado.

Al cabo de un rato, Bogariov abandonó el apartamento huérfano de su dueño. Contempló por última vez la habitación semidestruida, el suelo cubierto de vidrios rotos, los libros tirados de los estantes por la fuerza de la explosión, los muebles en desorden. Después de un breve instante de vacilación descolgó la guitarra de la pared, la llevó abajo y la colocó en la caja de la camioneta.

Rodímtsev le alargaba la escudilla a Ignátiev, que estaba de pie junto a la camioneta, y decía:

—Come, Ignátiev, aquí tienes los macarrones con carne de la cena de ayer.

—No quiero comer —gruñó Ignátiev—; tengo sed, se me han secado las entrañas.

Poco después habían salido ya de la ciudad. La mañana veraniega les saludó con toda su solemne y tranquila belleza. Al mediodía hicieron un alto en el bosque. Un cristalino arroyo, que se plisaba graciosamente sobre las piedras, fluía entre la arboleda. El aire fresco acariciaba la piel irritada y los ojos descansaban a la sombra apacible de los altos robles. Bogariov vio entre las hierbas un setal de robellones: allí estaban, con sus sombrillas grises sobre sus patas gruesas y blancas, y le trajeron a la memoria con qué pasión su mujer y él se habían dedicado el año anterior a recoger setas en el bosque durante la temporada que vivieron en el campo.

Los soldados se bañaron en el arroyo.

–Les doy quince minutos para la comida –indicó Bogariov al brigada, y se puso a pasear lentamente entre los árboles, contento y triste al mismo tiempo por el susurro de las hojas, por la indolente belleza del mundo.

6

El Estado Mayor del regimiento

El regimiento no estaba bien considerado por el mando de la división: contaba con pocos oficiales y combatientes expertos. «Como quien dice, el personal es irregular», comentó al respecto el mayor Mertsálov, comandante del regimiento, hablando con Bogariov. En su mayoría, se trataba de hombres de entre treinta y treinta y cinco años de edad, de extracción campesina. El Estado Mayor del regimiento lo dirigía un tal Kudakov, un hombre calvo de entre cuarenta y cinco y cuarenta y ocho años, cachazudo y muy seguro de sí mismo. Mertsálov, un Héroe de la Unión Soviética, era un militar de carrera que había estado en la guerra de Finlandia.

En el Estado Mayor se hallaban reunidos los mandos del regimiento. Su jefe, Mertsálov, examinaba el mapa junto a Kudakov.

Cuando llegó Bogariov, al capitán Babadzhanián, jefe del primer batallón, le dolían terriblemente las muelas; acuciado por el insoportable calor del mediodía, había bebido agua de un fresco manantial, por lo que, según sus propias palabras, «parecía que le hubieran dado una coz en la mandíbula». El jefe del segundo batallón, comandante Kochetkov, hombre bonachón y locuaz, no hacía más que burlarse de Babadzhanián. Estaba allí también el ayudante del jefe del Estado Mayor, teniente Mishanski, hombre atractivo y fornido. Al regimiento le había sido encomendada una misión importante. Apoyado por la artillería pesada, debía asestar un golpe por sorpresa en el flanco alemán para detener el movimiento del enemigo que pretendía rodear el ejército rojo y, con ello, posibilitar que las unidades de un cuerpo de infantería salieran del «saco». Mertsálov ponía en conocimiento de los jefes y comisarios de los batallones la tarea a cumplir por sus unidades. Ya al final de la lectura de la orden de batalla, se presentó el jefe de la sección de exploradores, teniente Koslov, hombre de ojos redondos y cara pecosa. Al mismo tiempo que se llevaba la mano a la visera, el teniente hizo chocar sus tacones con extraordinaria marcialidad. Dio el parte al jefe del regimiento con voz sonora, recalcando cada palabra, pero al hacerlo, sus ojos redondos sonreían con malicia y condescendencia.

Bogariov permanecía sentado y en silencio. Aún se encontraba bajo la impresión del incendio de la noche anterior y varias veces sacudió la cabeza, como si quisiera salir de un estado de sopor. Sin embargo, en todo momento se mantuvo atento a la reunión. Si bien se fiaba de la primera impresión, se cuidaba de dejar que esta le influyera en exceso. «El estereotipo es uno de los enemigos más temibles del pensamiento», se repetía a menudo a sí mismo y se forzaba a cuestionar los prejuicios y puntos de vista establecidos. Al comienzo de la reunión, los jefes se fijaban frecuentemente en Bogariov, pero luego se habituaron a su presencia y dejaron de observarle.

–Han debatido ustedes más bien poco sobre el orden de batalla –observó repentinamente Bogariov hablándole al oído a Mertsálov.

–Si se nos ordena que ataquemos, atacaremos: eso de darle vueltas al asunto sobre el mapa no es lo m..o –repuso Mertsálov–. El combate real es otra cosa, allí está todo claro.

Babadzhanián, que sonreía como si su dolor de muelas hubiera remitido, se dirigió a Bogariov:

–Me gusta, camarada comisario; el ejército se retira, fíjese, todo el ejército, ¡mientras que el batallón de Babadzhanián emprende la ofensiva! ¡Me gusta, le doy mi palabra de honor!

El representante del colindante regimiento de obuses, un teniente coronel de ceño adusto que no dejaba de tomar apuntes en su libreta de bolsillo, intervino:

–Debo prevenirles, camaradas, que el gasto de proyectiles se hará de acuerdo a las normas establecidas.

–Eso se sobreentiende, lo fija el reglamento –señaló Kudakov.

Bogariov tomó nota al punto de que ya iba la segunda vez que el jefe del Estado Mayor apelaba al reglamento.

Cuando el jefe de los exploradores, el pecoso Koslov, propuso rodear a los alemanes por detrás y fusilarlos a quemarropa con la artillería del regimiento, el jefe del Estado Mayor le corrigió con severidad:

–Está diciendo usted disparates: lo que propone contradice los reglamentos. Se lo ha sacado usted de la manga.

El teniente coronel añadió con gravedad:

–Sí, sí, camaradas, ¡las normas son las normas!

Babadzhanián le refutó alegremente:

–¡Déjese usted de normas! Yo sólo conozco una norma: ¡la victoria!

Al oírlo todos los presentes se rieron. Una vez finalizada la discusión práctica, la conversación recayó sobre el ejército alemán. Mishanski relataba el modus operandi de ataque de los alemanes en la zona de Lvov.

—Marchaban en filas escalonadas, hombro con hombro, ¿os lo imagináis?, formando un muro de no menos de un kilómetro. A unos cuatrocientos metros detrás de la primera fila venía la segunda manteniendo la misma formación y, tras esta, la tercera. Marchaban entre el alto trigo, cada uno con su automático, más tiesos que un palo. La artillería de nuestro regimiento los segaba, pero ellos marchaban y marchaban, ¡era algo verdaderamente asombroso! No vociferaban ni disparaban y no parecía que estuviesen borrachos. Muchos de ellos caían entre el trigo, pero los otros seguían avanzando. ¡La verdad es que ponía los pelos de punta!

Recordó cómo avanzaban las columnas de millares de tanques alemanes por las carreteras de Lvov y Proskúrov; cómo de noche, a la luz de las bengalas verdes y azules, descendían los paracaidistas alemanes; cómo unos destacamentos de motociclistas abatieron con su fuego uno de nuestros Estados Mayores; el grado de cooperación de los tanques y la aviación alemanes. Y, por lo visto, le complacía relatar cómo retrocedían nuestras fuerzas ante los primeros ataques. «¡Ah, cómo chaqueteaba yo!», decía Mishanski. En tono idéntico, expresaba su admiración ante el vigor del ejército alemán.

—¿Creéis que es cosa de broma lo que han hecho con Francia? —decía—. ¡Dar cuenta en treinta días de una potencia tan formidable! Sólo pudieron conseguirlo gracias a su excelente organización, a sus generales, a su cultura militar.

—¡Sí, su organización es buena, es cierto! —aseveró el jefe del regimiento.

—Me disculpa, pero crear un ejército de esas características, con ese nuevo armamento tan impresionante, ni que hablar de la estrategia y la táctica, es…

–¿Genial, no? –lo desafió de golpe en voz alta Bogariov, enrabiado.

–¡Todo lo que se diga es poco! –agregó Mishanski–. Yo he visto ese coloso en acción. No cabe duda: han revolucionado la estrategia y la táctica.

–¡Sabios e invencibles, ¿eh?! –exclamó de pronto con enojo Bogariov.

Mishanski le miró y dijo con indulgencia:

–Usted me perdonará, camarada comisario, ¡pero soy un hombre del frente y estoy acostumbrado a decir lo que pienso! Además, me disculpará otra vez, creo ser el único de todos los presentes que lleva en el frente desde el primer día, desde Brest, y, antes le pido perdón por tercera vez, le diré que derrotar un ejército como ese... –Hizo un ademán de impotencia.

–¡Nunca le perdonaré eso ni a usted ni a nadie! –le interrumpió Bogariov–. ¿Entiende?

–Tampoco es preciso subestimar –dijo Kochetkov–. Mis soldados dicen: «El alemán es cobarde, pero pelea como Dios...».

–No somos unos ingenuos –refutó Bogariov–, sabemos que nos estamos enfrentando al ejército más poderoso de Europa, con una técnica que, os lo diré con sinceridad, en el momento presente supera la nuestra. El caso es, camarada Mishanski, que usted debe aprender a despreciar al fascismo, debe comprender que el fascismo es lo más bajo, lo más vil, lo más reaccionario que hay sobre la faz de la Tierra. Es una miserable mezcolanza de sucedáneos y latrocinios en el más amplio sentido de la palabra. Esa abominable ideología está privada por completo de todo elemento creativo. ¡Hay que odiarla con toda el alma! ¿Comprende usted? Si no, escuche: sus ideas sociales son el producto de una vieja y absurda pesadilla de la que se burlaban Chernishevski y Engels.

Toda la doctrina militar del fascismo ha sido copiada íntegramente de los antiguos planes del Estado Mayor alemán, elaborados por Schlieffen; todos esos golpes de flanco, las cuñas, etc., han sido servilmente plagiados. El empleo en masa de los tanques y los desembarcos aéreos, con que los alemanes asombraron al mundo, son producto del robo. La idea de los tanques pertenece a los ingleses; la de los desembarcos aéreos, a nosotros. No deja de asombrarme la monstruosa infecundidad creadora del fascismo. ¡Ningún método bélico original! ¡Todo es pura copia! ¡Ningún invento importante! ¡Todo robado! ¡Ninguna arma nueva! ¡Todo alquilado! Incluso su execrable antisemitismo es una herencia del militarismo prusiano y el absolutismo ruso. El pensamiento creativo alemán ha sido esterilizado en todos los dominios: los fascistas son impotentes para inventar, escribir libros, componer música y buenos versos. Simbolizan el estancamiento, el pantano... No han aportado más que un elemento a la historia y a la política: ¡el salvajismo y el vandalismo organizados! Hay que odiar, camarada Mishanski, la miseria intelectual del fascismo y burlarse de ella. ¿Me ha comprendido? Todo el Ejército Rojo, de arriba abajo, todo el país debe estar imbuido de ese espíritu. A usted le parece que, en su calidad de hombre del frente, es también la personificación de la verdad, mientras que su psicología es la de un hombre que ha estado largo tiempo replegándose. En su voz se percibe un tono de servilismo. –Bogariov se irguió y, mirando fijamente a Mishanski, añadió con severidad–: Como comisario de la unidad, le prohíbo pronunciar palabras indignas de un patriota y que no responden a la verdad objetiva. ¿Me entiende?

El batallón de Babadzhanián debía iniciar la operación. El ataque había sido fijado para las tres de la madrugada. Koslov, que había efectuado dos exploraciones, informó detalladamente acerca del dispositivo de los alemanes en el sovjós.[11] Los tanques y carros blindados se hallaban en la plaza; los soldados dormían en el almacén de legumbres, un depósito de entre cuarenta y cincuenta metros de longitud. Los alemanes se habían instalado allí confortablemente después de que obligaran a los campesinos de la vecindad a traer varios carros con paja, que extendieron en el suelo y cubrieron con lonas. Dormían en paños menores, descalzos y con la luz encendida, que salía a raudales por las ventanas. Por la tarde cantaban a coro. Los exploradores, que los observaban desde las huertas, oyeron perfectamente las canciones alemanas. Esto los había irritado sobremanera. «Berrean –decían–, mientras que nuestros soldados callan y jamás se les oye cantar.» En efecto: en aquellos tiempos no se oía cantar a las tropas soviéticas. Las columnas marchaban en silencio. Ni tan siquiera en los descansos se cantaba o danzaba.

Una vez hubo anochecido, un grupo del regimiento de artillería ocupó sus posiciones de fuego. Poco después, el jefe y el comisario del grupo entraron en la casa donde estaba instalado el Estado Mayor, se sentaron a la mesa y el comisario abrió el tablero de ajedrez. El jefe extrajo de la cartera de campaña las piezas y los dos se entregaron a renglón seguido al juego, meditando mucho antes de cambiar de escaque las piezas. Kochetkov, el jefe del segundo batallón, dijo:

–Casi todos los artilleros que conozco juegan al ajedrez.

El comisario del grupo, sin apartar la vista del tablero, contestó:

–Pues yo no conozco a uno solo de infantería que no juegue al dominó.

El jefe del grupo, mientras miraba absorto las piezas, añadió:

–¡Es verdad! –Y al tiempo que señalaba con el dedo el tablero, agregó–: Si haces esta jugada, Seriozha, estás perdido. Entregas la reina, igual que la vez pasada, en las cercanías de Mosir.

Clavaron la vista en el tablero, abstraídos. Cinco minutos más tarde, el comisario del grupo exclamó:

–¡Quiá! No pierdo nada aquí. –Y, sin levantar la cabeza, añadió dirigiéndose a Kochetkov, que había salido sin que nadie lo advirtiera–: En cambio, la caballería prefiere la baraja, ¿no es así, camarada Kochetkov?

El telefonista que estaba de guardia junto al aparato se echó a reír; pero en el acto frunció el ceño, preocupado, y al tiempo que hacía girar la manivela del aparato dijo con tono grave:

–¡Luna, Luna, Medinski! ¿Eres tú? Llamada de prueba.

El jefe del regimiento, Mertsálov, estaba hablando en voz baja con el jefe del Estado Mayor cuando se presentó Babadzhanián, alto, delgado, nervioso, con los ojos brillantes en la penumbra. El capitán se puso a hablar rápida y apasionadamente mientras señalaba el mapa con la mano:

–Es un caso único: el servicio de exploración informa con exactitud el emplazamiento de los tanques. De trasladar los cañones a esta colina, los destruiríamos a tiro directo. ¡Palabra de honor! ¿Cómo desperdiciar esta ocasión? ¡Si están como en la palma de la mano, dese cuenta, como en la palma de la mano! –Y extendió su delgada mano de piel oscura y dio un golpe en la mesa.

–No estaría nada mal –dijo el jefe del Estado Mayor–. Pero entonces, según dictan las normas, conviene modificar los movimientos de la infantería, además de realizar algunos otros cambios.

Mertsálov miró a Babadzhanián y dijo:

–De acuerdo. No haremos ninguna modificación: no me gusta perder el tiempo en discusiones. ¡Vamos a darles fuerte! –Se acercó a los artilleros–. Camaradas ajedrecistas, me veo obligado a molestaros. Venid aquí.

Todos a una se inclinaron sobre el mapa.

–No cabe duda: quieren cortar la carretera, apenas son cuarenta kilómetros, y salir a la retaguardia de nuestro ejército.

–De ahí la importancia de nuestra operación –indicó el jefe del Estado Mayor–. Tengan presente que el jefe del ejército en persona sigue de cerca el desarrollo de esta maniobra.

–Ayer, los alemanes clamaban por radio: «¡Soldados rojos, entregaos! ¡Han llegado nuestros tanques lanzallamas y os vamos a abrasar a todos! ¡Aquellos que se entreguen podrán volver a sus hogares!» –explicó el jefe del grupo, Rumiántsev.

–¡Son unos granujas! –exclamó Mertsálov–. ¡Su desvergüenza es espantosa! Se desnudan para dormir, mientras que yo he perdido la cuenta de los días que hace que no me quito las botas. Los muy hijos de perra van con los faros encendidos por los caminos del frente. –Luego quedó meditabundo por unos instantes y exclamó–: ¡Qué comisario tenemos! Sus palabras, sabéis, me han llegado al alma...

–Es algo brusco –observó el jefe del Estado Mayor–. ¡Qué bronca le ha metido a Mishanski!

–Pues a mí me ha gustado –dijo Mertsálov entre risas–. Con franqueza, Mishanski y tú me tenéis frito: él

84

con sus cuentos y tú con tus normas endemoniadas… Yo soy un hombre sencillo, un militar, y temo las palabras más que las balas. –Miró al jefe del Estado Mayor y añadió con alegría–: ¡Me gusta el comisario, seremos buenos compañeros de lucha!

7

La noche

El batallón de Babadzhanián se había apostado en el bosque. Los soldados estaban sentados o acostados bajo los árboles, en pequeñas chozas hechas con ramas de hojas marchitas y susurrantes. Entre el follaje se veían las estrellas. El aire estaba quieto y templado. Bogariov y Babadzhanián caminaban por un sendero apenas perceptible.

–¡Alto, quién vive! –exclamó el centinela, y agregó rápidamente–: Que se acerque uno; los demás permanezcan en el sitio.

–Los demás también son uno –dijo riendo Babadzhanián y, tras acercarse al centinela, le susurró la consigna.

Siguieron adelante. Se detuvieron junto a una choza y se pusieron a escuchar la conversación que mantenían los soldados en voz baja.

–Dime, ¿qué piensas tú? ¿Dejaremos que exista Alemania después de la guerra o la destruiremos? –preguntaba una voz queda y pensativa.

–¡Vete a saber! –respondió otra–. ¡Ya veremos!

–¡Buena conversación durante esta retirada tan larga! –dijo satisfecho Bogariov.

Babadzhanián miró la esfera luminosa de su reloj.

Ignátiev, Rodímtsev y Sedov no habían podido dormir lo suficiente después de la noche en vela en la ciudad en llamas. Los despertó el brigada, que les ordenó ir a buscar la cena. El fogón de la cocina de campaña despedía una difusa luz rojiza en la oscuridad del bosque. Allí, con un bullicio contenido y sin dejar de hacer sonar las escudillas, se agolpaban los soldados rojos. Todos estaban ya informados de la proyectada operación nocturna.

Los tres combatientes, haciendo ruido con las cucharas, daban buena cuenta de la sopa y conversaban lentamente. Rodímtsev, que ya había participado en seis ataques, explicaba con voz pausada a sus compañeros:

–Claro, la primera vez da miedo. No se puede explicar por qué, pero el hecho es que uno siente miedo. No sabes qué va a pasar. Debo deciros que a los novatos les dan mucho miedo los automáticos, a pesar de que disparan al tuntún. La ametralladora tampoco es un arma muy certera que digamos. Cuando dispara, basta con meterse en un barranquillo u ocultarse detrás de algún montículo y, enseguida, buscar otro lugar para el salto siguiente. Los morteros son lo peor y lo más repugnante; lo cierto es que incluso ahora siento un no sé qué cuando los oigo. Sólo hay una salvación: seguir adelante. Si uno se echa a tierra o retrocede, está perdido.

–¡Qué pena me da Vera! –exclamó Ignátiev–. ¡Aún la veo como si estuviera viva! No sé lo que me pasa...

–Yo ahora no pienso en las mujeres –dijo Rodímtsev–. En la guerra les he perdido el gusto. A los chiquillos, a esos sí que tengo ganas de verlos y pasar aunque sea un día con ellos: entonces aguantaría hasta el final de la guerra sin problemas. Pero en cuanto a las mujeres, no soy como uno de esos alemanes salidos...

–No lo entiendes –dijo Ignátiev–. Sencillamente, siento lástima. ¿Acaso se lo merecía, tan joven y tan buena? ¿Por qué la han matado?

–¡Ya he visto hoy la lástima que te da! –observó Rodímtsev–. Te has pasado todo el día en la camioneta tocando la guitarra.

–Eso no quiere decir nada –intervino el moscovita Sedov–. Ignátiev es así por naturaleza. –Y mientras miraba al cielo estrellado, sobre cuyo fondo resaltaba el caprichoso relieve del ramaje joven y negro, prosiguió en voz queda–: Los animales y las plantas luchan por la existencia, en cambio, los humanos luchan por el predominio.

–Tienes razón, Sedov –aceptó Rodímtsev, a quien le gustaban las palabras cultas e incomprensibles–; lo que dices es cierto. –Y prosiguió su interrumpido relato–: En mi casa temía los chirridos del portón, evitaba ir de noche al bosque, en tanto que aquí no temo nada. ¿A qué se deberá? ¿Será que me he acostumbrado o que esta guerra ha cambiado mi corazón, lo ha endurecido? En ocasiones me encuentro con algunos que tienen más miedo que siete viejas, pero yo... Ya pueden hacer conmigo lo que quieran: ¡nada me asusta! Y ya veis, yo era un hombre pacífico, estaba casado y jamás hubiera soñado con esta guerra. Nunca me he peleado con nadie, ni cuando era niño. Y si alguna vez me emborrachaba, no me metía en líos, ¡qué va!, me ponía a llorar, pues me daba pena todo el mundo...

–Se debe a todo lo que has visto –dijo Sedov–. Cuando uno escucha lo que cuentan los habitantes o ve algo como el incendio de anoche, deja de temer hasta al diablo en persona.

–No sé –dudó Rodímtsev–, ¡lo cierto es que algunos tienen mucho miedo! Nuestro jefe de batallón nos ha acostumbrado: ¡ni un paso atrás! Duela o no duela y por duro que sea, resistimos.

–Sí, el jefe es una roca –dijo Sedov–, pero hay días en que uno las pasa de todos los colores.

–Sí, es un buen hombre. Nunca nos lleva a donde no debe, cuida de sus soldados. Y, sobre todo, comparte todas las dificultades con nosotros. Recuerdo una ocasión en que se sentía completamente enfermo, pero aun así se pasó todo el día metido hasta el pecho en el fango, y hasta empezó a escupir sangre por la boca: fue antes de que vosotros llegarais, cuando los tanques alemanes avanzaban hacia Novograd-Volinsk. Yo había entrado al bosquecillo a secarme y le vi tendido en el suelo, muerto de fatiga. Me acerqué a él y le dije: «Camarada capitán, coma usted algo, tengo aquí embutido y pan». No abrió los ojos, pero me reconoció por la voz. «No, camarada Rodímtsev», dijo, «gracias, no quiero comer. Lo que quisiera es recibir una carta de mi mujer y de mis hijos; los perdí en los primeros días de la guerra.» Y cuando me lo dijo, os juro por Dios que no sé lo que sentí... Me aparté de él y pensé: «Sí, hermano mío, pesada es la cruz que llevas a cuestas...».

Ignátiev se levantó y se desperezó al tiempo que carraspeaba.

–¡Es fuerte como un toro! –dijo Rodímtsev.

–¿Y qué? –preguntó Ignátiev, enfadado y satisfecho al mismo tiempo.

–¿Qué? ¡Pues nada! Es natural: la comida es buena. En cuanto al trabajo... En casa también trabajabas. Por eso estás fuerte.

–Sí, hermano –se oyó en la oscuridad una voz burlona–, en la guerra el trabajo no es difícil, claro que cuando se te meta en las tripas un cascote de kilo y medio, ¡sabrás dónde es más pesada la vida: aquí o en casa!

–¡Vaya, si está trinando el ruiseñor de Kursk! –exclamó Sedov y, dirigiéndose a aquel hombre sumido en la oscuridad, preguntó–: ¿Qué, no te gusta cuando disparan los alemanes?

–¡Bueno, bueno! –respondió la voz con enfado–. ¡Como si a ti te encantara!

Un poco más tarde, el batallón emprendió la marcha. La gente caminaba en silencio y sólo de vez en cuando se oían las apagadas voces de mando o alguna blasfemia lanzada por aquellos que tropezaban en los raigones que cruzaban la pista. Marchaban por un estrecho camino abierto en un robledal. Los árboles callaban, con sus ramas inmóviles y sus copas perdidas en las alturas, negras y muertas, como fundidas de una sola pieza. Cuando los soldados salían a los vastos calveros del bosque, el cielo tachonado de estrellas se extendía de pronto sobre ellos como un tapiz de terciopelo negro bordado en oro, y el corazón latía inquieto cuando alguna estrella fugaz surcaba el firmamento. Pero luego, el bosque volvía a cerrarse en torno a ellos y los ojos seguían viendo el dorado enjambre estelar y las enormes manazas de los robles. En la oscuridad se distinguía difusamente la pista arenosa.

El bosque terminó y los combatientes salieron a una llanura. Marchaban por campos aún sin segar, y en medio de la oscuridad, por el susurro de los granos que caían, por el crujido de la paja bajo las botas, por el murmullo de las espigas que se enganchaban a las guerreras, reconocían el trigo, la cebada, el alforfón, la avena. Y en la marcha con las pesadas botas militares por el delicado cuerpo de la cosecha no recogida, el grano, susurrante como la triste lluvia y que palpaban en la oscuridad, hablaba a muchos corazones campesinos de la guerra y de la sangrienta invasión con mayor elocuencia y fuerza que los incendios que ensangrentaban el horizonte; que el rojo pespunte de las balas trazadoras, que ascendían lentamente hacia las estrellas; que los azulados haces de los reflectores, oscilantes en el cielo; que el lejano y sordo retumbar de las explosiones de las bombas. Era una guerra sin precedentes: el enemigo aplastaba la vida del pueblo, arrancaba las cruces de los cementerios donde estaban enterrados sus padres, quemaba los libros infantiles, hollaba los huertos donde sus abuelos habían plantado los manzanos y los cerezos, pisaba la garganta de las viejecitas que solían contar a los niños el cuento del gallo de la cresta de oro, despojaba de los camisones de lienzo a las mujeres que daban pecho a sus bebés, ahorcaba a los toneleros, a los herreros y a los viejos guardianes de las aldeas. Esto no lo habían conocido nunca Ucrania, Bielorrusia ni Rusia. Esto nunca había ocurrido en tierra soviética. Y los soldados rojos marchaban de noche, hollando su propio trigo y alforfón, se acercaban al sovjós donde, entre las casitas blancas, se hallaban los negros tanques con dragones de larga cola pintados en sus costados. Y Rodímtsev, el bueno y pacífico Rodímtsev, decía:

–¡No, esto no tiene perdón!

Un poco antes de que el primer proyectil explotase junto al cobertizo donde reposaban los infantes y tanquistas alemanes, la primera compañía del batallón de Babadzhanián había vadeado una pequeña ciénaga y se había emboscado en el bosquecillo que casi lindaba con el extremo oeste de la aldea. Un soldado rojo, cuyo apellido no recordaba nadie, se metió por entre la alambrada, pasó desapercibidamente entre las casas y los huertos, traspuso la verja que daba a la plaza y empezó a arrastrarse hacia los almiares de heno que los alemanes habían acumulado la víspera. El centinela le descubrió y le dio el alto, pero el soldado siguió arrastrándose hacia los almiares, sin responder. Fue tal la perplejidad del guardia ante la intrepidez de aquel hombre, que en un primer momento no supo qué hacer. Cuando reaccionó y apretó el gatillo de su automático, el soldado rojo se encontraba ya a escasos metros del heno. Tuvo tiempo de lanzar una botella de líquido inflamable contra uno de los almiares y cayó muerto. Los tanques, autos blindados y tanquetas que se hallaban en la plaza fueron iluminados por la luz anaranjada del heno en llamas. E, inmediatamente, desde una distancia de seiscientos metros, los obuses abrieron fuego. Los artilleros vieron cómo los soldados alemanes salían corriendo del cobertizo lanzando gritos cual unas aves sin alas que corretearan por una plaza.

–¡Diantres, por qué no llegará la infantería! –exclamó enfadado Rumiántsev a Nevtúlov.

Pero al poco rato, una bengala roja daba la señal de ataque. Los cañones callaron al punto. El silencio apenas duró un instante, mientras la gente, que había echado cuerpo a tierra, se incorporaba. Luego, por el oscuro bosque y el alto trigo se extendió un prolongado, bajo e intermitente «¡hurra!». La compañía de Babadzhanián se había lanzado al ataque. Comenzaron a ladrar las ametralladoras pesadas y se oyó el disperso crepitar de los fusiles. Babadzhanián arrebató el auricular al telefonista. A su oído, mezclada con los ruidos del combate, llegó la voz del jefe de la primera compañía:

–He irrumpido en la aldea; el enemigo huye.

Babadzhanián se acercó a Bogariov y el comisario advirtió que los negros y ardientes ojos del jefe del batallón estaban velados por las lágrimas.

–¡El enemigo huye, el enemigo huye, camarada comisario! –informó con voz ahogada por la emoción–.

¡Ah! ¡Hubiéramos podido cortarles la retirada a esos canallas! –gritó–. ¡No es allí donde Mertsálov debería haber colocado el batallón de Kochetkov! ¡Debería haberlo apostado en el flanco, y no en la retaguardia!

Desde el puesto de observación podía verse cómo los alemanes corrían de las afueras a la plaza. Muchos iban medio desnudos y llevaban en la mano sus armas y un lío con su ropa. El cobertizo que les servía de cuartel era pasto de las llamas; ardían también los tanques estacionados en la plaza, y una enorme y humeante hoguera, como una torre viva de color rojo, se alzaba sobre los camiones cisterna. Entre los soldados podían verse las figuras de los oficiales, que vociferaban, amenazaban con sus revólveres... y también huían.

«He aquí lo que produce la sorpresa», pensaba Bogariov mientras fijaba la mirada en la multitud de soldados que corrían despavoridos entre las casas.

–¡Las ametralladoras, las ametralladoras adelante! –gritó Mertsálov, y corrió hacia donde estaba la compañía de reserva, irrumpiendo en la aldea con los ametralladores.

Los alemanes se retiraban por la carretera en dirección a Marchíjina Buda, situada a nueve kilómetros del sovjós. Un número indeterminado de tanques y autos blindados lograron escapar; los alemanes pudieron recoger a los heridos y muertos.

Amanecía. Bogariov contemplaba los tanques alemanes destrozados por el fuego, que despedían olor a pintura y a lubrificante quemados; palpaba el metal muerto, aún tibio.

Los soldados rojos sonreían y reían. También reían y sonreían los mandos; incluso los heridos, embargados de emoción, se narraban con labios lívidos los episodios del combate nocturno.

Bogariov comprendía que aquel repentino ataque al sovjós, planeado muy a la ligera, no era sino un episodio menor en la larga retirada del Ejército Rojo. Su alma percibía la inmensidad del territorio cedido por nuestras tropas, toda la gravedad de la pérdida de las grandes ciudades y de las regiones industriales, la desesperación, la terrible tragedia de los millones de seres que habían caído en poder de los fascistas. Sabía que en los meses de guerra transcurridos se habían perdido decenas de miles de aldeas y que en el ataque tan sólo se había recuperado una. Pero experimentaba una alegría sin límites: había visto con sus propios ojos cómo los alemanes, semidesnudos, huían a la desbandada como un rebaño desmadrado presa de horror, había sido testigo de cómo sus oficiales vociferaban asustados. Y también había oído las voces sonoras y alborozadas de los soldados rojos, había visto lágrimas de alegría en los ojos de un jefe oriundo de la lejana Armenia, en el momento en que los combatientes arrebataban a los alemanes una aldehuela en la frontera entre Ucrania y Bielorrusia. ¡Aquel ataque era una pequeña semilla del gran árbol de la victoria!

Él era quizás el único en todo el regimiento que conocía la verdadera situación de las tropas que habían llevado a cabo el golpe de mano nocturno. Al despedirse, el comisario Cherednichenko le había dicho:

—¡Hay que aguantar, aguantar hasta el último aliento!

Bogariov había visto el mapa en el Estado Mayor del frente donde se representaba con claridad la tarea de su unidad: retener en su poder el camino que pasaba por las cercanías del sovjós y no permitir, hasta que alcancen las fuerzas, que los alemanes se abriesen paso hacia la carretera real y pudieran atacar por la retaguardia al ejército en retirada. Había que seguir defendiendo el camino aun en caso de que el enemigo bloqueara todas las vías de retirada: sabía que al regimiento le esperaba un destino cruel.

A las siete de la mañana fueron atacados por los bombarderos alemanes, que surgieron inesperadamente de detrás del bosque: unas diecisiete naves negras Junkers-87. «¡Aviación!», dieron la voz de alarma los centinelas. Los aviones de picado, variando el orden de formación en escuadrilla, se alinearon en columna; luego formaron un círculo cerrado y, a poca velocidad, sin dejar de observar el terreno, comenzaron a girar como un tiovivo sobre el sovjós. Este lento y temible movimiento giratorio apenas duró minuto y medio. La gente, agachada como durante el juego del escondite, corría de un refugio a otro. «¡Permaneced echados, no corráis!», ordenaron los jefes. De pronto, el avión que lideraba la formación se lanzó en picado, seguido de los demás. Aullaron las bombas, que produjeron al estallar un horrísono sonido metálico. El humo negro, la tierra descuartizada y el polvo inundaron el aire. Los que yacían en el suelo trataban de apretarse más a este, aprovechando cada hendidura del terreno; el aullido de las bombas, el tronar de las explosiones y el rugido de los aviones parecían incrustarles en la tierra.

Uno de los combatientes se incorporó por sorpresa y disparó su automático contra los aviones que se lanzaban en picado. Era Ignátiev.

–Pero ¿qué haces? ¡Nos estás descubriendo, condenado! ¡Alto el fuego inmediatamente! –gritó Mishanski desde la zanja donde se había guarecido.

Pero el soldado no le obedecía, seguía disparando.

–¡Ordeno cesar el fuego! –rugió Mishanski. Pero muy cerca de él otro automático abrió fuego–. ¿Quién dispara, qué diablos estáis haciendo? –volvió a bramar

Mishanski, pero al mirar en derredor vio al autor de los disparos: el comisario Bogariov.

—El bombardeo de nada les ha valido a los alemanes —decía el jefe del Estado Mayor del regimiento—. Pensad en ello: estuvieron lanzándose en picado durante treinta y cinco minutos, descargaron medio centenar de bombas y ¿con qué resultado? Dos heridos leves y una ametralladora pesada destruida.

—Tiene usted razón, por supuesto —dijo Mertsálov—. Sin embargo, ha sido un buen recordatorio: nos pusimos tan contentos al capturar el sovjós que creímos que ya no quedaban más alemanes, que todos ellos habían sido derrotados. Tenemos que ponernos a preparar la defensa.

Mishanski comentó a su vez al jefe del Estado Mayor:

—Su capacidad de movilización es diabólica. Literalmente media hora después de que capturáramos el sovjós ya estaban sobrevolando el campo de batalla.

Cuando Kudakov informó del daño insignificante que había causado el bombardeo, Bogariov suspiró profundamente. «No —pensó—, el daño no es tan pequeño, la gente habla de nuevo en voz baja, de nuevo sus ojos muestran tristeza e inquietud. ¡Aquel buen ánimo, tan inapreciable, ha desaparecido!»

Kudakov se dirigió a Mertsálov:

—Opino que lo más sensato sería trasladar el Estado Mayor cuanto más lejos del camino, mejor. A ese bosque de allí, por ejemplo. Ya hemos cumplido nuestra misión, y si nos quedamos aquí, los alemanes nos harán la vida imposible. Podríamos trasladarnos dejando aquí a Babadzhanián.

—Para nada, tenemos que defender el camino —repuso Mertsálov.

«He aquí otra de las consecuencias de ese bombardeo "fallido"», pensó Bogariov.

—Camaradas –tomó la palabra Bogariov–, si el enemigo nos hace aquí la vida imposible, tanto mejor: quiere decir que nos tiene atravesados. Nuestra misión es dura y clara: no dejar que los fascistas se abran paso hacia la carretera principal. Debemos supeditarlo todo a esa misión: ahora mismo, es la única de nuestra vida, ya no hay otras.

—Cierto, camarada Bogariov –dijo jovial Mertsálov–. Usted y yo les daremos guerra, rediós, una buena guerra les daremos juntos.

En aquel momento Koslov se acercó a él. Su rostro parecía haber enflaquecido, cubierto de ese velo oscuro que nubla las facciones de los hombres recién salidos del fragor de una batalla. Dios sabe si será el hollín de los incendios, el humo de las explosiones, el polvo fino levantado por la onda expansiva y mezclado con el laborioso sudor del combate, el caso es que después del combate los rostros siempre enflaquecen y se nublan, al tiempo que adquieren un grave semblante. En estos casos también la mirada se vuelve más serena y profunda.

—Camarada jefe del regimiento –empezó a informar Koslov–, Záitsev ha regresado de la exploración y comunica que a Marchíjina Buda han llegado un centenar de tanques alemanes, en su mayoría medianos, pero también hay algunos pesados.

Mertsálov echó una mirada a los ensombrecidos rostros de los jefes y dijo:

—Ya veis, camaradas, qué mal les ha sentado a los alemanes nuestra presencia aquí, ¡nos hemos atravesado en su camino como un hueso en la garganta!

Y echó a andar en dirección a la plaza del sovjós.

Los soldados rojos abrían trincheras a lo largo del camino, cavaban pozos para los antitanquistas.

97

Zhaveliov, mozo atractivo y con un aire de desfacha-
tez, preguntó en voz baja a Rodímtsev:

–¿Es cierto que fuiste el primero en meterte en el almacén de los alemanes? Dicen que había allí unas cien
docenas de relojes, ¿es verdad?

–¡Sí! Había allí tantas riquezas que no sólo a mis nietos, sino hasta a mis biznietos les hubiera tocado algo
–dijo Rodímtsev.

–Cogisteis alguna cosilla de recuerdo, ¿no? –preguntó
Zhaveliov al tiempo que le guiñaba el ojo.

–¡Pero, por Dios, hombre! –replicó, sorprendido, Rodímtsev–. Mi carácter no me lo permite, me da asco hasta tocar sus cosas. Además, ¿para qué voy a coger nada
si estoy luchando a vida o muerte? –Volvió la cabeza y
dijo–: ¡Qué hombre este Ignátiev, qué hombre! Nosotros
damos una palada y él da tres. Nosotros hemos abierto
una zanja entre dos, y él ha hecho un par solito.

–Y aún canta, el hijo de perra –dijo Sedov–, y eso que
lleva dos días sin pegar ojo.

Rodímtsev aguzó el oído y levantó la pala.

–¡Recristo, es cierto! –exclamó alegre–. ¿Qué os parece el niño?

8

Marchíjina Buda

María Timoféyevna Cherednichenko, madre del comisario de la división, una anciana de setenta años y tez morena, tenía que salir de su aldea natal. Los vecinos le
aconsejaron que se fuera de día, pero María Timoféyevna tenía que cocer el pan para el viaje, y este sólo podría
estar en su punto a la noche. Sin embargo, el presidente
del koljós había resuelto irse por la mañana del día siguiente y ella decidió irse con él. Lioña, su nieto de once
años, había venido tres semanas antes de la guerra a pasar sus vacaciones en la aldea después de haber terminado sus estudios en la escuela de Kiev. Desde el comienzo
de la guerra no había recibido carta alguna de su hijo y
decidió llevar al nieto a Voroshilovgrad, a casa de los
padres de su nuera, que había fallecido tres años atrás.

El comisario de división llevaba rogando varios años
a su madre que se mudase a vivir con él, en su casa de
Kiev, porque allí la vida le sería más fácil y cómoda. Todos los años iba a ver al hijo, pero por lo general su es-
tancia allí no se prolongaba más de un mes. El hijo la
paseaba en coche por la ciudad; había visitado un par de
veces el museo de historia, y le gustaba ir al teatro. Los
espectadores miraban con interés y respeto a la vieja al-
deana alta, severa y de manos encallecidas por el trabajo
que se sentaba en las primeras filas. Por lo habitual el
hijo llegaba poco antes del final del último acto, ya que

trabajaba hasta muy tarde. Avanzaban por el vestíbulo, uno al lado del otro, y todos se apartaban al paso de la erguida y severa anciana con un mantón negro sobre los hombros y del militar de tez oscura y grave semblante, muy parecido a ella, con los distintivos de su alto rango de comisario de división. «Madre e hijo», decían en voz baja las mujeres mientras volvían la cabeza.

En 1940, María Timoféyevna había caído enferma y no fue a visitar a su hijo. Entonces, en julio, mientras se encontraba de tránsito para unas maniobras, este fue a pasar con ella dos días. En esta ocasión le pidió a su madre que se trasladase a Kiev. Tras el fallecimiento de su mujer se sentía muy solo y tenía miedo de que Lioña creciera sin el cariño maternal. Le preocupaba además que su madre, a sus setenta años, continuara trabajando en el koljós, donde tenía que acarrear agua de un lejano pozo y donde ella misma debía ocuparse de cortar la leña.

Mientras escuchaba en silencio sus razonamientos, la vieja le servía el té bajo el manzano que el padre había plantado en presencia del hijo. Después, antes de atardecer, fue con él al cementerio a visitar la tumba del progenitor. En el cementerio le dijo:

—¿De verdad crees que puedo irme de aquí? Aquí moriré. Tú me perdonarás, hijo mío.

Y he aquí que ahora se preparaba para dejar su aldea natal. La víspera fue a visitar a una vieja amiga. El nieto iba con ella. Se acercaron a la casita y vieron que el portón estaba abierto de par en par. En el patio encontraron al viejo tuerto Vasili Kárpovich, pastor del koljós. Junto a este, con la cola gacha, gruñía un perrito de pelambre rojizo.

—¡Vaya, Timoféyevna, ya se van! —exclamó Vasili Kárpovich—. Pensaba que ya se había marchado esta mañana temprano.

–No, nos vamos mañana –explicó Lioña–. El presidente del koljós nos facilita caballos.

El sol del crepúsculo alumbraba los tomates que comenzaban a adquirir color, colocados por la mano cuidadosa del ama sobre el poyo de la ventana. Las hermosas flores del jardincillo, los árboles frutales con los troncos encalados y sus frondosas ramas sujetas con palos alegraban la huerta. Sobre la verja estaba el pasador de madera, cuidadosamente cepillado, que servía para cerrar el portón. En la huerta, entre las verdes hojas de las hortalizas se veían las calabazas amarillas, las panochas de maíz, las vainas de las habas y de los guisantes y los redondos girasoles de pepitas negras.

María Timoféyevna entró en la casa abandonada. Por todas partes había huellas de vida apacible, del amor de los dueños a la limpieza y a las flores; sobre el alféizar se encontraban rizadas rosas; en un rincón, un gran ficus de hojas oscuras y brillantes; sobre la cómoda, una maceta con un pequeño limonero y dos más con finos tallos de palmera. Todo lo que había en la casa –la mesa de cocina con las huellas redondas y requemadas de las ollas de hierro, un lavabo verde con unas flores blancas pintadas, un pequeño repostero con tacitas nunca usadas, oscuros cuadros colgados de las paredes– hablaba de una vida larga pasada en esta vivienda abandonada, del abuelo, de la abuela, de los niños que habían dejado sobre la mesa su libro *Literatura patria*, de las tranquilas veladas en invierno y en verano. Miles de casitas blancas ucranianas como esta habían quedado vacías, y los dueños que las habían construido, que habían visto crecer los árboles a su alrededor, caminaban ahora sombríos, levantando con sus botas el polvo de los caminos que se dirigían a oriente.

—Abuelo, ¿han dejado el perro? –preguntó Lioña.

—No han querido llevarlo; yo lo cuidaré –dijo el viejo, y comenzó a llorar con un llanto chirriante, de hombre, que parecía salirle de dentro de sus gastados huesos de viejo.

—¿Por qué lloras? –preguntó María Timoféyevna.

—Por qué, por qué... –dijo el viejo al tiempo que hacía un gesto con la mano.

Y con este triste movimiento de su mano de uñas negras y deformadas por el trabajo expresó cómo la vida se había derrumbado.

María Timoféyevna volvió presurosa a su casa. El pálido y delgado Lioña (no se parecía al padre sino a la madre, muy delicada de salud) la seguía con dificultad.

¡Qué amargo le resultaba ahora caminar por esta calle de la aldea! Por esta misma calle había ido a la iglesia para casarse. También allí había despedido a sus cuatro hijos que marchaban a la guerra: el año pasado uno de ellos volvió, y ella, orgullosa de él, le dio una bienvenida solemne. Los otros tres no volvieron. Por aquí también fue tras el féretro de su padre, de su madre y de su marido. Y por la mañana tendría que sentarse en un carro en medio de los bultos y enseres recogidos a toda prisa, y abandonar la casa de la que había sido dueña durante cincuenta años, donde crecieron sus hijos, donde había venido a visitarla su tranquilo, inteligente y sensible nietecito.

Y en la aldea iluminada por el cálido sol del atardecer, en las blancas isbas, entre los macizos de flores y pequeños jardines se murmuraba que las tropas del Ejército Rojo estaban más allá del río y que pronto vendría «el germán». Las comadres comentaban entre ellas que el viejo Kotienko, que se marchó en la época de la colectivización a la cuenca del Donbás y que después regresó, había ordenado a su mujer enjalbegar la isba como si fuera a celebrarse Pascua y recomendaba a todo el mundo colgar en las casas cuantos más iconos, mejor. La viuda Gulíenskaya, cuyo marido difunto había regentado una taberna en la época del antiguo régimen, les hablaba apostada junto al pozo:

—Dicen que ellos repartirán la tierra. La gente dice que creen en Dios.

Rumores tenebrosos y malsanos comenzaron a circular por la aldea. Los viejos salían a la calle y miraban con temor hacia el lugar por donde cada tarde, envuelto en el polvo rosado del atardecer, volvía el rebaño.

Por allí, por el lejano bosque, por el robledal donde habitualmente había muchas setas, debían aparecer los alemanes. Las mujeres, entre lágrimas y suspiros entrecortados, cavaban hoyos en los jardines y debajo de las casas para guardar apresuradamente sus modestos ajuares —mantas, botas de fieltro, vajilla, lienzo— mientras volvían a menudo la cabeza hacia el oeste. Pero el oeste estaba despreocupadamente claro y en calma. No obstante, las comadres, pálidas de miedo, lloraban en vistas del horror que se aproximaba.

Grischenko, presidente del koljós, fue a la casa de Kotienko para recoger cuatro sacos que le había prestado hacía un mes.

Grischenko era un chico joven que, de niño, había sido amigo de Vañka, el hijo de Kotienko. Vañka Kotienko se había marchado de la aldea quince años atrás y trabajaba de jefe de contabilidad en la azucarera de Staro-Konstantínov.

Kotienko, un viejo alto, recio, de unos sesenta y cinco años, con espesa barba, estaba sentado a la mesa mirando a su mujer mientras esta blanqueaba la casa.

—Buenos días —saludó Grischenko—, he venido a recoger mis sacos.

Kotienko le preguntó en tono burlón:

—¿Se prepara para el viaje, presidente del koljós?

—Claro está, es preciso marcharse —dijo Grischenko y entornando los ojos, lanzó al viejo una mirada de odio.

En los últimos días el viejo parecía más erguido; su forma de hablar se había tornado burlona, sosegada, y ahora al dirigirse a Grischenko le tuteaba, lo mismo que antaño, cuando Grischenko, aun siendo mozo, trabajaba para él como peón.

—Sí, sí, tienes que marcharte, ¡cómo no te vas a ir si ya se fue el presidente del soviet, todos los de la oficina, el tenedor de libros, los jefes de las brigadas del koljós! Casi todos los tuyos se han ido, ¡hasta el cartero! —Y se echó a reír—. ¿Sabes?, no puedo devolverte los sacos; los cogió mi yerno para llevar el trigo a Bieli Kolódets y no volverá hasta pasado mañana.

Grischenko asintió con la cabeza y le dijo tranquilamente:

—Bueno, qué le vamos a hacer. ¿Qué idea es esta de encalar la casa?

—¿Encalar la casa? —repitió el viejo.

Estuvo tentado de decirle al presidente del koljós por qué encalaba la casa. Pero en tanto que hombre prudente y reservado, acostumbrado a ocultar sus pensamientos, también ahora tuvo miedo. «¿Quién sabe? A lo mejor me pega un tiro», pensó.

Parecía ebrio de alegría, a pesar de que el presidente del koljós todavía andaba por las casas. Sentía deseos de expresar todo lo que llevaba dentro de su alma, todo lo que había pensado en las largas noches de invierno y que nunca le había confiado a nadie, ni a su propia mujer. Hacía cuarenta años había ido a ver a un tío suyo que trabajaba como peón en la hacienda de un rico *kulak*[12] estoniano. Como si fuera un poema maravilloso, se le quedó grabado el recuerdo de la bonita casa grande y luminosa, del magnífico corral para el ganado, donde lavaban el suelo de cemento con jabón, del molino de vapor y del propio amo, un viejo fornido y con barba, vestido con una pelliza roja forrada de piel. Miles de veces se había acordado del bonito trineo pintado de colores llamativos, y del joven, esbelto, fogoso y dócil caballo negro que lo arrastraba hasta el zaguán claro y limpio, del dueño vestido con su magnífica pelliza, con su gorro alto de pieles, con sus manoplas bordadas y sus flexibles botas de fieltro. Recordaba cómo, mientras recorría el bosque, donde los peones serraban la madera, el amo sacó del bolsillo un frasquito, desenroscó su original tapón y tomó un trago de vodka de frutas. Este no era un negociante, no era un terrateniente noble, no: era un mujik,[13] un verdadero mujik, pero rico y poderoso. Convertirse en un mujik tan rico como aquel, poseer hermosas vacas pintas, rebaños de ovejas, centenares de cerdos grandes y rosados, ser un mujik en cuya hacienda trabajasen decenas de jornaleros fuertes y disciplinados: ese había sido el sueño, la vida y la aspiración de Kotienko. Luchó por la realización de este sueño de modo cruel, infatigable y con inteligencia. En 1915 poseía sesenta desiatinas[14] de tierra y había construido un molino de vapor. La Revolución le despojó de todo aquello. Dos de sus hijos se enrolaron en el Ejército Rojo y perecieron en los frentes de la guerra civil. Kotienko no permitió a su mujer que colgara sus fotografías en la pared. Vañka, el pequeño, no quiso seguir viviendo con el padre y se marchó de casa a los dieciséis años. Pero Kotienko esperó y esperó. Esperaba y rezaba. En 1931 se marchó a la cuenca del Donbás y estuvo trabajando en las minas ocho años. Pero su anhelo de vivir como aquel kulak no quería, no podía morir.

Ahora creía llegado el momento de realizar su sueño. Durante todo este tiempo le había atormentado la envidia que sentía hacia la vieja Cherednichenko. El honor que él aspiraba a obtener en tiempos del zar esta lo había alcanzado con su vida de trabajo después de la Revolución. Elegida delegada para que en nombre del koljós pronunciase discursos en los teatros de la ciudad; la llevaban allí en automóvil. Kotienko perdía los estribos cuando veía su fotografía publicada en el periódico de la región: una vieja de labios finos, con su mantón negro sobre los hombros, mirándole con sus ojos inteligentes y maliciosos como si estuviera burlándose de él. «Vaya, Kotienko, has vivido de forma equivocada», le decía su cara. El odio y el horror se adueñaban de él cuando veía a la vieja dirigirse tranquilamente al campo a trabajar, o cuando los vecinos decían:

–Timoféyevna se ha marchado a Kiev a ver a su hijo; un teniente vino a recogerla en un coche azul.

Pero ahora Kotienko sabía que no había esperado en vano. Resultó que él tenía razón, y ella no. No se había dejado crecer en vano una barba igual que la que llevaba el kulak estoniano, no había esperado en vano, no había abrigado esperanzas en vano.

Y mientras miraba al presidente del koljós, que le observaba con ojos escrutadores, se contenía, se calmaba: «Espera, espera, has esperado mucho; ahora sólo falta un día, un solo día».

–¿Quién sabe? –dijo con un bostezo–, ¿quién lo sabe? A mi mujer se le ocurrió blanquear la casa justo ahora, y si una mujer se empeña ¿qué se puede hacer?

Salió para acompañar al presidente y miró largo rato hacia la carretera desierta, mientras en su cabeza zumbaba un enjambre de alegres pensamientos. «Cherevichenko ha construido su casa sobre mis propiedades, esto quiere decir que la vivienda será mía; si quiere vivir en ella tendrá que pagarme el alquiler en oro... Las cuadras del koljós también están sobre mis tierras, por consiguiente serán mías... Los frutales del koljós fueron plantados sobre mis tierras: por lo tanto, también serán míos los cerezos y los manzanos... El colmenar del koljós será mío, pues demostraré que las colmenas me fueron arrebatadas en tiempos de la Revolución...»

La carretera estaba tranquila, desierta, no había polvo, no se movían las hojas de los árboles situados a lo largo de la carretera. El disco rojo del sol, espléndido y tranquilo, descendía hacia la tierra.

«Por fin ha llegado el momento tan largamente deseado», pensó Kotienko.

9

Los alemanes

—Abuelita, ¿tendremos tiempo de marcharnos? —preguntó Lioña.

—Sí, Lioña, sí —contestó María Timoféyevna.

—Abuelita, ¿por qué retrocedemos siempre? ¿Es que los alemanes son más fuertes?

—Duérmete, Lioña —dijo María Timoféyevna—, mañana tenemos que partir al amanecer. Yo me acostaré, descansaré luego una horita y más tarde haré los preparativos. Me cuesta trabajo respirar, es como si tuviera una losa sobre el pecho. Siento ganas de quitármela, pero no tengo fuerzas para ello.

—Abuelita, pero ¿no habrán matado a mi padre?

—¡Pero qué dices, Lioña! A tu padre no lo matarán. Es fuerte.

—¿Más fuerte que Hitler?

—Más fuerte, Lioña. Era un mujik como tu abuelo y ahora es general. Es inteligente, tú no sabes lo inteligente que es. Y tu abuelo combatió contra los japoneses y los alemanes.

—Pero papá siempre está callado. Me sienta sobre sus rodillas y calla. Sólo una vez hemos cantado canciones.

—Duerme, Lioña, duerme.

—¿Nos llevaremos la vaca?

María Timoféyevna jamás había sentido tal debilidad como en aquel instante. Tenía muchas cosas que hacer pero, de súbito, las fuerzas le fallaron y se sintió débil, exhausta.

Extendió una manta de algodón sobre un banco, puso una almohada y se acostó. Hacía mucho calor. Los dorados panes, recién sacados del horno, despedían un olor dulce y apetitoso. ¿Sería posible que fuera la última vez que cociera el pan en su horno, sería posible que no comiera más pan de su trigo? Tres de sus hijos habían caído luchando por ese trigo campesino. Los pensamientos se confundían en su cabeza.

En su niñez, lo mismo que ahora, se acostaba junto al cálido horno sobre la pelliza de piel de su padre y miraba los panes que había cocido su madre. «¡Manka, ven a desayunar!», la llamaba el abuelo. ¿Dónde se encontraría ahora su hijo? ¿Estaría vivo? ¿Cómo podía llegar hasta él?

«¡Manka, Manka!», la llamaba su hermana, y ella, sin calzarse, corría con los pies desnudos sobre el frío suelo de tierra. «Es preciso recoger todos los retratos, descolgar de la pared todas las fotografías. Las flores se quedarán, los árboles frutales también, lo mismo que las tumbas. No he ido al cementerio a despedirme a pesar de que quería hacerlo. El gato se quedará. Cuentan los koljosianos que en las aldeas quemadas sólo se quedan los gatos. Los perros se marchan con sus amos: los gatos, acostumbrados a la casa, no quieren irse.» ¡Oh, qué calor, qué difícil es respirar, qué pesadez en los brazos! Sólo ahora parecen acusar estos el enorme trabajo que ella, ahora ya vieja, ha realizado durante los setenta años de su vida. Las lágrimas corren por sus mejillas: le cuesta levantar la mano, las lágrimas no dejan de brotar. Así lloró cuando una zorra se llevó el más hermoso ganso de la manada. Al anochecer, al volver a casa, la madre le preguntó con tristeza:

–Manka, ¿dónde está nuestro ganso?

Ella lloraba a lágrima viva. El padre, severo, siempre taciturno, se le acercó, le acarició la cabeza y le dijo: «No llores, hijita, no llores». Le parecía que también ahora lloraba de dulce felicidad mientras sentía la ruda y cariñosa mano de su padre sobre su cabeza. En esta amarga noche, la última de su vida, a la casa que debía abandonar, regresaron, como si el tiempo hubiese desaparecido, los recuerdos de su infancia, de su adolescencia y de los primeros años de su vida de casada. Oía los llantos de sus hijos cuando los amamantaba, el susurro alegre y malicioso de sus amigas, veía a su joven y fuerte marido, de cabellos negros, obsequiar en la mesa a los invitados, oía el tintineo de la vajilla, el crujido de los pepinos salados, duros como manzanas, que su abuela le había enseñado a preparar. Los invitados comenzaban a cantar; ella les acompañaba con su joven voz y notaba las miradas de los mujiks, mientras su marido se enorgullecía de ella, y el viejo Afanasi movía la cabeza cariñosamente diciendo: «¡Oh, mi María!».

Debió de quedarse dormida. Después la despertó un ruido extraordinario, salvaje, un ruido como jamás se había oído en la aldea. Lioña, que se había despertado, la llamaba:

–¡Abuelita, abuelita, levántate deprisa! Abuelita, no duermas más, te lo ruego.

La vieja se acercó rápidamente a la pequeña ventana, apartó los visillos y miró.

¿Era de noche o había llegado el nuevo y terrible día?

Todo aparecía de color rojo, como si hubieran regado con agua sanguinolenta la aldea entera: las pequeñas casas y los troncos de los abedules, los jardines y las vallas. Se oía tronar unos disparos, frecuentes y caóticos, el rugido de los motores de los automóviles, gritos.

Los alemanes irrumpieron en la aldea. Entró la horda. Así llegó desde Occidente, con sus excelentes motores de gran cilindrada, con sus magníficos y compactos aparatos transmisores, con sus piezas niqueladas, su cristal, su wolframio, su molibdeno, con los neumáticos de los automóviles producidos en sus fábricas de caucho sintético. Y como si se avergonzasen de estas máquinas perfectas, creadas, a su pesar, por la ciencia y el trabajo de Europa, los fascistas habían pintado sobre ellas los símbolos de su cruel salvajismo: osos, lobos, zorras, dragones, calaveras humanas con tibias cruzadas.

María Timoféyevna comprendió que le había llegado la muerte.

–Lioña –dijo–, vete corriendo con el pastor, con Vasili Kárpovich, él te sacará de la aldea y te llevará con tu padre.

Ayudó al nieto a vestirse. La flojera había desaparecido: la mirada de la anciana reflejaba serenidad. Comprendió que la muerte venía a llevársela y se sabía empoderada para recibirla con dignidad. Su pensamiento, confuso hasta el momento, ahora fluía claro y sosegado. En vez de ponerse su habitual blusa estilo marinero, el chico, a instancias de la abuela, se enfundó un viejo chaquetón raído que ella usaba para ir a trabajar.

–¿Dónde está mi gorra? –preguntó el chico.

–Ahora no hace mucho frío, márchate sin ella –le dijo la abuela.

El muchacho, como si fuera un adulto, comprendió enseguida por qué no debía ponerse la marinera con los botones dorados.

–¿Puedo coger el revólver y los anzuelos de pescar? –preguntó en voz baja.

–Cógelos, cógelos. –Y la abuela le entregó un revólver negro de juguete.

María Timoféyevna abrazó a su nieto, lo besó en los labios y le dijo:

–Vete, Lioña, y saluda a tu padre de mi parte con una reverencia profunda, y tú, nietecito mío, acuérdate de la abuelita, no me olvides.

El niño salió corriendo de la casita en el instante en que los alemanes se dirigían hacia su patio.

–¡Corre por las huertas, por las huertas! –le gritaba la abuelita.

Corría, y era como si las palabras de despedida de su abuela se incrustaran para siempre en su turbada alma infantil. Y no se daba cuenta de que estas palabras surgirían de nuevo en su memoria y ya jamás las olvidaría.

María Timoféyevna recibió a los alemanes en el umbral de la puerta. Vio que detrás de ellos estaba el viejo Kotienko, y aun en este terrible momento le sorprendieron a María Timoféyevna sus ojos, que la miraban ávidos y escrutadores, buscando en su cara el azoramiento, el miedo, una súplica de piedad.

Un alemán alto, delgado, con la cara cubierta de polvo, sudoroso y sucio, le preguntó en ruso, vocalizando, como si imprimiese sus palabras con las letras mayúsculas del abecedario:

–¿Usted es la madre del comisario?

Y ella, que presentía la muerte, irguió aún más su esbelta figura y dijo en voz baja, prolongando las palabras:

–Yo soy su madre.

El alemán miró despacio y con atención su cara, miró el retrato de Lenin, echó un vistazo al horno, a la cama deshecha. Los soldados que estaban detrás de él examinaban la casa y la vieja, con su mirada penetrante, comprendió lo que significaban sus rápidas y prácticas ojeadas al jarro lleno de leche que estaba sobre la mesa, al plato con los huevos cocidos para el viaje, a las toallas con gallos rojos bordados, a los panes de trigo dorados, al pedazo de tocino medio envuelto en un lienzo limpio, a una botella con licor de guindas que ardía en chispas de rubíes sobre el alféizar de la ventana.

Un soldado dijo algo en voz baja y tono bonachón; los demás se rieron. Y una vez más María Timoféyevna comprendió, con su instinto agudizado hasta el extremo, de qué hablaban los soldados. Era una simple broma de soldado a propósito de la buena comida que les iba a caer en suerte. La vieja se estremeció, al comprender de repente la terrible indiferencia que los alemanes sentían por ella. No les interesaba, no les conmovía, no les inquietaba la enorme desgracia de esta mujer de setenta años dispuesta a recibir la muerte. Simplemente, la vieja se interponía entre ellos y el pan, el tocino, las toallas y el trozo de lienzo, y ellos sólo tenían ganas de comer y de beber. Estaban ciegos a la belleza trágica de aquella mujer de pelo cano que estaba de pie en el umbral de su casa familiar, una mujer que había dado a luz. La vieja no provocaba en ellos odio, pues no representaba ningún peligro. La miraban como se puede mirar a un gato, a una ternera. Ante ellos estaba una vieja inútil que existía en el espacio vital necesario para los alemanes.

No, no había sobre la tierra nada más terrible que semejante indiferencia hacia la gente. El asesinato que se estaba tramando, ese asesinato, que no era fruto de odio o de pasión por la guerra, tenía su causa y origen en el *pathos* calculador de los industriales y economistas germanos... No, no había sobre la tierra ninguna clase más terrible de asesinato que aquel exterminio de personas por personas estadísticamente planificado. Los alemanes seguían adelante, marcaban las rutas sobre los mapas, anotaban en sus diarios la cantidad de miel comida, la lluvia caída, los baños en los ríos, las noches de luna, las conversaciones con los compañeros. Eran pocos los que escribían sobre los fusilamientos en innumerables aldeas de nombre impronunciable y rápidamente olvidado. Esas cuestiones las consideraban formales y aburridas.

–¿Dónde está el hijo del comisario? –preguntó el alemán articulando esforzadamente los sonidos.

–¿Acaso haces la guerra también con los niños, víbora? –le preguntó María Timoféyevna.

La vieja quedó tendida en el umbral de la casa y los tanquistas alemanes pasaron cuidadosamente por encima del charco de sangre oscura, anduvieron de un lado para otro llevándose lo que encontraban y charlando animadamente entre sí.

–El pan aún está caliente.

–Si fueras un tipo decente, de las cinco toallas me darías por lo menos una. Eh, ¿qué te parece? No tengo ninguna como estas, con gallos.

En el centro de la habitación había una mesa cubierta con un mantel blanco. Sobre ella se veía miel, nata, salchichón casero ucraniano, con ojos blancos de tocino y de ajo, grandes jarros oscuros con leche y un samovar hirviendo.

Serguéi Ivanóvich Kotienko, vestido con chaqueta y chaleco negros en los que brillaban las escamitas de la naftalina, y una blanca y fina camisa de hilo bordada, recibía a los huéspedes alemanes: al mayor, el jefe del destacamento de tanques, y a un oficial entrado en años, de tez morena y con gafas de oro, que llevaba una calavera blanca sobre la manga de su guerrera. Los oficiales estaban rendidos después de la larga marcha nocturna; sus caras, pálidas.

El mayor tomó un vaso de leche con mucha nata y dijo bostezando:

–Esta leche me gusta mucho, me recuerda el chocolate.

Serguéi Ivanóvich ofrecía los platos a los huéspedes mientras decía:

–Coman, háganme el favor. ¿Por qué no comen ustedes?

Los oficiales, cansados, no tenían ganas de comer, bostezaban, removían perezosamente sobre los platos las rodajas de salchichón con los tenedores.

–Sería mejor echar a este viejo y también a su mujer –propuso el oficial con gafas–; me asfixio con el olor de la naftalina, casi es necesario ponerse la máscara antigás.

El mayor se echó a reír.

–Pruebe usted la miel –dijo–, en sus cartas mi mujer me dice que coma toda la miel ucraniana que pueda porque, según ella, es muy rica en vitaminas.

–¿Han encontrado al muchacho? –preguntó el oficial con gafas.

–Hasta ahora no.

El mayor cogió un pedazo de pan, lo cubrió con una gruesa capa de mantequilla, después tomó con la cucharilla una gran porción de espesa miel y la vertió encima del pan, que se tragó rápidamente con algunos sorbos de leche.

–En serio, no está mal, os lo aseguro –dijo.

Kotienko estaba ansioso de preguntar a quién debía dirigirse para que le reconocieran sus derechos sobre las casas, las cuadras del koljós, las colmenas y la huerta. Pero una incomprensible timidez se apoderó de él. Había creído que con la llegada de los alemanes, de golpe, se sentiría libre y feliz, que se sentaría con ellos a la mesa, que conversaría. Pero no le invitaron a tomar asiento, y en sus caras burlonas, que bostezaban, se reflejaban la indiferencia y el hastío. Al conversar con él, en tono de impaciencia, fruncían el ceño. Su atento oído pescó algunas palabras en alemán, incomprensibles para él, pero que evidentemente eran de burla y desprecio hacia él y su mujer.

Los oficiales se levantaron de la mesa, le dijeron entre dientes una palabra incomprensible que Kotienko interpretó como un saludo displicente. Salieron a la calle y se dirigieron hacia la escuela donde los ordenanzas les habían preparado el alojamiento.

Ya amanecía. Los incendios que se estaban extinguiendo aún humeaban.

–Y bien, Motria, ¿es que no vas a dormir? –preguntó Serguéi Ivanóvich a su mujer.

–No puedo –le contestó esta.

Un sentimiento de inquietud, de miedo, se apoderó cada vez con más fuerza de Kotienko. Echó una mirada a la mesa, a la comida intacta. ¡Él, que tanto había soñado con una fiesta alegre y solemne, con el discurso emocionado que pronunciaría tras la llegada de una vida nueva y próspera!

Se acostó, pero durante mucho rato no pudo conciliar el sueño. Le venía a la memoria el recuerdo de sus hijos, que habían perecido en el Ejército Rojo, de la vieja Cherednichenko. Él no había sido testigo de sus últimos instantes en este mundo. Cuando ella amenazó al oficial, Serguéi Ivanóvich salió al patio y corrió hasta la verja. Oyó el disparo que estremeció la casa y sus dientes empezaron a castañetear. Pero cuando el oficial salió al patio estaba tan tranquilo, los soldados que sacaban las cosas de la casa conversaban entre sí tan amistosa y sosegadamente, que Serguéi Ivanóvich se serenó. «La vieja perdió completamente la cabeza –pensaba–; se empeñó en abofetear a un oficial.» Con un gruñido, se dio la vuelta en la cama. El olor de la naftalina le incomodaba, hasta tal punto que le parecía tener la cabeza llena de plomo; el dolor de las sienes era insoportable. Se levantó sin hacer ruido, se dirigió al baúl donde estaba la ropa de invierno y sacó las fotografías de sus hijos, vestidos con el uniforme de la caballería de Budionni,[15] con los sables colgados de su cintura. Echó una rápida ojeada a los jóvenes de caras redondas y pómulos salientes que desde los retratos le miraban con curiosidad; empezó a romper las fotografías y a echar los pedazos a la lumbre. Después se acostó de nuevo. De pronto se sintió triste, pero tranquilo. «Ahora será como yo quería», y con este pensamiento se durmió.

Se despertó a las ocho tocadas y salió a la calle. La aldea estaba llena de polvo. Llegaban camiones nuevos, enormes, con infantería, que atravesaban las calles de la aldea. Los soldados, en grupos, recorrían las casas. Sus rostros enflaquecidos y tostados reflejaban desconfianza e indiferencia.

«Esto sí que es una fuerza», pensó Serguéi Ivanóvich. Oyó unos gritos provenientes del pozo y miró hacia atrás. La hija de Cherevichenko, Ganna, se dirigía apresuradamente a su casa cargada con unos cubos. Un joven alto que calzaba botas amarillas con gruesas suelas la seguía a grandes pasos.

–Oh, buena gente, nuestra casa está ardiendo. ¡La incendiaron los malditos alemanes y no me dejan que la apague! –gritaba Ganna llorando.

El soldado alto la alcanzó, la obligó a dejar los cubos en el suelo, le dijo algo rápidamente y, cogiéndola por el brazo, miró sus ojos llorosos. Se acercaron otros dos soldados más y, riendo, empezaron a hablar, al tiempo que abrían los brazos para cortarle el camino a la muchacha. Mientras, el tejado de paja seguía ardiendo con su fuego claro, amarillo, alegre, vivo y despreocupado como el sol de una mañana de verano.

El polvo envolvía la calle, se posaba sobre el rostro de las gentes; el olor de los incendios lo impregnaba todo. Los que ya se iban extinguiendo despedían un humo blanquecino, las altas y delgadas chimeneas de las estufas permanecían sobre las casas incendiadas como tristes monumentos. En algunos hornos habían quedado las ollas y peroles de hierro fundido. Las mujeres y los niños, con los ojos enrojecidos por el llanto y el humo, removían las brasas para salvar lo poco que quedaba de sus ajuares medio quemados: sartenes, vasijas de hierro fundido todavía servibles. Serguéi Ivanóvich vio a dos alemanes que se disponían a ordeñar una vaca; uno ofrecía al animal un pequeño plato de patatas cortadas en trozos menudos y espolvoreadas con sal. La vaca, desconfiada, tomaba con su húmedo hocico la golosina y dirigía miradas aviesas al otro alemán, que acomodaba un cubo esmaltado debajo de su ubre. Cerca del estanque se oía hablar animadamente en alemán y el graznido de los gansos asustados. Algunos soldados, saltando como las ranas, con los brazos abiertos, atrapaban los gansos que echaban del estanque dos jóvenes pelirrojos muy bien parecidos, metidos en el agua hasta la cintura. Estos salieron del agua y, desnudos, se acercaron a la vieja maestra Anna Petrovna, que atravesaba la plaza. Empezaron a bailar haciendo muecas. Los otros soldados se reían a carcajadas mientras contemplaban estas danzas. Los dos pelirrojos estaban muy borrachos. Anna Petrovna se quedó parada, con la mirada baja y la cara totalmente blanca, mientras alisaba con los dedos temblorosos su gastada blusa.

Serguéi Ivanóvich se dirigió a la escuela; allí, de un columpio donde antes jugaban los niños durante el recreo, colgaba Grischenko, el presidente del koljós. Sus pies descalzos, con los dedos torcidos y encallecidos, casi tocaban la tierra. Su cara amoratada, cubierta de cuajarones de sangre, miraba fijamente a Serguéi Ivanóvich, y este soltó un grito de sorpresa: Grischenko se reía de él. Con sus ojos horribles y feroces fijos en él, sacaba la lengua e inclinaba su pesada cabeza como si le preguntase: «Qué, Kotienko, ¿has recibido por fin a los alemanes?».

La cabeza de Serguéi Ivanóvich se turbó. Quiso gritar pero ningún sonido salió de su boca, y haciendo un gesto con la mano dio media vuelta y se marchó. «¡He aquí mis cuadras!», dijo en voz alta al examinar los escombros ennegrecidos por el incendio, las vigas salientes, los tirantes, los postes. Se dirigió al colmenar y desde lejos vio las colmenas destruidas, volcadas; oyó el zumbido de las abejas, que parecían vigilar el cuerpo del muchacho que cuidaba las colmenas y que yacía debajo de un árbol. «¡Aquí está mi colmenar!» Y, tras detenerse, se quedó mirando la nube oscura de abejas que volaba alrededor del cuerpo exánime del joven. Se marchó para ver la huerta koljosiana. En las ramas no había una sola manzana, ni una sola pera. Los soldados serraban y cortaban con hachas los árboles frutales, sin dejar de maldecir los fibrosos troncos, que se resistían. «El peral y el cerezo son los más duros de cortar –pensó Serguéi Ivanóvich–; tienen la madera nudosa.»

Las cocinas humeaban en la huerta del koljós. Los cocineros desplumaban los gansos; con navajas de afeitar raspaban las cerdas de los lechones sacrificados, mondaban patatas, zanahorias y remolachas traídas de la huerta koljosiana. Debajo de los árboles había decenas, centenas de soldados tendidos que masticaban ruidosamente, chascando la lengua al saborear el jugo de las manzanas blancas y de las azucaradas peras. Le parecía a Serguéi Ivanóvich que este ruido mitigaba todos los otros sonidos: el de las bocinas de los nuevos autos que llegaban cada vez en mayor número, el zumbido de los motores, los chillidos y los llantos de mujer que llegaban desde el lado del molino donde vivían las guapas hijas del molinero del koljós fallecido la semana anterior, el largo mugido de las vacas, el piar de los pájaros. Tenía la sensación de que aunque un trueno hubiera hecho estremecer el cielo, incluso eso habría sido sofocado por el potente, apresurado y alegre masticar de aquellos centenares de soldados alemanes.

Todo se confundía en la cabeza de Serguéi Ivanóvich. Andaba sin rumbo por la aldea sin saber adónde ir, ni para qué. Las mujeres, al verle, huían atemorizadas; los niños lo rehuían escondiéndose en los patios y en la tupida hierba al pie de las cercas; los hombres le miraban con indiferencia y pasaban delante de él sin responder a sus saludos; las viejas, que no temían a la muerte, le amenazaban con sus puños nudosos y le insultaban con sus peores palabras. Iba por la aldea mirando de un lado para otro. Su americana negra estaba cubierta por una capa de polvo; su cara sudorosa, llena de suciedad; el dolor de cabeza le atormentaba. Creía que el dolor de las sienes era producido por el olor penetrante y molesto de la naftalina, y que el ruido de los oídos era consecuencia del unánime y alegre masticar.

Los autos negros marchaban y marchaban entre el polvo amarillo y gris. De ellos saltaban a tierra, sin abrir siquiera la portezuela trasera con escalones, nuevos alemanes enflaquecidos que se dispersaban por las casas blancas, se metían en las huertas, en los jardines, en los cobertizos y gallineros.

Serguéi Ivanóvich llegó a su casa y se detuvo en el umbral de la puerta. La rica mesa preparada desde la tarde estaba manchada de los vómitos de las borracheras. Sobre ella había botellas vacías tiradas. Los alemanes ebrios iban de una habitación a otra, dando traspiés; uno de ellos exploraba con el hurgón el negro vientre del horno, otro estaba encima de un taburete descolgando de los iconos las toallas nuevas bordadas, puestas allí la víspera. Al ver a Serguéi Ivanóvich, uno le guiñó el ojo y pronunció una larga perorata en alemán. En la cocina oyó de nuevo un ruidoso, alegre y apresurado masticar: los alemanes comían tocino, manzanas y pan. Serguéi Ivanóvich salió al pasillo y en un rincón oscuro, al lado del barril del agua, encontró a su mujer.

El corazón se le contrajo terriblemente por el dolor. Allí estaba su taciturna, sumisa y obediente esposa, que ni una vez en su vida le había replicado, que jamás había pronunciado una palabra más alta que otra, grosera.

–Motria, pobrecita Motria mía –susurró, y de repente se calló.

Los ojos de Motria, jóvenes y ardientes, le miraban.

–Yo quería conservar las fotografías de mis hijos –dijo ella, y Kotienko no reconoció su voz–, pero anoche tú las rompiste y las echaste a la estufa.

Y abandonó para siempre la casa mancillada.

Kotienko se quedó en el pasillo semioscuro. Por su imaginación vio pasar al kulak estoniano con la pelliza roja bordeada de piel, chascando alegre y fuertemente la lengua. Y como si fuese en un paisaje lunar, de pronto vio a María Cherednichenko con los cabellos blancos que se escapaban de su pañuelo, iluminada por las llamas de los incendios. De nuevo se sintió abrasado por la envidia. Ahora envidiaba su vida, envidiaba su muerte sin mácula. Por un instante se abrió un terrible abismo en el que cayó su alma.

En la oscuridad tanteó con la mano el cubo con la cuerda. El cubo hizo un ruido conocido, pero la cuerda no estaba, se la habían llevado los alemanes.

—¡No me vencerás, perra suerte! —murmuró, y, tras quitarse su delgado y resistente cinturón, empezó allí mismo, en la oscuridad del pasillo, a preparar un nudo corredizo que sujetó en una alcayata clavada encima del barril.

10

¿Quién tiene razón?

Era de noche. Mertsálov y Bogariov despachaban su cena en el puesto de mando. Comían carne en conserva. Mertsálov se llevó a la boca un trozo de carne cubierto de grasa blanca fría y dijo:

–Algunos la calientan; yo, en cambio, considero que fría está más sabrosa.

Después de las conservas, tomaron té. Con la empuñadura del machete que les había servido de abrelatas, Mertsálov partió un gran terrón de azúcar. Los pequeños terrones que saltaron en todas direcciones provocaron las quejas del jefe del Estado Mayor, pues varios de ellos impactaron en su rostro.

–¡Ah! Me había olvidado por completo –dijo Mertsálov–, ¡si tenemos dulce de frambuesa! ¿Está usted dispuesto a hacerle los honores, camarada comisario?

–¡Encantado! Precisamente, esa es mi mermelada predilecta.

–Entonces, ¡magnífico! Aunque le diré que yo prefiero la de guindas. ¡Es para chuparse los dedos!

Mertsálov cogió la gran tetera de latón.

–¡Cuidado, cuidado, que está llena de tizne! Seguramente la habrán puesto a hervir en la hoguera.

–La han hervido en la cocina de campaña, pero después Proskúrov la ha recalentado en la hoguera –explicó Mertsálov con una sonrisa.

—Veo que su experiencia de la vida de campaña, camarada Mertsálov, es por lo menos setenta veces mayor que la mía. ¿Dónde quiere que le ponga el dulce?

Los dos sorbieron ruidosamente el té, levantaron a un tiempo la cabeza, se miraron y sonrieron.

Aquellos pocos días de vida en común les habían hermanado. La vida del frente une siempre a los hombres con gran rapidez. A veces basta convivir con alguien un solo día y ya parece que se le conozca de años: uno aprende sus hábitos alimentarios, sobre qué costado duerme, si —¡Dios nos libre!— rechina los dientes al dormir y adónde ha sido evacuada su mujer, y todas las peculiaridades de su carácter: si es egoísta, valiente u honesto. Uno llega incluso a enterarse de cosas que, en tiempos de paz, ni en diez años hubiera descubierto de su mejor amigo. ¡Qué fuerte es la amistad soldada con la sangre y el sudor de los combates!

Entre sorbo y sorbo, Bogariov derivó la conversación hacia un tema importante.

—¿Qué opina usted, camarada Mertsálov, ha sido o no eficaz el ataque nocturno contra los tanques alemanes que había en el sovjós? —preguntó.

—Cómo decirle... —respondió Mertsálov sonriendo—. Irrumpimos allí de noche, por sorpresa, el enemigo huyó y nosotros ocupamos un punto poblado. Por un acto así mereceríamos ser condecorados. Y usted, camarada comisario, ¿opina acaso que el ataque no fue un éxito? —demandó a su vez, con una sonrisa esbozada en los labios.

—¡Claro que no! —exclamó Bogariov—. Me parece un fracaso rotundo.

Mertsálov se acercó a él.

—¿Por qué? —inquirió.

—¿Cómo que por qué? Kochetkov llegó con retraso y por eso los tanques han logrado huir. De haber organizado mejor la coordinación de las diversas fuerzas implicadas en el ataque, ni uno solo hubiera podido escapar. En cambio, ¿qué vimos? Cada jefe de batallón obraba por su cuenta y riesgo sin saber nada del vecino. Por eso fallamos el golpe contra el centro, donde estaban concentrados los tanques. Pero eso no es todo. Cuando los alemanes emprendieron la retirada, debimos pasar el fuego de la artillería al camino por el que huían, de ese modo hubiéramos liquidado a muchos; en vez de eso, nuestra artillería, después de llevar a cabo la preparación, suspendió el fuego. Luego supimos que el enlace con la artillería había quedado interrumpido y que no se le había encomendado ninguna nueva tarea. A los artilleros eso les asustó. Debimos destruir los tanques, aniquilarlos, en vez de dejar que se escurrieran.

»Podría mencionar aún muchos más defectos –continuó Bogariov, contando con los dedos a medida que los enumeraba–. Por ejemplo: debimos destacar parte de las ametralladoras a la retaguardia alemana. Aquel bosque parece como plantado a propósito para ello: las ametralladoras hubieran recibido con su fuego a los que se retiraban. En cambio, presionamos sólo de frente, sin aprovechar como es debido la acción de flanqueo.

–En tal caso –dijo Mertsálov–, los alemanes hubieran destacado un grupo con automáticos y hubieran contrarrestado nuestro fuego.

–¿Por qué, entonces, condecorarnos? –preguntó Bogariov, y se echó a reír–. ¿Acaso porque el jefe del regimiento, el famoso camarada Mertsálov, en el punto álgido del combate, en lugar de dirigir el fuego y el movimiento de los fusiles, ametralladoras, automáticos, cañones pesados y ligeros, morteros de compañía y de regimiento ha cogido un fusil y ha emprendido el asalto al frente de sus compañías? ¿Eh? La operación era extraordinariamente compleja y no era esto lo que debía hacer el jefe del regimiento. Debió detenerse a pensar hasta sudar a chorros, y adoptar medidas rápidas y concretas.

Mertsálov apartó la taza y preguntó con enojo:

–¿Qué más piensa el camarada comisario?

–Pienso muchas cosas –replicó Bogariov sonriéndose–. El caso es que, en las cercanías de Moguiliov, tuve la oportunidad de observar un escenario casi idéntico: cada batallón luchaba por su cuenta, mientras que el jefe del regimiento marchaba al ataque con la compañía de exploradores.

–Y ¿qué más? –preguntó Mertsálov, ahora más sosegado.

–¿Qué más? La deducción es evidente: la cooperación de las distintas fuerzas no está a la altura que se le presupone; de ordinario, las unidades inician las operaciones con retraso; en conjunto, el regimiento se mueve con lentitud, torpemente; el enlace durante el combate es malo, pésimo. El batallón que avanza no sabe quién está a su derecha: una unidad propia o una enemiga. El magnífico armamento es mal aprovechado. Los morteros, por ejemplo, por lo general no intervienen en los combates; los llevan a todas partes pero, según he podido observar, muchos de ellos parecen mudos. El regimiento no recurre a los movimientos de flanqueo, no tiende a sorprender al enemigo por la retaguardia. ¡Arremete de frente y basta!

–Siga, siga. Es verdaderamente intereśante –dijo Mertsálov–. ¿Qué deducciones hace de todo esto?

–¿Qué deducciones? –repitió Bogariov visiblemente irritado–. Que el regimiento lucha mal, peor de lo que le corresponde.

—Siga, siga. Diga, ¿cuál es la conclusión principal a la que ha llegado? —volvió a preguntar Mertsálov con insistencia.

Al parecer, el comisario no se animaba a decir la última palabra.

Pero Bogariov prosiguió con calma:

—Usted es un hombre audaz, no regatea su vida, pero dirige mal el regimiento. Se debe exclusivamente a su falta de experiencia y a su incomprensión de la enorme responsabilidad que conlleva comandar un regimiento. La guerra es compleja. En ella interviene la aviación, los tanques, una gran cantidad de medios de fuego, y todo ello debe hacerse con rapidez y de forma coordinada; en el campo de batalla surgen nuevas combinaciones y problemas, más complejos que los del ajedrez, que hay que resolver, pero usted no quiere calentarse la cabeza con ellos.

—¡Eso quiere decir que Mertsálov no sirve!

—Estoy convencido de que sirve. Pero yo no quisiera que Mertsálov pensase que todo marcha bien y que ya no tiene nada que aprender. Si los Mertsálov piensan así, nunca vencerán a los alemanes. En esta batalla de pueblos no basta con conocer la aritmética de la guerra; para aplastar a los alemanes hay que conocer las matemáticas superiores.

Mertsálov callaba. Bogariov le preguntó en un tono afable:

—¿Por qué no se toma su té?

Mertsálov apartó aún más la taza.

—No me apetece —rechazó sombrío.

Bogariov se echó a reír.

—Ya lo ve —dijo—, nada más conocernos trabamos una relación amistosa, que me llenaba de satisfacción. Acabamos de tomarnos el té con una excelente mermelada de frambuesa. Le he echado en cara un montón de cosas desagradables y, como quien dice, le he quitado las ganas de tomar el té. ¿Acaso cree que a mí me agrada que usted se haya enfadado y que, seguramente, en su fuero interno, me esté cubriendo de improperios? ¡No, no me agrada en absoluto! No obstante, estoy contento, muy contento de que así sea. Nosotros no sólo debemos ser amigos; debemos ser, además, vencedores. Puede guardarme rencor, Mertsálov, ¡es asunto suyo!, pero recuerde esto: yo le he dicho cosas serias, le he dicho la verdad.

Y tras estas palabras, Bogariov salió del fortín. Mertsálov, adusto, le siguió con la mirada, y de pronto saltó de su asiento y comenzó a gritar, dirigiéndose al jefe del Estado Mayor, que se había despertado:

—Camarada comandante, ¿ha oído la filípica que me ha soltado? ¿Eh? ¿Quién soy yo para él? ¿Eh? ¡Qué atrevimiento! ¡Decirme eso a mí, héroe de la Unión Soviética por haber combatido a los finlandeses blancos, cuatro veces herido en el pecho!

—Es un hombre pesado —repuso el jefe del Estado Mayor con un bostezo—, lo calé enseguida. Pero la cabeza le funciona muy bien, eso sí.

Mertsálov, sin prestarle atención, continuó:

—No. Esto merece una reflexión a fondo. Está tomando el té con mermelada de frambuesa y con toda la calma, como si tal cosa, dice: «¿Qué conclusión? Muy sencilla: usted dirige mal el regimiento». ¿Qué podía objetarle? Ha sido tan inesperado que me he quedado sin saber qué responderle. Pero hombre, ¡que me digan esas cosas a mí, a Mertsálov!

11

Jefes

Por la noche, el jefe de la división, coronel Petrov, llamó a Mertsálov por teléfono. Les resultaba muy difícil entenderse, pues a cada momento la comunicación se interrumpía y, además, la audibilidad era pésima. Finalmente, la comunicación quedó interrumpida por completo: obviamente, la cizalla alemana había tenido que ver. Por las palabras del coronel, Mertsálov comprendió que en las últimas horas la situación en el sector ocupado por la división había empeorado mucho. Ordenó entonces que despertaran a Mishanski, a quien envió al Estado Mayor de la división, situado a doce kilómetros de allí.

Mishanski tardó una hora en regresar con una orden escrita del jefe de la división, donde se decía que una columna de tanques alemanes, con un numeroso contingente de infantería motorizada, había aparecido por la retaguardia de la división aprovechando que el pantano, situado al este del gran bosque de foliáceas, se había secado durante los tórridos días de agosto. Los alemanes habían llegado a la carretera bordeando el camino que defendía el regimiento de Mertsálov. A resultas de la nueva situación creada, la división había recibido orden de ocupar posiciones defensivas al sur del sector que había cubierto hasta entonces. Se ordenaba al regimiento al mando de Mertsálov y al grupo de obuses agregado replegarse y cubrir el camino real. Mishanski explicó que en su presencia, en el Estado Mayor de la división habían comenzado a enrollar los cables telefónicos, a quitar los postes y cargar los enseres en camiones; a las diez de la noche, dos regimientos de infantería, la artillería divisionaria y el regimiento de obuses ya estaban formados listos para partir; el batallón de sanidad había salido a las seis de la tarde.

–Entonces, ¿no llegaste a ver a Ánechka? –preguntó el teniente Koslov.

–¡Qué Ánechka ni qué diantres! –exclamó Mishanski–. Mientras aún estaba allí se presentaron dos oficiales de enlace: uno del Estado Mayor del ejército y el otro del sector de la derecha, el comandante Beliáyev, a quien conocí en Lvov. Me dijo que en su zona se combate encarnizadamente día y noche, que nuestra artillería ha infligido mucho daño a los alemanes pero que, no obstante, estos siguen arremetiendo.

–Sí, se está creando una situación muy grave –asintió el jefe del Estado Mayor.

Mishanski se inclinó hacia él y le dijo en voz baja:

–Sólo hay una palabra para calificarlo: «cerco».

Mertsálov replicó con enfado:

–¡Déjese de cercos! ¡Hay que actuar de acuerdo con la orden! –Y, dirigiéndose al oficial de guardia, le ordenó–: Llame a los jefes de los batallones y al del grupo de obuses. ¿Dónde está el comisario?

–Está con los zapadores –respondió el jefe del Estado Mayor.

–Dígale que venga al puesto de mando.

Era una noche oscura, silenciosa, pero el estado de alarma era latente. Había inquietud en la luz titilante de las estrellas; la inquietud crujía quedamente bajo las botas de los centinelas, y envuelta en negras sombras se ocultaba entre los árboles somnolientos y temblorosos;

la inquietud, junto con el crac de las ramas secas, acompañaba a los exploradores mientras estos pasaban por delante de los escuchas y se acercaban al Estado Mayor del regimiento. La inquietud chapoteaba y murmuraba en las aguas oscuras, en la esclusa del molino; la inquietud reinaba en todas partes: en el cielo, en la tierra, en el río. Pero donde más abundaba era dentro de los corazones humanos. Llegó un momento en que a todos los que llegaban al Estado Mayor se les observaba con ansiedad, esperando alguna mala noticia; un momento en que el fulgor alejado de los relámpagos les hacía ponerse en guardia. Y al menor ruido, los centinelas se echaban el fusil a la cara y gritaban: «¡Alto, o disparo!». En aquellos momentos, Bogariov observaba a Mertsálov con muda admiración. Este era el único que hablaba con voz jovial, segura y alta. Reía y bromeaba. En aquellas horas nocturnas de grave peligro, recaía sobre él todo el peso de la responsabilidad por millares de hombres, por los cañones, por la tierra misma. Y no se sentía abrumado por aquella enorme carga. ¡Cuántas preciadas cualidades del espíritu maduran y se fortalecen en el alma de un hombre en una noche así! Y a lo largo del vasto frente, millares de tenientes, comandantes, coroneles, generales y comisarios vivían horas, semanas y meses cargando con esta enorme responsabilidad, que les templaba e instruía. «No hay maestros más sabios y rigurosos que los que hacen acto de presencia en las noches fatales de la lucha por la libertad y la supervivencia de un pueblo frente a la esclavitud y la muerte». Mertsálov explicaba las tareas que realizar a los jefes que le rodeaban. Parecía como si una infinidad de resistentes hilos le uniese a la gente que yacía en el oscuro bosque, que se juntaba en las avanzadillas, que permanecía de guardia junto a los cañones en las posiciones de fuego, que escrutaba las tinieblas en los puestos de observación avanzados. Este comandante de treinta y cinco años de edad, pelo rojizo, rostro curtido de pómulos salientes y ojos claros, que ora parecían grises, ora azules, mantenía una actitud alegre, serena y sencilla.

—¿Tocaremos generala para poner en pie a los batallones? —preguntó el jefe del Estado Mayor.

—Deja que los muchachos duerman una hora más. Los soldados no tardan en levantarse —respondió Mertsálov—. Estoy seguro de que duermen con las botas puestas. —Luego miró a Bogariov y le dijo—: Lea la orden del jefe de la división.

Bogariov leyó la orden que indicaba al regimiento la dirección a seguir y su misión: impedir con las fuerzas de un batallón el avance de los alemanes por el camino real y, con la cooperación de las demás fuerzas, defender la travesía del río Uzh.

—¡Ah, sí! —añadió Mertsálov como si se hubiese acordado de una nimiedad; y mientras se enjugaba la frente con el pañuelo, dijo—: ¡Qué calor hace aquí! ¿Salimos a respirar un poco de aire fresco?

Tras permanecer unos segundos en silencio en medio de la oscuridad, Mertsálov dijo en voz baja:

—Esto es lo que hay: unos quince minutos después de que pasara Mishanski, los alemanes cortaron la carretera. No tengo enlace con el Estado Mayor de la división ni con nuestros vecinos. En resumen: el regimiento está cercado. He resuelto que marche hacia la travesía para cumplir su tarea y luego se abra paso con objeto de unirse a las demás unidades. El batallón de Babadzhanián y el grupo de obuses permanecerán en el bosque cercano al campo para contener el avance enemigo.

Guardaron silencio.

–¡Diablos! ¡No paran de acribillar el cielo con balas trazadoras! –dijo Mertsálov.

–Considero que su resolución es acertada –apostilló Bogariov.

–Ya ve –Mertsálov levantó los ojos al cielo–, una bengala verde... Puede volver a censurarme, camarada comisario, pero yo me quedo con el batallón... ¡Una bengala más! Morir de manera sencilla, al estilo ruso, eso lo sabré hacer, camarada comisario.

–¡De ningún modo, de ningún modo! –se apresuró a decir Bogariov–. Soy yo quien debe quedarse con el batallón, y le demostraré por qué. Usted debe guiar el regimiento.

Y se lo demostró. Se despidieron en la oscuridad. Aunque Bogariov no podía ver el rostro de Mertsálov, percibió que este todavía le guardaba rencor a raíz de la franca conversación sostenida durante la sobremesa.

Una hora más tarde, los lentos convoyes de transporte hipomóvil emprendieron la marcha. Los caballos, como si comprendiesen que no debían quebrantar el silencio de la furtiva retirada nocturna, avanzaban sin hacer ruido mientras resoplaban ahogadamente. Los soldados marchaban en silencio, salían de la oscuridad para volver a penetrar en ella. Arrebujados por el negro manto de la noche y sumidos en un profundo silencio, los hombres que se quedaban les despedían con una mirada. Y en aquella despedida de los batallones había mucha solemnidad, y una gran tristeza.

Antes del amanecer las piezas del grupo de obuses ocuparon sus posiciones de fuego. Los artilleros cavaban zanjas, construían defensas, traían ramas del bosque para enmascarar los cañones. Rumiántsev y Nevtúlov dirigían la organización de los polvorines. Establecían las direcciones más probables del ataque de los tanques y, tratando de prever los elementos sorpresa del combate que se avecinaba, emplazaban las piezas y marcaban los lugares para la apertura de trincheras y zanjas de comunicación. Disponían de una buena reserva de botellas de líquido inflamable y granadas antitanque pesadas como planchas. Bogariov les explicó su misión.

–La tarea es ardua –observó Rumiántsev–, pero ya nos hemos visto en trances mucho más duros que ese.

Hablaron sobre la táctica de ataque de los tanques alemanes, sobre las cualidades y puntos flacos de los aviones de picado y caza, sobre la artillería alemana y las motocicletas equipadas con ametralladoras.

–Aquí tenemos unas minas –dijo Rumiántsev–, ¿cree conveniente minar el camino, camarada comisario?

–A un kilómetro del sovjós –añadió Nevtúlov, tosiendo– hay un lugar ideal para las minas: de un lado un barranco, del otro un espeso bosquecillo. Allí el enemigo no podrá desviarse.

Bogariov asintió.

–¿Qué edad tiene usted? –preguntó de pronto a Rumiántsev.

–Veinticuatro años –respondió este y, a guisa de justificación, agregó–: pero estoy combatiendo desde el 22 de junio.

–¿A cuántos alemanes han tronchado mientras tanto? –preguntó Bogariov.

–Yo puedo informarle –intervino Nevtúlov–, si es que dispone de dos o tres minutos, camarada comisario.

–¡Sí, sí, léeselo, Seriozha! –pidió Rumiántsev. Y dirigiéndose a Bogariov añadió–: Desde el primer día lleva un diario de operaciones.

Nevtúlov extrajo de su cartera de campaña una libreta. A la luz de su linterna de bolsillo Bogariov vio que la tapa del cuaderno estaba adornada originalmente con letras recortadas en papel de colores.

Nevtúlov empezó a leer: «22 de junio. El regimiento recibió la orden de emprender las operaciones en defensa de la patria, y a las 15.00 el primer grupo, comandado por el capitán Rumiántsev, realizó una poderosa descarga contra el enemigo. Doce cañones del 152 descargaban sobre la cabeza de los fascistas tonelada y media de metal cada minuto...».

–Seriozha escribe bien –señaló Rumiántsev con convicción.

–Siga leyendo –pidió Bogariov.

–«El día 23 el regimiento aniquiló dos baterías de artillería, tres de morteros y más de un regimiento de infantería; los fascistas se replegaron dieciocho kilómetros. Ese día el regimiento gastó mil trescientos ochenta proyectiles.

»El 25 de junio el grupo del capitán Rumiántsev mantuvo bajo su fuego la travesía de Kámenni Brod. Esta fue destruida. Fueron aniquiladas una compañía de motociclistas y dos de infantería...

–Y así sucesivamente –dijo el capitán Rumiántsev–. Escribe bien, ¿no es así, camarada comisario?

–Lo indiscutible es que peleáis bien –dijo Bogariov.

–No, en serio, Seriozha tiene talento literario –insistió Rumiántsev–. Antes de la guerra le publicaron un cuento en *Smena*.

«Aquí todo va de primera –pensó Bogariov–, voy a ver a Babadzhanián.»

Mientras se alejaba, tanteando cuidadosamente el camino con el pie y deslumbrado aún por la luz de la linterna, llegó hasta él la voz de Rumiántsev:

–También es indiscutible que mañana no habrá dios que pueda jugar al ajedrez.

–¿Dónde habéis aparcado los tractores, Rumiántsev? –preguntó Bogariov al tiempo que se detenía.

–Todos los tractores, los camiones y el combustible están en el bosque, camarada comisario, y pueden llegar hasta las posiciones de fuego por un camino a cubierto –respondió desde la oscuridad Rumiántsev.

Bogariov se encontró con Babadzhanián en el puesto de mando. Este le puso al corriente de los preparativos del batallón para la defensa. Bogariov se fijó en los brillantes ojos negros y en las morenas y enflaquecidas mejillas del jefe del batallón. «Si he de morir –pensó Bogariov–, no encontraré un camarada más noble para que me acompañe en ese último trance de mi vida.» Se acordó del alegre y guapo Ignátiev: «También este se ha quedado con nosotros. –Entonces pensó alarmado–: Ay, qué poco converso con los combatientes: me he pasado diez años leyendo. ¿Tendré acaso un vínculo hondo, entrañable con Ignátiev?». Al escuchar hablar a Babadzhanián se dio cuenta de que ya no quedaba ninguna pregunta que formularle: todo lo que se tenía que hacer, estaba hecho.

–Tendremos un puesto de mando común para los artilleros, para usted y para mí –observó Bogariov.

–Operación relámpago –comentó sin su sonrisa habitual Babadzhanián alargando las vocales.

–¿A qué se debe esa expresión tan triste en su mirada? –preguntó Bogariov.

Babadzhanián hizo un gesto de desesperación.

–Desde el comienzo de la guerra, camarada comisario, no he recibido ni una sola carta de mi mujer ni de mis hijos, a quienes dejé en Kolomie, a seis kilómetros de la frontera rumana. –Sonrió con tristeza y prosiguió–: No sé por qué, se me había metido en la cabeza que mañana, el día del cumpleaños de mi compañera, recibiría sin falta una carta. Y si no una carta, una noticia cualquiera. He estado esperando ese día, llevo esperándolo todo el mes, y hoy, cosas del destino, el regimiento ha caído en el cerco. Si ya antes, cuando la comunicación era buena, el correo funcionaba mal, ahora habrá que echarle cruz y raya: pasaremos mucho tiempo sin recibir cartas...

–Sí, mañana no recibirá usted carta –aseveró Bogariov meditabundo, pero de pronto añadió–: Es curioso, en estos últimos tiempos he podido observar que los hombres casados que aman apasionadamente a sus hijos, a sus mujeres y a sus madres suelen combatir mucho mejor.

–Es cierto –confirmó Babadzhanián–, ejemplos de ello no faltan en mi batallón. Ahí tiene a Rodímtsev, uno de mis mejores soldados. Y como él, muchos.

–Yo conozco otro ejemplo en su batallón –dijo Bogariov.

–¡Vaya, camarada comisario! –se azoró Babadzhanián, y añadió con viveza–: ¡Esta es una guerra patria, y, a diferencia de otra clase de guerras, tener familia, más que estorbar, ayuda: ¡estamos protegiendo a nuestros hijos!

12

La primera línea

Los alemanes emprendieron la marcha al amanecer. Los tanquistas, asomados a las escotillas superiores, comían manzanas y miraban al sol naciente. Algunos de ellos iban en calzoncillos y camiseta. El pesado tanque delantero se había distanciado ligeramente de los demás. El jefe del mismo, un alemán rollizo, con un hilillo de encendidos corales ceñido a su blanco y gordo brazo, había vuelto hacia el sol su abotargado rostro manchado de pecas y bostezaba. De su boina asomaba un largo tufo de pelo rubio. Estaba sentado encima del tanque como un ídolo del engreimiento soldadesco, como el dios de la guerra injusta. Su tanque se hallaba ya a unos seis kilómetros de Marchíjina Buda, en tanto que la férrea cola de la columna aún no se había desplegado y, traqueteando, maniobraba lentamente en la plaza del pueblo. Veloces como una bandada de pequeños y rápidos esturiones que, de pronto, se meten entre unas carpas grandotas, las motocicletas avanzaban raudas a los tanques. Corrían a no menos de setenta kilómetros por hora. Al hacerlo no aminoraban la marcha y daban enormes saltos en los baches, y uno tenía la impresión de que los sidecares verde oscuros sacudidos por los saltos trataban de separarse de las motos: las ametralladoras ligeras montadas sobre aquellos movían sus finas trompas negras. Al llegar junto al tanque que lideraba la columna, los encorvados y flacos motociclistas, con las caras tostadas por el sol, alzaban rápidamente la cabeza hacia él, levantaban el brazo, saludando, y volvían a pegarse al manillar. El gordo respondía al saludo de los motociclistas con un perezoso movimiento de su robusto brazo. La compañía de motociclistas siguió adelante, mientras arrastraba tras de sí nubes de polvo amarillento que los primerizos rayos de sol teñían de un tono rosado. Oscilante, el polvo quedaba suspendido sobre el camino. El tanque delantero, traqueteando afanoso, atravesaba aquellas sutiles nubes. Por las alturas volaron unos Messerschmitt Bf 109 con un agudo silbido. Los finos cuerpos de saltamontes de los Messer viraban ora a la derecha, ora a la izquierda, se elevaban y luego se lanzaban en picado vertiginosamente; a veces se adelantaban demasiado a la columna de tanques y retrocedían, mediante virajes rápidos y cerrados. El silbido de los aviones era tan estridente que ni el fuerte rugir de los tanques podía ahogarlo. Los Messer descendían hasta las copas de los árboles de cada bosquecillo, hasta cada barranco, husmeaban los trigales no segados. Tras los tanques, resoplando, salían al camino los camiones negros de seis ruedas con infantería motorizada. Los tiradores del automático iban sentados en bancos plegables; todos llevaban sus gorros ladeados de forma chulesca. Los camiones circulaban entre unas nubes de polvo tan densas que ni el pujante sol veraniego podía atravesarlas. El polvo se extendía y flotaba sobre los campos y los bosques; los árboles se ahogaban en aquella nube espesa y la tierra parecía arder, despidiendo un humo denso y sofocante.

Era el clásico movimiento de las columnas motorizadas alemanas, perfectamente estudiado y verificado en la práctica. La misma postura había adoptado el gordinflón de la boina en la madrugada del 10 de mayo de 1940, cuando su pesado tanque abría la marcha por la carretera que serpenteaba entre los oteros, entre las tapias y los verdes viñedos de Francia. Del mismo modo, a la hora fijada pasaron a su lado los motociclistas y los aviones del destacamento de protección husmearon desde el cielo francés. Así también, en la clara mañana del 1 de septiembre de 1939, cruzó su máquina la frontera de Polonia entre las altas hayas, mientras miles de fugaces manchas solares saltaban silenciosamente por el negro blindaje. Así, con todo su peso, la columna de tanques irrumpió en la carretera de Belgrado, y el pardo territorio de Serbia, crujiendo, se estremeció bajo las veloces orugas. Así había salido el primero del desfiladero sumido en la penumbra y había visto la mancha azul de la bahía de Salónica, las rocosas riberas... Y, habituado a todo, ese ídolo de la guerra injusta, cuyo retrato publicaban todos los periódicos ilustrados y revistas de Múnich, Berlín y Leipzig, bostezaba.

Al salir el sol, Bogariov y los oficiales subieron a la cima de la cota. Babadzhanián le pidió a Rumiántsev los prismáticos y observó con atención el camino. Bogariov contemplaba el radiante cuadro de la alegría matutina del mundo, que, después de la noche, era despertado por el vivificante frescor, el cosquilleo del rocío y la suave caricia de la tenue niebla, al corto y tímido toque de diana de los grillos, al estilo de unos músicos de orquesta que, antes de un concierto de gala, repasan concentrados las cuerdas de sus chelos y violines. Con aspecto grave y atareado, hundiéndose en la arena, pasó un escarabajo; las hormigas se dirigían al trabajo; una bandada de pájaros revoloteó desde las ramas de un árbol y, tras removerse en el polvo, apenas entibiado por el primer beso del sol, voló trinando hacia el arroyo.

Extraordinaria es la impresión que la guerra deja en el alma del hombre. La eterna paz de la naturaleza es eclipsada por las imágenes a las que la guerra da vida. Por eso, a los hombres que se hallaban en la cota les parecía que las ligeras nubecillas en el cielo eran huellas de explosiones de proyectiles antiaéreos; que los lejanos álamos eran altas columnas de humo negro y tierra, levantadas por las pesadas bombas de aviación; que las bandadas de cigüeñas en vuelo eran escuadrillas de aviones de guerra en riguroso orden de formación; que la niebla del valle era el humo de las aldeas en llamas, que los matorrales a lo largo del camino eran una columna de camiones camuflados con ramas en espera de la señal de partida. Más de una vez Bogariov había oído decir a la hora del crepúsculo, durante los ataques aéreos: «Fíjese, los alemanes han lanzado una bengala roja». Y la burlona respuesta: «¡Qué va a ser una bengala, es el lucero vespertino!». Más de una vez los lejanos relámpagos de las tardes calurosas de verano eran tomados por fogonazos de la artillería. Y cuando desde el bosque enclavado al este unos grajos negros alzaron su rápido vuelo, a Bogariov y a sus camaradas les pareció que eran aviones que volaban en orden disperso.

–¡Qué diablos! –exclamó Nevtúlov–. Habría que prohibir a los grajos volar en víspera de un ataque alemán.

Unos instantes después, como si también hubiesen levantado el vuelo desde los árboles, aparecieron los aviones. Se acercaban en vuelo rasante, pintados de color oscuro, rapidísimos, y de pronto el aire se llenó de su rítmico zumbido.

Y en las laderas de las colinas, donde se habían situado en trincheras y blindajes, los soldados rojos comenzaron a agitar los gorros y las manos, saludando: en las alas de los aviones destacaba el fuego de las estrellas rojas.

–¡Son nuestros, son nuestros aviones de asalto! –exclamó Babadzhanián.

–Nuestros *Ilas*[16] entran en combate –dijo Rumiántsev–, ¡mirad, mirad!, el que guía se está balanceando, lo que quiere decir: «Enemigo a la vista; ataco».

La aparición de aquellas nueve naves provocó el alborozo general.

La fraternidad de las armas es buena y fuerte. Los hombres del frente la han experimentado y verificado. Agradables y jubilosos son el tronar de la artillería, que durante el combate apoya a sus infantes, el zumbido de los aviones con estrellas rojas que sobrevuelan el campo de batalla, el aullido de los proyectiles dirigidos hacia donde avanzan las tropas atacantes, y el silbido de los proyectiles de mortero lanzados contra las posiciones enemigas por encima de las cabezas de los combatientes que reptan hacia delante campo a través. No es sólo el apoyo de la fuerza, es también el apoyo del alma y de la amistad.

Allí, a unos diez metros del camino real, entre la maleza que bordeaba el sendero, había unos pozos de tirador. Metidos en ellos hasta el pecho, esperaban unos hombres con guerrera caqui y gorro con la estrella roja. En el fondo de los pozos había frágiles botellas de cristal, en los parapetos descansaban los fusiles. En los bolsillos de los pantalones tenían aquellos hombres petacas de seda roja con tabaco, cajas de cerillas aplastadas durante el sueño, galletas y terrones de azúcar; en los bolsillos de las guerreras guardaban las manoseadas cartas que sus mujeres enviaban desde las aldeas, lápices y, envueltos en papel de periódico, los fulminantes de las granadas que llevaban en pequeños sacos de lona colgados del cinto. ¡Había que ver también la distribución de los pozos! Aquí, dos amigos que no querían separarse habían abierto sus pozos uno junto al otro; allí, cinco paisanos que trataban de estar lo más cerca posible el uno del otro los abrieron muy pegados a pesar de las recomendaciones del sargento: «¡Muchachos, no os coloquéis tan cerca, no es una buena idea!». Pero en la azarosa hora del ataque de los tanques alemanes, tranquilizaba ver al lado la sudorosa cara de un amigo a quien poder gritarle: «¡No tires la colilla, que quiero dar unas caladas!». Y sentir, a la vez que el calorcillo del humo, la tibieza y la humedad del pitillo mordisqueado.

Los hombres se hallaban metidos hasta el pecho en la tierra y ante ellos se extendían el descampado y el camino desierto... Pero antes de que pasasen veinte minutos debían aparecer los veloces y pesados tanques armados con cañones, que rechinando y envueltos en nubarrones de polvo se lanzarían contra ellos. «¡Ya vienen! –gritaría entonces el sargento–. ¡Ya vienen, atención, muchachos!»

A sus espaldas, en la pendiente de la colina, en sus blindajes, estaban los ametralladores; más arriba y más lejos, a la espalda de estos, se apostaban los infantes en las trincheras; más allá, a la retaguardia de los infantes, los emplazamientos de la artillería, y más lejos aún, el puesto de mando, el de sanidad... Y más allá, mucho más allá, estaban los Estados Mayores, los aeródromos, las reservas, las carreteras, los puestos de control, los bosques, las ciudades enmascaradas de noche, las estaciones ferroviarias; y más allá, Moscú, y tras él, a su espalda, todo: el Volga, los grandes talleres de retaguardia, iluminados por la brillante luz eléctrica, los cristales sin tirillas de papel y los barquillos blancos e iluminados del Kama. ¡A sus espaldas estaba toda su gran patria!

Delante de los hombres que permanecían en los pozos no había nadie. Fumaban pitillos liados en papel de periódico, se pasaban la mano por los bolsillos de la guerrera y palpaban las cartas, arrugadas y borradas en las dobleces. Sobre ellos flotaban las nubes, pasaban volando las aves; mas seguían en sus pozos, metidos hasta el pecho en la tierra, esperando, observando. ¡Sobre ellos recaía la orden de resistir la arremetida de los tanques! Y sus ojos ya no veían a los amigos; sus ojos esperaban al enemigo. Por esto, cuando llegue el día de la victoria y de la paz, ¡que todos los que se hallaban detrás de ellos se acuerden de los destructores de tanques, de los hombres vestidos con guerreras caquis, de aquellos hombres que empuñaban frágiles botellas de líquido inflamable y de cuyo cinto pendían los saquitos de lona con granadas! ¡Que se les ceda el lugar en los vagones y que se les agasaje durante el viaje!

A la izquierda estaba la ancha zanja antitanque revestida con gruesos troncos que corría desde el riacho fangoso hasta el camino; a la derecha de este, comenzaba el bosque.

Rodímtsev, Ignátiev y el joven comunista moscovita Sedov, cuyos pozos se hallaban uno cerca del otro, observaban el camino. A la derecha, al otro lado de la carretera, se hallaban Zhaveliov, el brigada Mórev y el subcomisario Yeretik, jefe del grupo de voluntarios antitanquistas. A su espalda estaban los encargados de las dos ametralladoras al mando de Glagólev y Kordajin. Si uno prestaba atención podía ver las bocas de las ametralladoras, que apuntaban hacia el camino desde sus nidos hechos con troncos y tierra. Más a la derecha y atrás, los observadores-artilleros se removían entre las ramas de roble clavadas en la tierra, que ya comenzaban a marchitarse.

—¡Eh, antitanquistas, vamos a pescar, que por la mañana pican bien! —gritó uno de los observadores.

Pero los aludidos ni siquiera volvieron la cabeza. Los observadores, naturalmente, podían permitirse cierto alborozo: delante tenían la zanja antitanque; a la izquierda, entre esta y el camino, las anchas espaldas de los destructores de tanques en sus desteñidas guerreras, impregnadas de sudor. Y al mirar aquellas espaldas, aquellas nucas de color de ladrillo, curtidas por el sol, el observador se permitía bromear.

—Qué, ¿echamos un pitillo? —preguntó Sedov.

—¡Por qué no! —le contestó Ignátiev.

—Toma, el mío es más fuerte —ofreció Rodímtsev, y le tiró a Ignátiev un frasquito chato de agua de colonia, lleno hasta la mitad de tabaco.

—¿Y tú qué, no vas a fumar? —quiso saber este.

—He fumado mucho hoy y tengo mal sabor de boca. Lo que voy a hacer es comerme una galleta. Dame de las tuyas, que son más blancas.

Ignátiev le tiró una galleta. Rodímtsev le limpió con meticulosidad la fina arena y el polvo de tabaco y se puso a masticarla.

—Con tal de que sea pronto… —dijo Sedov, y encendió el pitillo—. Quien espera, desespera.

—¿Te aburres? —preguntó Ignátiev—. ¡Qué lástima, me he olvidado de coger la guitarra!

—¡Déjate de bromas! —observó con enfado Rodímtsev.

—Este camino blanco, muerto, sin un alma en movimiento me da miedo, muchachos —dijo Sedov—. ¡Jamás podré olvidarlo!

Ignátiev miraba en silencio hacia delante, con las manos apoyadas en el borde del pozo.

—El año pasado por esta época me encontraba en una casa de reposo —contó Sedov e, irritado, escupió.

El silencio de sus camaradas le sacaba de sus casillas. Veía a Rodímtsev, con el cuello un poco estirado, imitar a Ignátiev y mirar a su vez en la misma dirección.

–¡Alemanes a la vista, camarada brigada! –gritó con voz serena Rodímtsev.

–¡Vienen! –avisó en voz baja Sedov, y soltó un improperio para descargar la tensión.

–¡Qué polvareda levantan –balbuceó Rodímtsev–, como si fueran un millar de bueyes!

–¡Los recibiremos con las botellas! –gritó Sedov riendo.

Luego escupió con rabia y lanzó una maldición. Tenía los nervios de punta, el corazón le latía desbocado, las palmas de las manos se le habían cubierto de sudor y las restregaba contra el áspero borde del pozo.

Ignátiev permanecía en silencio, la cara lívida, mordiéndose el labio y contemplando con los ojos entornados la polvareda que se alzaba en el camino.

En el puesto de mando sonó el teléfono. Rumiántsev levantó el auricular. Hablaba el observador; informaba de que la avanzadilla de motociclistas alemanes había tropezado con las minas. Varias motos habían volado por los aires, pero los alemanes reanudaban su avance.

–¡Ahí están! –exclamó Babadzhanián–. Les dispensaremos un buen recibimiento.

Llamó por teléfono al teniente Kosiuk, jefe de la compañía de ametralladoras, y le ordenó que no rompiese el fuego con las ametralladoras pesadas hasta que las motocicletas no estuvieran más cerca.

–¿A cuántos metros? –quiso precisar el teniente.

–¿Para qué necesita los metros? –inquirió colérico Babadzhanián–. Dispare en cuanto lleguen a ese árbol seco que está a la derecha del camino.

–¡A sus órdenes! –replicó Kosiuk.

Tres minutos más tarde, las ametralladoras abrieron fuego. La primera ráfaga resultó corta; en el camino se levantaron rápidamente unas nubecillas de polvo, como si una gran bandada de gorriones estuviese jugueteando en la arena. Los alemanes abrieron fuego a su vez sin detenerse. Disparaban a ciegas, pero la densidad de su fuego desatinado era intensa. El aire comenzó a vibrar y se llenó de invisibles moscardones mortíferos; las nubecillas de polvo se fundieron en un nubarrón y comenzaron a extenderse por la ladera de la colina. Los soldados rojos que se hallaban en las trincheras y en los abrigos se agacharon un poco y observaron con recelo el aire azulado que cantaba sobre sus cabezas.

En aquel instante las ametralladoras pesadas segaron a los motociclistas, que se aproximaban embalados. Un segundo antes parecía como si en el mundo no hubiera fuerza suficiente para detener aquel destacamento volante, que atronaba el aire con sus disparos. Pero a la vista de todos, el destacamento se convertía en una masa informe: las motos se detenían, volcaban, las ruedas de las máquinas destruidas seguían girando por inercia, levantando nubes de polvo. Los motociclistas que habían resultado ilesos huían hacia el campo.

–¿Qué, qué me dice de esto? –preguntó Babadzhanián a Rumiántsev–. ¿Qué me decís, camaradas artilleros, os gustan o no nuestros ametralladores?

Un nutrido fuego de fusil persiguió a los motociclistas. Un joven alemán, que salió de debajo de la moto volcada cojeando a causa de alguna herida o golpe, levantó las manos. El tiroteo cesó. El alemán, con la guerrera rota y una expresión de sufrimiento y terror en su cara sucia y llena de arañazos, se sorbía los mocos sanguinolentos por la nariz rota y estiraba y estiraba hacia arriba sus brazos, como si quisiese arrancar una manzana de una rama muy alta. Luego empezó a gritar y, sin dejar de caminar lentamente y agitando sus manos en alto, se dirigió hacia las trincheras. El alemán no dejaba de gritar y, de pronto, estalló una alegre carcajada que comenzó a saltar de trinchera a trinchera, de refugio a refugio. Desde el puesto de mando se veía perfectamente la figura del alemán con los brazos en alto, pero los jefes no podían adivinar qué provocaba la risa de sus soldados. En este momento sonó el teléfono y desde el puesto de observación avanzado explicaron el porqué de aquel regocijo espontáneo.

–Camarada jefe del batallón –dijo con la voz ahogada por la risa el responsable de la compañía de ametralladoras–, ese alemán que viene con los brazos en alto va gritando como un loco: «¡Ruso, entrégate!». Al parecer, del susto se ha hecho un lío y ha confundido todas las palabras rusas que conoce...

Bogariov, riendo como todos, pensó: «Esto viene muy bien; una risa así, atronadora, cuando se están aproximando los tanques, es formidable», y preguntó a Rumiántsev:

–¿Lo tiene todo listo, camarada capitán?

Este respondió:

–Todo listo, camarada comisario. Los cálculos se han hecho de antemano, los cañones están cargados; batiremos con fuego concentrado todo el sector por el que pasarán los tanques.

–¡Aviaci-o-o-ón! –gritaron con voz estridente varios hombres a la vez.

Y, simultáneamente, sonaron los dos teléfonos.

–¡Vienen! El que va en cabeza está a dos mil metros de nuestra posición –dijo, silabeando, Rumiántsev.

Sus ojos adquirieron una expresión concentrada y seria, pero en sus labios aún jugueteaba la risa.

13

Por duro que sea, ¡resistir!

Los aviones y los tanques aparecieron prácticamente al mismo tiempo. Casi a ras de suelo volaba un sexteto de Messerschmitt Bf 109; por encima de estos, dos patrullas de bombarderos; más arriba aún, a una altura de mil quinientos metros aproximadamente, una patrulla de cazas surcaba el cielo.

–Su formación clásica previa al bombardeo –murmuró Nevtúlov–. Los Messers de abajo protegen la salida del picado, los de arriba velan por la entrada en picado. Ahora nos harán sudar.

–No habrá más remedio que descubrir nuestro emplazamiento –señaló Rumiántsev–, pero les haremos morder el polvo. –Y ordenó a los jefes de las baterías abrir fuego.

«¡Fuego!», se oyó una lejana orden, y por unos instantes todos los demás sonidos se extinguieron; en los oídos sólo repercutía el atronador martilleo de los disparos de cañón. De inmediato aullaron los proyectiles que volaban hacia el blanco segando el aire. Parecía como si bosques de añosos álamos, pobos y abedules hubiesen comenzado a susurrar y murmurar con sus millones de hojas jóvenes, a doblarse y estremecerse ante el ímpetu del viento, que desgarraba su fuerte y tupida casaca en las delgadas ramas. Parecía que, en su vertiginosa carrera, el viento levantado por el acero arrastraría a los hombres y a la misma tierra. A lo lejos resonaban las explosiones: una, otra, luego varias a la vez...

Bogariov oyó en los auriculares una voz lejana que indicaba los datos del tiro. En el tono de aquella voz serena, cuyo cometido se limitaba a pronunciar números, se expresaba toda la pasión de la batalla. Los números cantaban victoria, los decimales se regocijaban, se enfurecían, eran números animados, tenaces. Mientras tanto, los bombarderos habían empezado a describir círculos en busca de los blancos. Nevtúlov corrió hacia las posiciones de los artilleros.

–¡No interrumpáis el fuego pase lo que pase! –gritó al jefe de la primera batería.

–¡A sus órdenes! –respondió este.

Dos Junkers se lanzaron en picado contra la artillería. Las ametralladoras antiaéreas sincronizadas de a cuatro disparaban contra ellos una ráfaga tras otra.

–Pican con valentía –dijo Nevtúlov–, eso es innegable.

–¡Fuego! –ordenó el teniente.

Las tres piezas de la batería realizaron una descarga. El trueno de esta se confundió con el de las bombas. Nubes de tierra y arena cubrieron a los artilleros.

Mientras se limpiaban la cara, sucia y bañada de sudor, volvieron a cargar los cañones.

–Morózov, ¿estás vivo? –gritó el teniente.

–¡Y coleando, camarada teniente! –respondió el apuntador–. ¡No hay quien pueda con nosotros!

–¡Fuego!

Los aviones describían círculos y más círculos sobre la primera línea, desde donde se oían las ráfagas de las ametralladoras y las frecuentes explosiones de las bombas.

Los artilleros trabajaban con una tenacidad feroz, con un impetuoso apasionamiento; en sus precisos movimientos, fundidos por la fraternidad de ideas y de esfuerzo, se traducía el solemne poder del trabajo en común. Ya no era la labor de hombres solos; el delgado georgiano que servía los proyectiles, el tártaro de poca talla y anchas espaldas que los llevaba al cañón, el judío que regulaba el alza, el ucraniano de ojos negros que cargaba la pieza y el fornido apuntador ruso trabajaban como un solo hombre. Y este «hombre» miraba de cuando en cuando a los Junkers que salían del picado y que, describiendo un círculo para ponerse en rumbo de combate, volvían a atacar las baterías; este «hombre» se enjugaba el sudor, sonreía, bufaba al unísono con el cañón y continuaba su inteligente y compleja tarea, centimano, rápido, incontenible, lavando con el noble sudor del trabajo todas las huellas de temor que pudieran manchar su frente. Él, este «hombre», actuaba también en el segundo y tercer cañón de la primera batería y en las piezas de la segunda. No se detenía, no se echaba cuerpo a tierra, no corría al refugio cuando aullaban las bombas, no abandonaba su labor ni bajo los truenos metálicos de las explosiones; tampoco se detuvo a mirar gozoso cuando los soldados de la tercera compañía, que estaba en reserva, gritaron: «¡Los antiaéreos han dado en el blanco, está cayendo, arde!». No perdía el tiempo, seguía con su labor. Para todos estos hombres fundidos en uno no existía más que una palabra: «¡Fuego!». Y esta palabra, unida al trabajo, engendraba el fuego.

El apuntador Morózov, peludo y pecoso, gritaba: «¡Duro con él, muchachos!». Y los calculadores, que observaban la destructora labor de los artilleros, seguían volcando nuevos y nuevos números en este fuego.

Los proyectiles comenzaron a explotar entre la columna de tanques de un modo completamente inesperado por los alemanes. El primer proyectil impactó en la torreta de un tanque pesado y la hizo añicos. Desde el puesto de observación pudo verse cómo los tanquistas asomados a las escotillas se escondían a toda prisa.

–Parecen conejos escondiéndose en sus madrigueras, camarada teniente –comentó el explorador que se hallaba en el puesto de observación de los artilleros.

–Así parece –asintió el teniente, e hizo una seña al telefonista–: ¡Oguréchenko, dame el cuatro!

El único que no se escondió fue el alemán gordo que iba en el tanque que lideraba la columna. Hizo un movimiento con el brazo rodeado por el hilillo rojo de corales, como si animara a los tanques que le seguían. Luego sacó del bolsillo una manzana y la mordió. La columna, sin alterar la formación, seguía avanzando. Sólo en aquellos lugares donde los tanques averiados e incendiados obstaculizaban el camino, se desviaban los conductores. Parte de la columna seguía la marcha a campo traviesa.

A dos kilómetros de la línea fortificada, los tanques variaron de formación y se desplegaron. Enmarcados a la derecha por el bosque y a la izquierda por el río, avanzaban en una masa bastante compacta, escalonados. En el camino ardía una veintena de ellos.

Los proyectiles de la artillería rusa batían el campo en amplio abanico; los tanques empezaron a responder al fuego. Sus primeros proyectiles pasaron por encima de los antitanquistas y estallaron en las posiciones de la infantería atrincherada en la ladera. A continuación, los alemanes enfocaron el fuego hacia más arriba; su objetivo por lo visto, era acallar la artillería soviética. La mayoría de los tanques se había detenido. En el aire hizo su aparición un «jorobado» o «muleta», según apodaban el avión de corrección Henschel Hs 126, que estableció enlace por radio con los tanques. El radiotelegrafista del puesto de mando exclamó en tono de queja:

—Camaradas, el alemán me está martillando los oídos con su *gut, gut, gut*.

—No hagas caso —le aconsejó Bogariov—. *Gut*, pero no mucho.

Babadzhanián le dijo en voz baja a Bogariov:

—Los tanques van a lanzarse al ataque ahora mismo, camarada comisario; ya conozco su táctica, es la tercera vez que me enfrento con ellos.

Babadzhanián ordenó por teléfono que entrasen en acción los morteros. Luego dijo a Bogariov:

—¡Ahí tiene usted el correo de campaña en el día del cumpleaños de mi mujer!

—Deberíamos retirar la artillería por si rompen —propuso el teniente de obuses.

Pero Rumiántsev le contestó irritado:

—Si lo hacemos, los alemanes se abrirán paso y destruirán el grupo. Permítame, camarada comisario, adelantar dos baterías y batirlos a tiro directo.

—Hágalo inmediatamente, sin perder un segundo —contestó emocionado Bogariov. Había comprendido que ese era el momento decisivo de la batalla.

Los alemanes, pensando que el silencio de los cañones se debía a la retirada de la artillería, intensificaron su fuego. Pocos minutos más tarde los tanques emprendieron el ataque en toda la línea. Marchaban a gran velocidad mientras disparaban sus cañones y ametralladoras.

Varios soldados echaron a correr agachados desde el refugio de arriba; uno de ellos cayó fulminado por una bala perdida; los otros, agachándose casi a ras del suelo, continuaron con su carrera y pasaron por delante del puesto de mando.

Babadzhanián les salió al encuentro.

–¿Adónde vais, hacia dónde corréis? –les increpó desenfundando el revólver.

–¡Los tanques, camarada capitán, los tanques! –exclamó uno de los soldados con voz ahogada.

–¿Es que os duele la barriga? ¿Por qué os habéis agachado? –gritó con rabia Babadzhanián–. ¡Levantad la cabeza! Si vienen los tanques, hay que recibirlos como se merecen y no huir como liebres. ¡Atrás!

En aquel momento los obuses rompieron de nuevo el fuego. Fue entonces cuando los artilleros vieron al enemigo. La fuerza de las explosiones de los proyectiles pesados era terrible. Los tanques eran destrozados, el metal se retorcía, las llamas salían por las escotillas y se elevaban sobre los carros en ígneas columnas. Los pesados cascotes de metralla perforaban la coraza, destrozaban las orugas. Y los tanques, rugiendo, comenzaban a girar en torno a su propio eje.

–Qué, camarada Babadzhanián –gritaba Rumiántsev al oído del jefe del batallón–, ¿le gusta nuestra artillería?

El ataque de los tanques que progresaban por el lado del campo fue repelido. Pero en el sector del camino los alemanes lograron avanzar. El pesado tanque delantero, vomitando fuego con su cañón y con todas sus ametralladoras, había irrumpido en el sector donde se hallaba al acecho el destacamento de antitanquistas. Otros cuatro tanques le seguían a gran velocidad.

El fuego de la artillería remitió: dos piezas estaban averiadas y no podían disparar, la tercera había quedado completamente destrozada por un impacto y los camilleros habían retirado de allí a los tiradores, gravemente heridos. Los cadáveres parecían conservar aún el ímpetu del combate: los hombres habían perecido luchando hasta el último aliento.

–¡Muchachos, ha llegado el momento! Por duro que sea, ¡hay que resistir! –gritó Rodímtsev.

Los tres amigos empuñaron las botellas de líquido inflamable.

El primero en asomar del pozo fue Sedov. Una ráfaga de ametralladora del tanque delantero, que avanzaba directamente hacia él, le atravesó el pecho y la cabeza. El cuerpo ensangrentado de Sedov se desplomó en el pozo.

Ignátiev vio caer a su amigo. Sobre su cabeza pasó silbando una ráfaga de ametralladora, cuyas balas se incrustaron en el suelo; el tanque había pasado tan cerca de él que tuvo que echarse a un lado, y con la rapidez del relámpago, cruzó por su mente un recuerdo de su infancia: mientras se encontraba en la estación adonde su padre acompañaba a los pasajeros, había pasado por delante de él un tren expreso que le ensordeció y lo envolvió en su vaho y el olor a aceite caliente. Ignátiev se irguió y lanzó la botella, mientras pensaba casi con desesperación: «¿Qué le va a hacer una botella de un litro a una locomotora?». La botella impactó en la torreta: una ligera y oscilante llama saltó en el acto, levantada por el viento. En el mismo instante Rodímtsev lanzó bajo las orugas del segundo tanque un manojo de granadas. Ignátiev lanzó otra botella. «Este tanque es más pequeño –cruzó por su mente enardecida–, le bastará con medio litro, y a aquel otro con un cuarto habría sido suficiente.»

El enorme tanque delantero había quedado fuera de combate. Al parecer, su conductor quiso hacerlo girar, pero las llamas no se lo permitieron. La escotilla superior se abrió. Rápidamente comenzaron a salir de allí los alemanes armados con sus automáticos y, al tiempo que se tapaban la cara para defenderse de las llamas, fueron saltando a tierra.

Como si se lo hubiera sugerido el instinto, Ignátiev pensó: «Este ha matado a Sedov».

–¡Alto! –gritó; cogió el fusil y saltó fuera del pozo.

El alemán grandote, ancho de espaldas y gordo, con el brazo ceñido por el hilillo de corales, se había quedado solo.

Los demás miembros de su tripulación habían huido agachados por una zanja cubierta de maleza. El alemán se detuvo muy erguido y, al ver a Ignátiev, que corría hacia él empuñando el fusil, apoyó el automático en su obesa barriga y lanzó una larga ráfaga. Las últimas balas impactaron en el fusil de Ignátiev y destrozaron la culata. Ignátiev se detuvo por un instante, pero luego se precipitó hacia el alemán. Este había intentado volver a cargar el automático, pero al ver que ya no alcanzaría a hacerlo no se intimidó –por su conducta se veía que no era un cobarde– y, con su pesado pero rápido paso, se dirigió hacia Ignátiev. Este lo vio todo rojo: aquel era el hombre que había matado a Sedov; era él quien en una noche había arrasado una gran ciudad, quien había asesinado a la hermosa muchacha ucraniana, quien hollaba los campos y destruía las casitas blancas, él era el portador de la deshonra y de la muerte del pueblo.

–¡Ea, Ignátiev! –se oyó de lejos la voz del brigada.

El alemán confiaba en su fuerza y en su valor, en el bagaje de muchos años de ejercicios gimnásticos, y conocía golpes de lucha contundentes y rápidos.

–*Kom, kom, Iván!* –gritaba.

Parecía embriagado por la majestuosidad de su pose; estaba solo entre los tanques en llamas, bajo el tronar de las explosiones, plantado como un monumento en un país conquistado; él, que había pasado por Bélgica, por Francia, que había hollado el suelo de Belgrado y de Atenas, él, cuyo pecho había adornado Hitler en persona con la Cruz de Hierro.

Parecía que había vuelto la época de los gladiadores, y decenas de ojos contemplaban a aquellos dos hombres que habían salido a medir sus fuerzas en la arena removida por la batalla. Ignátiev fue el primero en alzar el brazo. El golpe del soldado ruso fue terrible y sencillo.

–¡Canalla, sólo sabes pelear con mujeres! –exclamó con voz ronca.

Seco, sonó un disparo. Procedía del fusil de Rodímtsev.

El ataque alemán fue rechazado. Cuatro veces reanudaron el asalto los tanques y la infantería motorizada. Fue terrible aquel combate encarnizado y desigual. Cuatro veces levantó Babadzhanián a su gente contra los alemanes. Los hombres contraatacaban con granadas y botellas de líquido inflamable.

Con voz ronca, los oficiales artilleros transmitían órdenes a su gente; los disparos sonaban cada vez con menor frecuencia.

Sencillamente, los hombres morían en el campo de batalla.

–Ya no jugaremos más al ajedrez, Vasia –dijo Nevtúlov.

Una bala de gran calibre le había herido en el pecho y cada vez que respiraba escupía un chorro de sangre. Rumiántsev le besó y rompió a llorar.

–¡Fuego! –gritó el jefe de la batería, y el tronar de los cañones ahogó las últimas palabras de Nevtúlov.

También Babadzhanián había sido herido de muerte en el estómago durante la cuarta ofensiva de los tanques alemanes. Los soldados le colocaron sobre la capa-tienda y quisieron retirarle del campo de batalla.

–¡Todavía tengo la voz para mandar! –exclamó él.

Y los combatientes oyeron su voz hasta que el ataque fue rechazado.

Babadzhanián murió en brazos de Bogariov.

–No me olvides, comisario –le pidió–. En estos pocos días te has convertido en mi amigo.

Mientras contemplaba el rostro consumido del combat agonizante, Bogariov entendió que no había para él en el mundo personas más cercanas que las que lo acompañaban en la batalla mortal por la libertad de su pueblo.

Morían también los combatientes. ¿Quién relatará sus hazañas? Sólo las nubes pasajeras vieron cómo luchó hasta el último aliento el soldado Riabokón; cómo, después de dar cuenta de diez enemigos, se hizo volar a sí mismo, con su mano casi rígida, el subcomisario Eretik; cómo, cercado por los alemanes, peleó hasta el último suspiro el soldado Glushkov; cómo, desangrándose, lucharon los ametralladores Glagólev y Kordajin mientras sus debilitados dedos tuvieron fuerzas suficientes para apretar el gatillo y los ojos moribundos pudieron percibir el blanco entre la calurosa neblina.

En vano compondrían los poetas versos que prometan que los nombres y apellidos de los caídos no serán olvidados por los siglos de los siglos; en vano en sus poemas, se dirigían a los héroes muertos asegurándoles que siguen vivos y que sus nombres y su memoria son eternos. En vano escribirán en sus libros escritores poco reflexivos, prometiendo al pueblo en lucha lo que este no les pide. La memoria humana es incapaz de retener centenares, miles de nombres. El que está muerto, muerto está. Lo saben muy bien los que van a morir. El pueblo de millones de personas va a morir por su libertad con la misma determinación con la que antes se entregaba a un duro trabajo.

Grande es el pueblo cuyos hijos mueren sagradamente, con sencillez y solemnidad, en los inconmensurables campos de batalla. De ellos saben el cielo y las estrellas, sus últimos suspiros los ha oído la tierra, sus hazañas las han visto el trigo y los árboles del camino. Reposan en la tierra, sobre ellos está el cielo, el sol, las nubes. Duermen con sueño profundo, el sueño eterno, como duermen sus laboriosos padres y abuelos: carpinteros, mineros, tejedores y labradores del grandioso país. Entregaron a este país mucho sudor, trabajo duro y a veces superior a sus fuerzas. Y cuando llegó la hora grave de la guerra, le entregaron su sangre y su vida. ¡Gloriosa sea pues esta tierra del trabajo, de la sabiduría, del honor y de la libertad! ¡Que no haya palabra más grandiosa y santa que la palabra «pueblo»! Ese pueblo, como ningún otro en el mundo, sabe morir con rigor y naturalidad.

Ya de noche, después de haber dado sepultura a los muertos, Bogariov se dirigió al blindaje.

—Camarada comisario —dijo el soldado de guardia a la entrada del refugio—, ha venido un enlace.

—¿Qué enlace? —preguntó Bogariov sorprendido—, ¿de dónde?

Entró un soldado de baja estatura, con macuto y fusil.

—¿De dónde viene usted, camarada?

—Del Estado Mayor de la división; traigo la correspondencia.

—¿Cómo ha podido pasar si el camino estaba cortado?

—Pasando, camarada comisario, arrastrándome unos cuatro kilómetros sobre la barriga; atravesé el río de noche. Maté antes al centinela alemán; aquí traigo una de sus charreteras.

—¿Tuvo miedo?

—¿Miedo?, ¿por qué? —sonrió el soldado—. Mi alma tiene el mismo valor que una balalaika, no me preocupo por ella, la valoro en cinco kopeks. ¿Por qué, entonces, debería tener miedo?

–¿De verdad? –preguntó en tono serio Bogariov–. ¿De verdad? –El soldado le tendió un paquete de cartas.

La primera carta venía de Ereván y estaba dirigida a Babadzhanián. Al leer el remite Bogariov vio que era de la esposa de su valiente amigo.

Los jefes de compañía Ovchínikov y Shuleikin y el subcomisario Mojotkin seleccionaban con rapidez las cartas mientras decían en voz baja: «Este está..., este muerto..., muerto..., muerto..., este está..., este muerto...», y colocaban las cartas de los muertos en un montoncito aparte.

Bogariov recogió la carta de Babadzhanián y se dirigió hacia su tumba. Colocó la carta sobre el túmulo, la cubrió con tierra y puso encima un trozo de metralla.

Permaneció largo rato junto a la tumba del jefe del batallón.

–¿Cuándo me llegará a mí tu carta, Lisa? –preguntó en alta voz.

A las tres de la madrugada se recibió un breve radiograma cifrado. El jefe del ejército daba las gracias a los soldados y a los mandos por el valor mostrado en el campo de batalla. Las pérdidas infligidas a los tanques alemanes eran enormes; habían cumplido con brillantez la tarea encomendada, deteniendo el movimiento de una poderosa columna. El mensaje ordenaba el repliegue de los restos del batallón y la artillería.

Bogariov sabía que la retirada era imposible: el servicio de exploración había informado sobre el movimiento nocturno de los alemanes por los caminos vecinales, que cortaban la carretera.

Los jefes se acercaban a él con inquietantes preguntas: «¿Estamos cercados?».

Después de la muerte de Babadzhanián le correspondía a él resolverlo todo. La frase que tan a menudo acostumbran a emplear en el frente: «He examinado la situación y ya he resuelto qué hacer», incluso cuando se trataba de pernoctar o de almorzar en alguna parte, fue pronunciada ahora por Bogariov en tono solemne al dirigirse a los jefes y subcomisarios reunidos en el blindaje. Él mismo, en su fuero interno, se extrañó al pronunciar estas palabras y pensó: «Si Lisa me viera ahora...». Cierto es que a menudo tenía ganas de que Lisa pudiera verle a él, científico y filósofo, hacer de cocinero, guisando en el caldero ígneo de la guerra, después de pasarse días y noches en el Instituto Marx-Engels-Lenin. Sí, con frecuencia deseaba que su compañera pudiese verle.

–Camaradas jefes, he tomado mi decisión –dijo Bogariov–: nos replegaremos hacia el bosque. Allí descansaremos, nos reorganizaremos y, combatiendo, llegaremos al río para pasar a la orilla oriental. Nombro suplente mío al capitán Rumiántsev. Emprenderemos la marcha exactamente dentro de una hora.

Escrutó los rostros exhaustos de los jefes, la cara severa y envejecida de Rumiántsev, y ya en un tono completamente diferente, que le hizo recordar y le transportó al Moscú de antes de la guerra, añadió:

–Amigos míos, así, con sangre y fuego, se va forjando nuestra victoria. Recordad bien que aquel que ha sabido combatir de esa manera mientras se batía en retirada, mañana seguramente contraatacarán. Pongámonos en pie para honrar a nuestros fieles amigos que han muerto en el combate de hoy, a los soldados, colaboradores políticos y jefes.

14

En el Estado Mayor del frente

El Estado Mayor del frente se había constituido en un bosque. El fortín del comandante estaba situado entre unos robles altos; los fortines de los miembros del Consejo Militar se encontraban cerca. El personal de las secciones de Operaciones e Información, de la Dirección Política y de Servicios vivía en chozas y chabolas cubiertas de ramas verdes. Bajo un espeso nogueral se hallaban las oficinas; los enlaces iban y venían por pequeñas sendas encantadas y alfombradas de bellotas, llenando los tinteros; por las mañanas, el tableteo de las máquinas de escribir bajo la fronda humedecida por el rocío ahogaba el canto de los pájaros. Las mecanógrafas estaban de uñas con los intendentes que les llevaban documentos para pasar a máquina. Entre las espesas matas se veían cabezas rubias de mujer, labios pintados, se oían risas femeninas y las voces tristes de los escribientes. En una choza alta y sombría había grandes mesas con mapas. En torno a la choza se paseaban los centinelas; a la entrada, el soldado de guardia clavaba los pases en un gancho hincado en el tronco de un viejo pobo. De noche, los tocones pútridos despedían una luz azulada. El cometido del Estado Mayor siempre se desarrollaba de un modo invariable, cualquiera que fuese el lugar donde se encontrara: en las antiguas salas del palacio de algún gran señor polaco, en las casas de un gran pueblo o en el bosque. Este, a su vez, también bullía de vida: las ardillas hacían acopio de reservas para el invierno y, juguetean-do, dejaban caer bellotas sobre la cabeza de las mecanó-grafas; los pájaros carpinteros perforaban los troncos en busca de gusanos; los milanos husmeaban por las copas de los robles, álamos y pinos; los pájaros jóvenes proba-ban la fuerza de sus alas; el mundo de millones de rojizas y negras hormigas, de escarabajos y jardineras se apresu-raba y trabajaba.

A veces, los Messerschmitt surcaban el cielo claro, describiendo círculos sobre el macizo forestal en busca de las tropas y los Estados Mayores.

«¡Aviación!», gritaban entonces los centinelas. Las mecanógrafas recogían los papeles de las mesas y se cu-brían la cabeza con pañoletas oscuras; los jefes se quita-ban las gorras, para ocultar el brillo de las viseras; el pe-luquero del Estado Mayor escondía apresuradamente el paño y secaba el jabón de la mejilla del cliente a medio afeitar; las mozas del comedor tapaban con ramas los platos preparados para el almuerzo. Todo quedaba en silencio, perturbado tan sólo por el zumbido de los mo-tores, y de la arenosa colina sombreada por jóvenes pi-nos llegaba la alegre y gruesa voz del campechano gene-ral, jefe de la Dirección de Artillería, que puteaba a sus subalternos.

E igual que en la penumbrosa y abovedada sala del palacio o en la luminosa sala de reuniones del Estado Mayor de la circunscripción con sus cristaleras, allí, en la choza cubierta de ramas donde se desarrollaban las se-siones del Consejo Militar, se servía la fuente con manza-nas verdes para el jefe del frente y los paquetes de Séver-naia Palmira para los concurrentes.

Dentro del nogal, día y noche se oía funcionar la di-namo que alimentaba la estación de radio; centenares de cables se extendían, sostenidos por unas varas, desde el bosque, atravesando los campos; tableteaban los telégrafos; las operadoras de los aparatos Bodo pulsaban las teclas; las ondas radiales, el teléfono y el telégrafo comunicaban la choza del Estado Mayor con los Estados Mayores de los ejércitos, de las divisiones, de las brigadas de tanques, de los cuerpos de caballería y de la aviación. Sobre un tocón bajo, cubierto por hongos, había un aparato telefónico convencional, como el de un apartamento moscovita cualquiera, cuyo timbre sonaba igualmente muy al estilo moscovita. Cuando sonaba, las conversaciones dentro de la choza cesaban bruscamente, los enlaces en la entrada de la choza adoptaban la posición de firmes y el comandante, que jamás se movía con prisa, se apresuraba a levantarse para atender el teléfono: era un aparato de comunicación cifrada que enlazaba el Estado Mayor de Yeriomin con la oficina del Supremo Comandante de las Fuerzas Armadas.[17]

–Sí, soy yo, Yeriomin, al habla –contestaba a la llamada, presa de los nervios.

El Estado Mayor del frente se hallaba a cuarenta kilómetros de las líneas avanzadas. Por las tardes, cuando amainaba el viento y se acallaba el susurro de las copas de los árboles, en el bosque se oía el cañoneo. El jefe del Estado Mayor consideraba conveniente trasladarse unos setenta u ochenta kilómetros, por lo menos, más hacia la retaguardia, pero su superior remoloneaba. Le gustaba la proximidad del frente, así podía visitar con frecuencia las divisiones y los regimientos, observar personalmente la marcha de los combates y, en poco más de cuarenta minutos, estar de vuelta en el Estado Mayor, junto al gran mapa donde se reflejaba la situación en el frente.

Aquel día, ya desde la mañana, el personal del Estado Mayor se había mostrado inquieto. Las columnas de tanques alemanes habían llegado hasta el río. Entre el personal del Estado Mayor circuló el rumor de que se habían visto unos motociclistas que, al parecer, habían atravesado el río en botes de fondo plano y llegado hasta el lindero del bosque donde se hallaba el Estado Mayor. Mientras el comisario informaba de estas cuestiones a Yeriomin, este se hallaba bajo un avellano arrancando los frutos maduros. Los oficiales del Estado Mayor llegados con el comisario observaban con curiosidad e inquietud el rostro de su superior, pero vieron que la noticia no le había impresionado en absoluto. Con un movimiento de cabeza, dio a entender al comisario que le había oído y dijo a su ayudante:

–Lázarev, inclina aquella rama; hay en ella unas tres decenas de avellanas.

Los oficiales que rodeaban a Yeriomin observaban atentos con qué empeño arrancaba las avellanas de las ramas. Debía de tener buena vista, porque no se le escapaba una, ni siquiera las que se ocultaban en sus verdes nidos entre las hojas del avellano. Esta lección de sangre fría duró un buen rato.

A continuación, Yeriomin se aproximó rápidamente a los jefes que le esperaban y dijo:

–Ya sé por qué habéis venido. El Estado Mayor se queda donde está y no se moverá de su emplazamiento. En adelante, haced el favor de venir sólo cuando os llame.

Los oficiales, turbados, se marcharon. Unos minutos después el ayudante vino a decirle que le llamaba por teléfono Samarin, el jefe de una de las agrupaciones del ejército.

Yeriomin se encaminó hacia la choza.

Escuchó las palabras de Samarin mientras repetía de vez en cuando: «Sí, sí». Y con el mismo tono con que pronunciaba el «sí, sí», dijo:

—Escuche, Samarin, las bajas en las unidades son inevitables. En cuanto a la tarea encomendada, deberá cumplirla a cualquier precio, aunque se quede solo en el intento. ¿Ha entendido? —Y después de una pausa, añadió—: Me alegro de que lo haya entendido. —Y colgó el auricular.

Cherednichenko, que había escuchado la conversación, dijo:

—Por lo visto, Samarin las está pasando canutas; si no, no llamaría.

—Sí, Samarin es un hombre de hierro —aseguró el jefe.

—Cierto, es de hierro. No obstante, mañana iré a visitarle.

—¡Qué buen día hace, un día excelente! —exclamó el jefe—. ¿Quieres avellanas? Las he recogido yo mismo.

—Ya lo he visto —dijo Cherednichenko sonriendo, y cogió un puñado.

—¿Has visto? —preguntó con viveza el jefe—. Han oído lo de los motociclistas y ya piensan que voy a trasladar el Estado Mayor.

—¡No hagas caso! —comenzó a decir Cherednichenko—. Tengo grabadas en la mente a unas doscientas personas y siempre he observado lo mismo: cuando vienen a presentarse, su guerrera es nueva, su cara y manos son blancas y su mirada, vaga, imprecisa. Uno advierte enseguida sin riesgo a equivocarse que han estado todo este tiempo metidos en la academia o en alguna otra parte. Pero a medida que pasan los días, sus rasgos se alteran: su nariz empieza a pelarse, las manos se les curten, la guerrera pierde la forma, el rostro se les broncea y hasta se les destiñen las cejas. Y al ver a un hombre así, al palparle, uno se da cuenta de que si la piel se le ha curtido al sol y al viento, también se ha curtido por dentro: los nervios, el corazón. Lo tiene todo: la experiencia, la actitud necesaria frente al enemigo. Con cada día que pasa, con cada batalla o escaramuza, el pueblo se curte. Es duro, nuestro pueblo: el que los tanques se estrellen contra su fortaleza es lo de menos...

–Sí, sí –le atajó el jefe del frente–, todo eso está muy bien. Pero he de confesarte que no considero digno de mérito de los hombres que aprendan a combatir, se templen y acostumbren. ¿Qué ves de particular en eso? ¡Los militares, demonio, son hombres! –Y, dirigiéndose al ayudante, preguntó–: ¿Falta mucho para el almuerzo?

–Ya están poniendo la mesa –respondió el enlace de guardia.

–Magnífico –dijo Yeriomin–; no te comas las avellanas antes del almuerzo: eso quita el hambre. –Se rió–: Para serte sincero, la guerra me encanta. Desde el principio que me resulta familiar. Tan pronto como empezó, me sentí como Dios manda, como decía mi abuelo: mi apetito ha mejorado, no me pongo nervioso y, en general, vivo tranquilo. Me siento quince años más joven. Antes de la guerra, no dejaba de acudir a los médicos: ya padecía del hígado, ya del insomnio, ya del metabolismo. Y ahora, en cambio, tengo un apetito excelente como el de un soldado, me baño en el río, disfruto del sol. He de confesar, pecador de mí, que me gusta hacer la guerra. Me despierto por la mañana y pienso: «¡Estoy en la guerra, qué maravilla!». Ni me acuerdo ya de lo que es estar nervioso. Me siento calmado, seguro, como si me hubiesen forjado a base de metal. Por eso mismo, a mí me parece poco que un jefe se haya templado, que haya adquirido experiencia y enriquecido su caudal de conocimientos. En la guerra, un jefe debe vivir con toda plenitud, dormir bien, comer mejor, leer buenos libros, estar alegre y tranquilo, cor

tarse el pelo a la moda, como mejor le siente, y machacar a la aviación enemiga, a los tanques que hayan emprendido un movimiento para rodearnos, aniquilar
a los motociclistas, a la infantería con automáticos, a
quien quieras. Y cuando la pelea le proporciona placer
y colma sus ansias, entonces le considero un militar hecho y derecho. ¿Te acuerdas de cuando comimos pasteles con nata de leche en uno de los regimientos?

Cherednichenko sonrió.

–Cuando el cocinero se quejaba: «Pican que te pican los aviones del canalla, ¡y no me dejan hacer los
pasteles!».

–Eso mismo: pican que te pican... ¡Pero qué buenos
salieron los pasteles!

Cherednichenko se acercó a Yeriomin y, con voz ronca, le dijo:

–Le haremos morder el polvo. Huirá, ya verás cómo
huirá. ¡Y maldecirá el día 22 de junio, y aquella hora, las
cuatro de la madrugada![18] ¡Y también lo maldecirán sus
hijos, sus nietos y sus biznietos!

La exploración aérea efectuada en el transcurso del
día había confirmado los informes traídos por un teniente herido que había logrado escapar del cerco, según los cuales, en la región de Goriélovets se estaban
concentrando columnas de tanques alemanes llegados
por varios caminos. El teniente señaló en el mapa la
vaguada, cubierta por un ralo pinar, donde se efectuaba
la concentración. Las fotografías aéreas confirmaban
estos informes. Unos pastores que habían atravesado el
río contaron a los exploradores que al mediodía, después de que las aldeanas fueran a ordeñar las vacas,
llegaron al punto de concentración otras dos columnas
reforzadas de infantería motorizada. El punto citado se
encontraba a veinte kilómetros del río. Conscientes de

que en aquel sector del frente la aviación soviética era escasa, los alemanes se sentían seguros. Los carros de combate y los camiones estaban pegados unos a otros y, cuando oscureció, algunos incluso se atrevieron a encender los faros, a cuya luz los cocineros pelaban las verduras para el desayuno del día siguiente.

El jefe del frente mandó llamar al jefe de artillería.

—¿Están a su alcance? —le preguntó mientras señalaba el círculo en el mapa.

—Los batiré, camarada teniente general —fue la respuesta del jefe de artillería.

El jefe del frente tenía a su disposición artillería pesada de las reservas del mando supremo. Eran los mismos colosos de acero que Bogariov había encontrado en el camino el día de su llegada al Estado Mayor. Muchos temían que aquellos enormes cañones no pudieran cruzar el río, pues hacía falta un puente de extraordinaria resistencia. Los alemanes, mientras tanto, iban al choque. Bogariov no sabía que el combate en las cercanías del sovjós y el aniquilamiento de la columna de tanques habían dado tiempo a los zapadores para construir una travesía adecuada para los colosos.

—A las 22.00 descargará usted sobre ellos todo su fuego —dijo Yeriomin al jefe de artillería.

Este general, hombre lozano y casi siempre sonriente, amaba muchísimo a su mujer, a su anciana madre, a sus hijas e hijo. Amaba muchas cosas en la vida: la caza, la charla amena, el vino georgiano y un buen libro. Pero si había algo que amara más que nada en el mundo era la artillería de largo alcance. Era su servidor y su más ferviente admirador. La pérdida de una pieza pesada le dolía como algo propio. Sufría porque en esta guerra de maniobras rápidas, a la artillería de largo alcance no se le ofrecía ocasión para desplegar todo su potencial. Cuando vio concentrada en las cercanías del Estado Mayor una gran cantidad de artillería pesada se emocionó, sintiéndose alegre pero también triste, pues dudaba de si podría ponerla en juego.

Y el instante en que Yeriomin le dijo: «... descargará todo su fuego» fue, quizás, el más feliz y solemne de toda su vida de artillero.

Por la tarde, el Comité Central del Partido Comunista de Bielorrusia se reunió en un calvero. El claro cielo crepuscular se traslucía entre el follaje. Las hojas secas y grises, como si hubiesen sido colocadas por la solícita mano de una buena ama de casa, cubrían el musgo blando y verdinegro.

¿Quién será capaz de describir la rigurosa sencillez de esta reunión, celebrada en el último palmo libre de los bosques de Bielorrusia? El viento susurraba triste y solemnemente, y parecía el murmullo de millones de voces humanas que resonaran entre el follaje de los robles. Los comisarios del pueblo y los miembros del Comité Central, con sus rostros curtidos por el sol, fatigados, hablaron brevemente. Y parecía que millares de hilos unían este calvero con Gómel, Moguiliov, Minsk, Bobrúisk, Rogachov y Smoliévichi, con las aldeas y pequeñas ciudades, con los huertos, los colmenares, los campos y pantanos de Bielorrusia... Partisanos, campesinas ancianas, pastores de koljós y niños aldeanos se abrían paso a través de senderos secretos trayendo noticias aterradoras de la Bielorrusia capturada por el enemigo... Y el viento vespertino vibraba entre el oscuro follaje con la apagada, triste y serena voz de un pueblo que sabía que no le quedaba otra alternativa que morir en la esclavitud o luchar por su libertad.

Anochecía. La artillería rompió el fuego. Lejanos relámpagos iluminaron el sombrío occidente. Los troncos de los robles surgieron de la oscuridad y pareció como si los millares de árboles del bosque, todos a la vez, hubiesen dado un paso al frente para quedar luego inmóviles, iluminados por aquella luz blanca y temblorosa. No eran descargas aisladas ni el tronar habitual de la artillería. Así rugía el aire sobre la tierra en los lejanos períodos del eón proterozoico, cuando del fondo del océano surgieron las cordilleras de Asia y de la Europa de hoy.

Dos corresponsales de guerra y un fotógrafo permanecían sentados en un tronco caído cerca de la choza del Consejo Militar, observando mudos el impresionante cuadro.

Del interior de la choza salía la voz del jefe del frente:

—Recordáis, camaradas, cómo Pushkin describe en su *Viaje a Arzrum*...

Los periodistas no oyeron el final de la frase.

Pasados unos instantes volvieron a coger al vuelo unas serenas y pausadas palabras, y por la entonación de la voz que las pronunciaba supieron que pertenecían al comisario de división Cherednichenko:

—A mí, ¿sabéis?, me gusta Garshin. ¡Él sí que describió con todo realismo la vida del soldado!

A las 22.50 el jefe del frente y el de artillería efectuaron un vuelo sobre el valle donde se habían concentrado las columnas acorazadas alemanas. Lo que allí vieron llenó de orgullo para siempre el corazón del general de artillería.

15

El general

Una de las tareas encomendadas al general mayor Samarin, jefe de una agrupación del ejército, era la de conservar la travesía. El Estado Mayor, los servicios de retaguardia, la redacción del periódico del ejército, es decir, el segundo y el primer escalón, se encontraban en la orilla oriental del río. Samarin había instalado el puesto de mando avanzado en la orilla occidental, en una pequeña aldehuela lindante con un gran campo sin segar. Le acompañaban únicamente el comandante Garán, de la Sección de Operaciones del Estado Mayor, el canoso coronel Nabashidze, jefe de la artillería, la estación de radio, el telégrafo y los teléfonos de campaña, que le enlazaban con los jefes de las unidades. Samarin se había instalado en una casa espaciosa con mucha luz donde trabajaba, recibía a los mandos y comía. Dormía en el henil, pues no soportaba el calor.

En la casa, sobre camillas plegables, dormían el ayudante de Samarin, Liádov, de nariz respingona, mejillas coloradas y ojos redondos muy grandes; el melancólico cocinero, que antes de acostarse siempre cantaba el *Pañuelito azul*, y el chófer del automóvil oruga verde, quien desde el primer día de la guerra llevaba en el coche la novela de Dickens *David Copperfield*. El 22 de junio tenía leídas catorce páginas y, en el mes que llevaba de guerra, no había adelantado nada en la lectura, pues Samarin no dejaba mucho tiempo libre a la gente. Una vez el cocinero le preguntó si era interesante aquel libro tan grueso.

«Precioso —le contestó Kliujin—; trata de la vida de los judíos.»

Cuando Samarin bajaba al amanecer del henil, el desayuno ya estaba servido sobre la mesa, mientras su edecán Liádov, de carácter un punto pícaro, pusilánime y procaz, salía a su encuentro con una jarra y una toalla. Echaba agua fría del pozo sobre el cuello del pequeño general, cubierto de rubia pelusa, y le preguntaba invariablemente:

—¿Ha dormido bien, camarada general mayor? Esta noche los alemanes han estado disparando balas trazadoras desde el bosque.

Samarin era un hombre lacónico, severo y resuelto. En la guerra desconocía lo que era el miedo y, con frecuencia, volvía loco a Liádov, dirigiéndose a los sectores más peligrosos de la batalla. Recorría el frente con dominante y serena seguridad, y aparecía en los puestos de mando de los regimientos y batallones en los momentos más críticos del combate. Andaba entre las explosiones de las granadas de mortero y de los proyectiles, llevando en su pecho todas sus condecoraciones y la estrella de oro. En cuanto llegaba a alguno de los regimientos en combate, se hacía inmediatamente cargo de la situación entre el caos de disparos y explosiones, entre el humo de las casas y los cobertizos en llamas, entre el embrollo de las corridas, entre el movimiento de los tanques propios y ajenos. Los jefes de las divisiones, de los regimientos y batallones identificaban al instante su voz seca y su cara nariguda, que desconocía la sonrisa y que, a menudo, semejaba sombría y adusta. En cuanto irrumpía en algún regimiento, enseguida eclipsaba con su persona el tronar de los cañones y las llamas de los incendios, encarnando por unos minutos toda la intensidad del combate. No se quedaba mucho rato en el puesto de mando, pero su visita dejaba huella en todo el desarrollo de los acontecimientos bélicos, como si la sosegada y fría mirada del jefe del general siguiese clavada en el rostro de los jefes. Si el combate era mal dirigido, reemplazaba al mando sin titubear.

En una ocasión degradó a un mayor, jefe de regimiento, por su pusilanimidad e indecisión, y le envió al ataque como soldado raso en expiación de su culpa. Sin piedad ni miramientos, castigaba con la muerte a aquellos que mostraban cobardía en el campo de batalla, sin importar de quién se trataba: un mando o un soldado raso.

Su odio y desprecio por el enemigo eran indomables. Cuando transitaba por las calles de las aldeas incendiadas por los alemanes, su rostro demudaba en una expresión feroz: parecía que fuese el mismísimo dios de la venganza quien desfilara por allí. Eran por todos conocidos su ardiente, incesante odio hacia el enemigo y su intrepidez. Los soldados contaban que una vez Samarin llegó en un auto blindado al lugar donde la lucha era más encarnizada y, al ver a un soldado rojo herido, lo sentó en su sitio y él marchó a pie detrás del auto, bajo el fuego huracanado de los alemanes.

Contaban también que una vez recogió el fusil tirado por un soldado, lleno de barro maloliente, lo limpió con esmero y cariño delante de la compañía formada y, sin pronunciar una palabra, lo entregó al dueño muerto de vergüenza. Los hombres a quienes llevaba al combate confiaban en su general y le perdonaban su severidad y rigor.

Liádov era quien mejor conocía a su general. Más de una vez, al aproximarse a las posiciones avanzadas, solía preguntar la dirección a los jefes que encontraba en el camino y, al volver al coche, informaba:

—Camarada general mayor: con el coche no podremos pasar; por este camino no va nadie porque está batido por los morteros, y en el bosquecillo, según dicen, hay alemanes apostados con automáticos. Hay que dar un rodeo. Samarin estrujaba un grueso cigarrillo y, mientras lo encendía, respondía:

—¿Alemanes con automáticos? ¡No tiene importancia, sigue sin desviarte!

Y Liádov, descompuesto por el miedo, se sentaba detrás de su general. Como muchos hombres faltos de coraje, Liádov llevaba encima un exceso de armamento: un automático, una pistola Mauser, un revólver Nagan, una Browning y en los bolsillos otra Mauser y munición Parabellum sustraída al enemigo. Cierta vez, por encargo del general, había realizado un viaje a la retaguardia; con sus relatos y su aspecto belicoso había despertado la admiración de las mujeres que viajaban con él en un mismo vagón y de los jefes militares de las estaciones ferroviarias. Pero seguramente no había disparado ni una sola vez sus numerosos revólveres y pistolas.

Samarin había pasado todo el día en la primera línea. La presión de los alemanes aumentaba en todos los sectores. Se combatía día y noche. Los soldados rojos, atormentados por el calor y el bochorno, con frecuencia renunciaban a la comida caliente que les llevaban a las trincheras.

Al volver al puesto de mando, Samarin telefoneó a Yeriomin y solicitó permiso para replegarse en la margen oriental del río. Yeriomin le respondió con una negativa rotunda: deseaba mantener bajo control todos los vados para poder evacuar al completo los equipos del cuerpo de tiradores que era el último en emprender la retirada. Tras la conversación sostenida con Yeriomin, el general mayor se puso de mal humor. Cuando el comandante Garán le trajo el parte de operaciones, Samarin ni tan siquiera se molestó en leerlo.

—No me hace falta el parte para conocer la situación —dijo con indiferencia, y preguntó con aspereza al cocinero—: ¿Comeremos alguna vez o no?

—La comida está lista, camarada general mayor —respondió el cocinero, que se cuadró y giró sobre sus tacones con tanto brío que su blanco mandil chasqueó en el aire.

La dueña de la casa, la vieja koljosiana Olga Dmítrievna Gorbachova, sonrió aviesa. Estaba enfadada con el cocinero, que se burlaba del modo de guisar aldeano.

—Dime, Dmítrievna, ¿cómo prepararías tú las croquetas a la francesa o, por ejemplo, las patatas fritas, eh? —le preguntaba el cocinero.

—¡Vete al infierno! —le respondía ella—. Sólo faltaría que te pusieras a enseñar a una vieja cómo freír patatas.

—Pero no como en las aldeas, sino como yo las preparaba en el restaurante de Penza, antes de la guerra. Supongamos que te lo ordenara el general, ¿qué le dirías tú?

Su nuera Frosia y el nietecito enfermo escuchaban con atención la disputa, que duraba ya varios días. La vieja se irritaba porque no sabía preparar platos con nombres absurdos pero también porque el flaco y larguirucho cocinero era más entendido que ella en el arte culinario.

—En una palabra, eres un Timka —le decía, sabedora de que al cocinero le disgustaba que se dirigieran a él por el apellido, y sólo estaba satisfecho cuando le llamaban Timoféi Márkovich. Así lo hacía Liádov cuando quería comer algo antes de que el general se sentara a la mesa.

Samarin estaba satisfecho del cocinero y nunca se enfadaba con él. Pero esta vez le dijo al sentarse a la mesa:

–¿Cuántas veces tendré que repetir que traigan el samovar del Estado Mayor?

–Esta misma tarde lo traerán los de intendencia, camarada general mayor.

–¿De nuevo has guisado carne de cabra de segundo? –preguntó Samarin–. Dos veces te he dicho que frías pescado. El río está aquí al lado y, según parece, tienes tiempo de sobra.

Dmítrievna, con una sonrisa, miró al azorado cocinero y dijo:

–Sólo sabe burlarse de una vieja como yo, pero cuando el general le pide algo por las buenas... ¿acaso entiende de algo? En una palabra, ¡es un Timka!

–¿Así que se burla de usted? –preguntó Samarin.

–¡Claro que se burla! «¿Tú, vieja», dice, «sabes freír croquetas a la francesa?» Y dale que te dale el Timka este.

Samarin sonrió.

–¡No haga caso! Yo también puedo burlarme de él. A ver, cocinero, ¿cómo se prepara la masa para una torta?

–No lo sé, camarada general mayor.

–Y ¿cómo se hace para que tome cuerpo la masa de harina candeal? ¿Se le añade soda o levadura? ¡A ver, di!

–No he trabajado en el ramo de la repostería, camarada general mayor.

Todos se echaron a reír, burlándose del turbado cocinero.

Cuando el general terminó de comer se puso a tomar té e invitó a Olga Dmítrievna. La anciana se secó las manos con el delantal, sacudió el polvo del banquillo y se arrimó a la mesa. Bebía el té del platillo mientras se enjugaba la arrugada frente que, sudada, había comenzado a brillarle.

–Coja azúcar, madre, coja –dijo Samarin, y preguntó–: ¿Cómo está su nieto? ¿Tampoco ha dormido esta noche?

–El tumor se le sigue desarrollando. ¡Es una desgracia! El pobrecillo sufre y nos hace sufrir a nosotros...

–Cocinero, dale mermelada al niño.

–¡A sus órdenes, camarada general mayor! Lo hago ahora mismo.

–¿Y qué pasa por allí?, ¿se continúa combatiendo en Riájovichi? –se interesó la vieja.

–Sí, así es.

–¡Cómo sufre la gente! –Y la vieja se persignó.

–Allí no hay gente –explicó el general–, se han ido todos. Las casas están vacías. También se llevaron los cacharros.

En ese momento trajeron un radiograma cifrado de Bogariov, en el que este comunicaba los detalles del aniquilamiento de la columna de tanques.

Liádov conocía a la perfección el carácter del general. Sabía que Samarin se ponía de buen humor siempre que emprendía viaje a los sectores más peligrosos del frente. Sabía que cuanto más intensa y complicada se volvía la situación, mayor era la serenidad de Samarin. Conocía también la extraña debilidad de este hombre severo: cuando Samarin entraba en una casa abandonada, habitada ahora tan sólo por los fieles gatos, sacaba del bolsillo un trocito de pan traído ex profeso, llamaba al felino, a veces madre de numerosa prole, y sentado en cuclillas se ponía a darle de comer. Una vez le dijo, pensativo, a Liádov:

–¿Sabes por qué los gatos aldeanos no juegan con el papel blanco? Porque no están acostumbrados; en cambio, si les tiras un papelucho oscuro, enseguida saltan sobre él, pensando que es un ratón.

La conversación con la vieja y el mensaje de Bogariov pusieron a Samarin de buen humor.

–Camarada general mayor –dijo Liádov–, permítame anunciarle que se ha presentado el comandante Mertsálov.

Samarin adoptó un semblante sombrío.

–¿Qué dices?

–Le estoy anunciando, camarada general mayor, que se ha presentado el jefe del III regimiento de Infantería.

–¡Ah! Perfecto. ¡Que pase! –Y dirigiéndose a la anciana, que se había levantado para marcharse, dijo–: Quédate, quédate, ¿adónde vas? Sigue tomando té y, por favor, ¡no pienses que estorbas!

Esa mañana, a través de un camino vecinal, Mertsálov se había unido a la división. La marcha resultó un desastre. Por el camino había perdido parte de la artillería, que se quedó atascada en un pantano del bosque justo en el momento en que los remolques se habían quedado sin combustible. El servicio hipomóvil del regimiento se había extraviado, porque al jefe de la columna se le había dado un itinerario erróneo. Por último, durante la marcha, el regimiento se vio obligado a repeler un ataque de los tiradores de automático alemanes, y la compañía de Mishanski, que cerraba el grupo, en vez de abrirse paso hacia el grueso de las fuerzas titubeó y, con su jefe a la cabeza, torció hacia el bosque, sin decidirse a atravesar terreno descubierto.

Por la mañana, cuando Samarin escuchó el parte de Mertsálov, le formuló una sola pregunta:

–¿Cuántas municiones le ha dejado a Bogariov? –Y añadió–: Venga a verme a las cinco.

Mertsálov comprendía que esta segunda entrevista sería aún más breve que la primera y que no prometía nada bueno. Por eso se sorprendió y alegró al oír las palabras de Samarin.

—Estoy descontento con su actuación. Le doy la posibilidad de corregir su falta: establezca contacto con Bogariov, coordine las acciones, asegúrele la salida del cerco y salve los cañones que ha dejado abandonados. Puede retirarse.

Mertsálov comprendía la extraordinaria complejidad que entrañaba la tarea encomendada. Pero él no era de los que se arrugaban cuando debía afrontar misiones difíciles y peligrosas. Su mayor temor era la furia de su riguroso jefe.

16

El dueño de esta tierra

El batallón de Bogariov llevaba dos días en el bosque.

La unidad había llegado a tener pocos efectivos. Los cañones, camuflados con ramas, apuntaban hacia el camino. El teniente de artillería Klenovkin, un joven alto que tenía la costumbre de mirar obsesivamente y sin necesidad el reloj, fue nombrado jefe del destacamento de exploración, integrado en su mayoría por artilleros y del que también formaban parte los soldados de infantería Ignátiev, Zhaveliov y Rodímtsev.

Bogariov llamó a Klenovkin y le dijo:

–Usted, además de explorador, deberá ser nuestro intendente. Las reservas de pan se están terminando. –Y agregó pensativo–: Tenemos medicamentos; en cuanto a comida para los heridos... Ellos necesitan una comida especial: jaleas y bebidas a base de frutas.

Klenovkin, que deseaba probar a los nuevos exploradores, encomendó a Rodímtsev y a sus compañeros la primera tarea.

–Además de eso –les dijo–, tendréis que conseguir pan para los combatientes y procurar jalea y bebidas a base de frutas a los heridos. El cocinero tiene harina de patata para la jalea.

Zhaveliov, sorprendido, dijo:

–Camarada teniente, ¿de dónde vamos a sacar jalea? Alrededor no hay más que bosque, y los caminos están infestados de tanques alemanes.

Klenovkin sonrió. Él mismo había juzgado extraño el encargo del comisario.

–Bueno, vamos. Ya veremos –dijo Ignátiev.

Estaba impaciente por explorar el bosque. El amor por la tierra, las hojas, la hierba y los arroyos que arraigaba en Ignátiev, lo impulsaba a ello. Pasaron entre los soldados que descansaban bajo los árboles. Uno de ellos, que tenía una mano vendada, levantó su pálido rostro y dijo con enfado:

–¡Silencio! ¿Por qué armas más ruido que un oso?

Otro preguntó en voz baja:

–¿Volvéis a casa, muchachos?

Los exploradores se internaron en el bosque y Rodímtsev, extrañado, se limitaba a repetir:

–Me sorprende esta gente... Los he visto ocuparse de la defensa sin mostrar temor ante doscientos tanques, y ahora, en los dos días que llevamos en el bosque, están nerviosos como señoritas.

–Es la inactividad –observó Zhaveliov–, siempre ocurre así.

–No. Es para asombrarse –insistió Rodímtsev.

Bien pronto llegaron a un camino abierto en el bosque. Permanecieron más de dos horas en una zanja junto al camino, observando los movimientos de los alemanes. Ante sus narices pasaban raudos los motoristas-enlace. Uno se detuvo muy cerca de ellos, llenó la pipa, la encendió y prosiguió viaje. Pasaron dieciocho tanques pesados. Pero sobre todo circulaban transportes con tropas de infantería y camiones de intendencia. Los alemanes conversaban; llevaban los cuellos de las guerreras desabrochados para tostarse al sol. Los soldados de uno de los camiones cantaban. Los vehículos pasaban por debajo de un árbol de copa baja y casi todos los soldados alargaban el brazo para arrancar algunas hojas.

Poco después los exploradores se separaron: Rodímtsev y Zhaveliov marcharon por el bosque hacia el cruce de la carretera, en tanto que Ignátiev atravesó el camino y, por un barranco, llegó hasta una aldea ocupada por los alemanes.

Estuvo observando un buen rato desde un campo de cáñamo crecido. En la aldea estaban acantonados tanquistas e infantería. Al parecer, descansaban después de una marcha. Algunos se habían bañado en el estanque y exponían sus cuerpos desnudos a los rayos del astro rey. En un huerto, a la sombra de un árbol, comían unos oficiales; bebían de unos vasos metálicos que brillaban deslumbrantes al sol. Cuando terminaron de comer, uno se puso a darle cuerda a la gramola, otro a jugar con un perro y otro, que se encontraba algo alejado de ellos, a escribir. Algunos soldados, sentados en los bancos de tierra pegados a las casitas, se dedicaban a remendar ropa, otros se afeitaban con la toalla ceñida al cuello o sacudían los manzanos en los huertos, y armados con cañas puntiagudas, despojaban a las altas ramas de los perales de la fruta madura. Algunos estaban tumbados en la hierba, leyendo periódicos.

A Ignátiev, aquel lugar le recordaba su aldea natal. El bosque era como aquel por donde tanto le gustaba vagar horas y horas, y el río se parecía al mismo donde, siendo pequeño, solía ir a pescar. También el huerto, donde comían y tocaban la gramola los oficiales alemanes, se parecía al de la casa de Marusia Pesóchina. ¡Cuántas y qué agradables horas había pasado por la noche con Marusia en aquel huerto! Recordó cómo entre las sombras nocturnas y el oscuro follaje brillaban las caritas blancas de las manzanas, cómo suspiraba Marusia, sentada a su lado, gorjeando como un joven y cálido pajarillo. Ignátiev se sintió embargado de emoción al evocar aquellos recuerdos. En el umbral de la casa apareció una chica delgada y con los pies descalzos, vestida de blanco. Al verla, un alemán vociferó algo y le hizo un gesto. La chica volvió a la casa y al pronto salió con un jarro de agua. Un dolor terrible y una rabia avasalladora oprimieron el corazón de Ignátiev. Nunca jamás, ni aquella noche cuando los alemanes quemaron la ciudad, ni al contemplar las aldeas arrasadas, ni en el fragor del combate a vida o muerte, había experimentado una sensación pareja. Aquellos alemanes que descansaban tranquilamente en la aldea soviética en ese día tan claro y sereno eran mil veces más odiosos que los otros, los que peleaban.

Él, Ignátiev, andaba ahora agachado, como si fuese un ladrón, sin atreverse a levantar la voz, mirando receloso en derredor, a pesar de que conocía estos bosques foliáceos, sus robles, álamos, abedules y pobos como su propia casa. En otros tiempos solía vagar por ellos y cantar a pleno pulmón las tonadas que le había enseñado Bogachija, la vieja cascarrabias; acostumbraba a tumbarse sobre las crujientes hojas secas y miraba el cielo y observaba el bullicio de las aves y los troncos de los árboles, cubiertos de musgo. Conocía los viveros de bayas y setas, los cubiles de los zorros y los huecos de los árboles donde vivían las ardillas; sabía en qué calveros jugaban las liebres al caer la tarde, entre la alta hierba. Pero ahora eran los alemanes los que andaban fumando en pipa por los bosques, mientras que él, silencioso y furtivo, se veía obligado a observarlos desde una zanja cubierta de matas. Un cable negro, tendido por algún alemán, corría entre sus queridos árboles. En su infantil ingenuidad, los serbales y abedules accedían a que sus finas ramas sostuviesen el cable por el cual, a través del bosque ruso, volaban palabras alemanas. Y allí donde no había árboles, los alemanes habían enterrado en el suelo esbeltos tallos de jóvenes abedules con rótulos indicadores, y los abedules, con sus hojitas doradas, pequeñas como monedas de bronce, se alzaban muertos, sosteniendo el maldito cable.

Y aquel día, en aquel instante, Ignátiev comprendió con absoluta nitidez lo que estaba ocurriendo en el país, comprendió que se estaba librando una guerra a vida o muerte, que se luchaba por la existencia del pueblo trabajador.

Veía reposar a los alemanes y se sentía horrorizado. Por un momento se imaginó que la guerra había terminado y que los alemanes, tal y como los estaba viendo, se bañaban, escuchaban el canto vespertino de los ruiseñores, recorrían los calveros del bosque, recogían frambuesas, moras y setas, tomaban el té en las isbas, tocaban la gramola a la sombra de los manzanos y, condescendientes, llamaban a las muchachas rusas. Y en aquel instante, Ignátiev, que llevaba a cuestas todo el terrible peso de las batallas, que más de una vez había permanecido en los pozos de tierra arcillosa cuando los tanques alemanes pasaban por encima, Ignátiev, que había recorrido miles de kilómetros en el polvo sofocante de los caminos de la guerra, que cada día se enfrentaba con la muerte y que salía a su encuentro, comprendió con todas las fibras de su alma que la guerra debía continuar hasta que el último alemán fuera expulsado de la tierra soviética. Las llamas de los incendios, el estruendo de las explosiones y los combates aéreos eran un paraíso comparado con el espectáculo del apacible descanso de los fascistas alemanes en aquella aldea ucraniana ocupada. Aquella calma, aquella benignidad de los alemanes le infundían pavor.

Involuntariamente, Ignátiev acarició la culata de su automático, palpó una granada para tener la certeza de su fuerza, de su disposición para lanzarse a la lucha. Él, simple soldado, oía el grito de cada gota de su sangre: ¡guerra!

¡Oh! Esta no era la guerra del año 14, de la que le había hablado su hermano mayor, una guerra maldecida por los soldados y que el pueblo odiaba.

Todo esto lo sentía Ignátiev con el alma, con el cerebro y con el corazón en aquel luminoso día soleado, en la engañosa calma del mediodía, mientras observaba a los alemanes que descansaban.

«Sí, en aquella ocasión el comisario me dijo una gran verdad», pensó al recordar la conversación que había mantenido con Bogariov en la ciudad incendiada.

Ignátiev regresó al lugar convenido, donde ya le esperaban sus compañeros.

–¿Qué tal en la carretera? –preguntó.

–El tránsito de camiones es incesante –explicó Zhaveliov con voz triste–, camiones y más camiones, con gansos y gallinas que chillan. Se están llevando el ganado.

De su rostro demudado había desaparecido la habitual sonrisita insolente y maliciosa. Se veía que también en su corazón hervía la iracunda tristeza que le había causado observar las posiciones de la retaguardia alemana.

–¿Regresamos? –preguntó Rodímtsev.

Estaba tranquilo como de costumbre. Así le habían visto los camaradas mientras esperaba los tanques alemanes, así le habían visto cuando, antes de la cena, con el pausado empaque de un buen administrador, repartía las raciones de pan.

–Deberíamos echarle la zarpa a algún alemán –propuso Zhaveliov.

–Sí, no estaría mal –asintió Ignátiev, animándose–; ya he pensado cómo hacerlo. –Y expuso a los camaradas su sencillo plan.

Una avasalladora ansia de actividad se adueñó de Ignátiev. Le pareció que debía estar combatiendo día y noche, que no podía perder ni un minuto. No en vano siempre había despertado la admiración de sus paisanos, los armeros de Tula, con su ingenio e indomable fuerza en el trabajo, no en vano se le consideraba el primer segador de su aldea. Informaron al teniente de los resultados de la exploración y este ordenó a Ignátiev que se presentase al comisario. Bogariov estaba sentado a la sombra de un árbol.

–¡Ah, camarada Ignátiev! –dijo con una sonrisa–, ¿dónde está su guitarra? ¿La conserva?

–Naturalmente, camarada comisario. Ayer estuve tocando para los soldados. La gente está muy triste, de nuevo habla en voz baja... –Ignátiev fijó su mirada en el rostro del comisario y añadió–: Camarada comisario, permítame hacer un trabajito que merezca la pena, del que salten chispas. No soporto ver cómo los alemanes tocan aquí la gramola y se pasean por nuestros bosques.

–Hay mucho trabajo –indicó Bogariov–, hay trabajo de sobra para todos. Ahora me preocupa una cosa: el pan. Hay que dar de comer a los heridos, hay que capturar algún prisionero. Como ve, va a haber faena de sobra.

–Camarada comisario –dijo Ignátiev–, si me diese cinco hombres, ¡yo lo haría todo antes del anochecer!

–¿No estará usted fanfarroneando? –preguntó Bogariov.

–Le demostraré que no.

–Si no lo hace, tendrá que responder por ello.

–¡A sus órdenes, camarada comisario!

Bogariov ordenó a Klenovkin que destacase cinco voluntarios. Quince minutos más tarde, Ignátiev se dirigía
con ellos al bosque, hacia la carretera.

La primera parte de su tarea no le llevó mucho tiempo. Recordaba haber visto varios calveros plagados de
bayas.

–¡Vamos, muchachas –gritó a los soldados que le
acompañaban–, arremangaos las faldas y a recoger bayas!

Todos se desternillaban de risa al escuchar sus chistes
y las historietas que les contaba sin darse un minuto de
descanso.

–¡Cuántas bayas, parece como si hubieran extendido
un tapiz! –comentó Rodímtsev.

–Separad con hojas las diferentes clases de bayas –señaló Ignátiev–. No juntéis la mortilla con las moras ni
con las frambuesas.

Cuarenta minutos más tarde los calderos y los cascos
estaban llenos de bayas.

–Es muy sencillo –explicó presa de la agitación Ignátiev a sus camaradas–: La mortilla será para los que su-
fran dolor de barriga, la frambuesa para los que tengan
fiebre y de las moras, cuyo jugo es agrio, obtendremos
algo parecido al kvas;[19] los heridos siempre tienen sed.

Rápido y hábil, se las ingenió para exprimir el jugo de
las bayas y lo coló, para que no saliese turbio, por un
tamiz hecho con la gasa de su botiquín individual. En
muy poco tiempo llenó varios tarros de cristal con el
jugo espeso y transparente. Ignátiev llevó toda esta ri-
queza a las chozas, donde los heridos yacían entre gemi-
dos. Al ver lo que traía, el viejo médico no pudo contener
las lágrimas y, mientras se las enjugaba, le dijo:

–Dudo que en el mejor hospital clínico hubiesen podido ofrecer algo superior a los heridos. Ha salvado usted

más de una vida, camarada soldado... perdone, no sé su apellido.

Ignátiev miró al médico con turbación, sonrió y se retiró, confuso.

El éxito acompaña a los audaces. El soldado enviado por Ignátiev para que observase la circulación informó de que en el camino vecinal se había detenido un camión alemán. Por lo visto se le había averiado el motor. Los alemanes discutieron largo rato el incidente y luego todos, hasta el chófer, se marcharon en una camioneta que iba de paso.

—¿Qué lleva el camión? —preguntó rápidamente Ignátiev.

—Es difícil saberlo, la carga va cubierta con unas capastienda.

—¿Y no miraste?

—¿Cómo iba a mirar, si sus coches van y vienen continuamente? No he podido ni acercarme.

—¡Ay, gorrión!

El soldado se ofendió.

—¡Vaya un... halcón que nos has salido!

Ignátiev se aproximó al camión y gritó desde allí:

—¡Venid aquí, muchachos!

Se dirigieron hacia él, contemplando la alegre y al mismo tiempo preocupada expresión de su rostro. Él y nadie más que él era el dueño del bosque. Y nadie más que él podía serlo. Por eso hablaba en voz alta, como si estuviese en su casa, y sus ojos claros sonreían.

—¡Rápido, rápido —les apremió—, agarrad las capastienda! ¡De aquella punta! ¡Sujetadlas! ¡Así! Los alemanes nos han traído pan. Veis, se dieron tanta prisa para que nos llegara calentito que hasta han estropeado el motor.

Empezó a tirar un pan tras otro en las capas-tienda sin parar de hablar:

—Este se le ha pasado a Fritz, no sabe cocer bien el pan. ¡Le pediremos cuentas! ¡Este está bueno!, se ve que Hans se ha esmerado. Este está pasado; Herman se durmió. Este está magnífico, mejor que todos, el propio Adolf lo ha cocido ex profeso para mí.

Su frente tostada se había cubierto de sudor, los rayos del sol que penetraban a través del follaje jugueteaban en su rostro, en los panes que volaban en el aire, en los laterales negros del camión alemán y en el camino cubierto de verde hierba. Ignátiev se incorporó, carraspeó y, estirándose cuan alto era, se enjugó la frente y echó una mirada al bosque, al cielo, al camino...

—Ahora me parezco al jefe de una brigada koljosiana, plantado en un almiar —exclamó, dirigiéndose a sus camaradas—. ¡Vamos muchachos, llevadlo unos doscientos o trescientos metros más allá, ocultadlo entre las matas y volved!

—Escóndete tú también, ¿o es que te has vuelto loco? ¡De un momento a otro vendrán volando!

—¿Por qué voy a esconderme? —preguntó como sorprendido—. Este es mi bosque, yo soy el dueño aquí. Si me fuera, me preguntarían: «¡Eh, patrón!, ¿adónde vas?».

Y se quedó quieto en el camión. Los mirlos y arrendajos volaban sobre él, ponderando con sus gorjeos la intrepidez, la alegría y la bondad de aquel hombre que había desmigado un pan para ellos y que también cantaba sin dejar de observar el recto camino. A veces interrumpía el canto, entornaba los ojos y aguzaba el oído tratando de percibir el zumbido de motores. De pronto, una nubecilla de polvo se levantó a lo lejos. Ignátiev prestó atención. Era una motocicleta.

«Amo, ¿para qué vas a huir?», se preguntó a sí mismo en tono burlón.

Estaba claro que los alemanes no llegarían en una moto para reparar o remolcar el camión. Ignátiev examinó una de sus granadas, la empuñó con fuerza y se ocultó en el hueco que había quedado después de descargar el pan. El motorista pasó de largo sin aminorar la marcha. Una hora después, habían descargado el camión por completo. Antes de marcharse, Ignátiev registró la cabina y encontró en un bolso lateral una botella con un poco de coñac, que se metió en un bolsillo del pantalón. Ni bien los soldados se llevaban la última carga de pan, se oyó a lo lejos el traqueteo de un motor.

Ignátiev se echó entre las matas para esperar acontecimientos. Un camión aminoró la marcha, dio la vuelta y se detuvo junto al vehículo vacío.

Ignátiev apretaba los dientes para contener la risa mientras contemplaba el espectáculo. No entendía ni una palabra de lo que gritaban los alemanes, pero por los gestos, la expresión de sus rostros y el revuelo lo comprendió todo. Primero miraron hacia la zanja y debajo del coche; después, el suboficial empezó a vociferarle al cabo, que permanecía en postura marcial, con los tacones pegados. Para Ignátiev no cabía duda de lo que gritaba el suboficial: «¡Hijo de perra!, ¿por qué no has dejado a nadie para que vigilara el camión? ¿A quién temías?». Y el cabo, con rostro compungido, señalaba con la mano: «Estamos en medio del bosque, ¿acaso podía obligar a estos diablos a quedarse?». A lo que el suboficial, por lo visto, replicaba a grito pelado: «¡Tú mismo, so cochino, debiste quedarte! Ahora os arrestaré a todos y os dejaré sin pan». «Como guste», respondió el cabo, y exhaló un suspiro. A continuación el cabo empezó a chillar al chófer. Ignátiev se explicaba así lo que gritaba: «¿Por qué has fundido la biela? ¿No ves que nos hemos quedado en medio del bosque? ¡Habrás estado chupando y chupando de la botella!». El chófer, al ver que el suboficial, contrariado, se había apartado para mear, respondía al cabo en tono insolente: «¿A qué viene tanto grito? ¡Dios mío, si sólo he bebido un par de vasitos!».

Los mirlos seguían saltando en las ramas, riéndose de los alemanes. Luego, uno de estos encontró una colilla junto al camión y se la enseñó al suboficial. Ignátiev se dio cuenta de que miraban el papel de la colilla, en el que había impresos caracteres rusos. «¡Ahí están!», exclamó mientras le mostraba la colilla a un soldado. Eso fue el colmo, y pareció como si los alemanes hubieran enloquecido de repente. Desenfundaron sus Parabellums, algunos empuñaron los automáticos y abrieron fuego contra los árboles con tanto ardor, que una lluvia de hojas y de ramitas cayó sobre el camino. Ignátiev se arrastró hasta unas matas lejanas, donde estaban escondidos sus camaradas y el pan. Allí, entre risas, les contó lo que había presenciado y, tras sacarse la botella del bolsillo, dijo:

–Del coñac no ha quedado ni para mojar los labios. Como no alcanzará para los seis, tendré que pimplármelo yo solito, ¿eh?

Rodímtsev desenroscó con su meticulosidad habitual el tapón de su cantimplora y dijo:

–Qué se le va a hacer... Bébetelo tú solo, ahí tienes el vasito. Yo nunca toco nada alemán...

A la caída de la tarde, Ignátiev condujo ante la presencia del comisario a un alemán. Lo había capturado mediante una sencilla artimaña: cortó el cable telefónico y lo tendió a lo largo del camino, y luego se ocultó con sus camaradas entre unas matas. Una hora más tarde llegaron dos telefonistas alemanes para reparar la avería. Los soldados rojos saltaron de su escondrijo y se abalanzaron sobre ellos. Uno de los alemanes, que intentó huir, fue liquidado. El otro, paralizado por la sorpresa, fue hecho prisionero.

–Camarada comisario, aquí en el bosque uso un método especial para cazarlos –explicó con regocijo Ignátiev–. Para capturar a los motoristas tiendo un cable perpendicular al camino; para los infantes el método es más sencillo aún: no hay más que atar unas gallinas entre las matas. Al oír el cacareo, los alemanes de cinco kilómetros a la redonda acuden corriendo.

–¡Muy práctico! –le dijo Bogariov, riendo, y pensó: «En la guerra de guerrillas, cuando se trata de emboscar al enemigo, nadie es mejor que nuestros hombres».

Ya anochecía cuando Rumiántsev ordenó formar a los infantes y artilleros y leyó una orden en la que, en nombre de la patria, se daba las gracias al soldado explorador Ignátiev. En la penumbra se oyó la voz de Ignátiev, que al ser nombrado, dio un paso al frente:

–¡Sirvo a la Unión Soviética, camarada capitán!

A Mertsálov le atormentaba sobremanera el recuerdo del repliegue fracasado. El insoportable y humillante sentimiento de impotencia le había dominado durante la corta marcha que más se pareció a una fuga que a la retirada de una unidad regular. La gente de Mishanski causaba una impresión particularmente penosa.

En su compañía reinaba el abatimiento; los soldados marchaban cabizbajos, arrastrando sus cansadas piernas. Algunos habían perdido sus armas. Cualquier sonido hacía que la gente aguzara el oído; escrutaban el cielo con mirada vaga y huían a la desbandada apenas veían un avión alemán. Mishanski prohibió abrir fuego contra los aviones y ordenó que los soldados se retirasen a un lado del camino, tratando de buscar sitios arbolados o lugares cubiertos de matorral. La compañía marchaba en filas largas y desordenadas. Mertsálov se dio cuenta de que había cometido un gravísimo error al no planificar detalladamente los movimientos de la compañía y no dar unas instrucciones férreas al respecto a los mandos. Los soldados, al advertir la incertidumbre de estos, infringían con frecuencia la disciplina. Varios de ellos, naturales de la región de Chernígov, abandonaron las armas durante la noche y se marcharon a sus aldeas, siguiendo caminos vecinales. Mertsálov ordenó detenerlos, pero no se pudo dar con ellos.

Ya de día, los grupos avanzados del regimiento llegaron a un vasto campo. Delante de ellos, a unos cinco o seis kilómetros, negreaba el bosque, que llegaba hasta el mismo río. Los soldados rojos se animaron: allí, al otro lado del río, estaban estacionadas las tropas soviéticas, allí terminaba la dura y peligrosa marcha por la retaguardia alemana. Los caballos, en cuanto percibieron de lejos el olor de la humedad, resoplaron anhelantes, y los soldados del servicio hipomóvil no tuvieron necesidad de aguijárlos.

Mientras el regimiento se arrastraba disperso por entre la polvareda que levantaban los millares de botas de los soldados, las ruedas chirriantes de los carros, los desgastados neumáticos de los autos, y las orugas anchas y estriadas de los tractores, un avión de exploración alemán surcó el espacio, describió un rápido círculo sobre el polvoriento camino y desapareció. Mertsálov comprendió que el destino le deparaba un encuentro con el enemigo y ordenó que se mantuviese rigurosamente la distancia de veinte metros de carro a carro y de camión a camión en caso de que la aviación atacara, y que los camiones con las ametralladoras antiaéreas se colocaran a la cabeza y a la cola de la columna.

Estaba convencido de que el enemigo le atacaría desde el aire. Al jefe del Estado Mayor le dijo con sorna:

–Camarada mayor, fíjate en la compañía de Mishanski: todos han levantado la cabeza y miran al cielo. El mismo Mishanski mira al cielo como un águila; en cambio, cuando se arrastra por el bosque parece un septuagenario, no alza la cabeza...

Su coche había subido a un altozano y Mertsálov contempló los amplios espacios de cielo y tierra que se extendían ante él. El trigo sin segar se mecía y susurraba, movido por el viento, y las amarillentas espigas en sazón se inclinaban ofreciendo a la vista los pálidos tallos. Todo el campo cambiaba de color: de amarillo-ámbar se transformaba en verde pálido. Y entonces semejaba como si una lividez mortal cubriera el trigo, como si se quedase sin savia, como si el campo palideciera atemorizado ante la retirada del ejército ruso. Y el campo susurraba, imploraba, se inclinaba hasta la tierra, ora empalidecido, ora volviendo a erguir sus opulentas espigas, deslumbrando con toda su rica belleza dorada por el sol. Mertsálov contemplaba el campo, los pañuelos de las mujeres que blanqueaban en la lejanía, los molinos distantes y las casitas de la aldea que resplandecía en el horizonte.

Miró al cielo que conocía desde la infancia, el reseco, azul lechoso y ardiente cielo estival. En lo alto flotaban huidizas pequeñas nubecillas, diluidas, imprecisas y tan transparentes que a través de ellas se traslucía el azul celeste de la atmósfera. Y este vasto campo y este inmenso cielo abrasador, implorantes en su infinita tristeza, pedían ayuda a las tropas que se arrastraban por el camino árido. Y las nubes navegaban de occidente a oriente como si alguien, invisible, arrease un gran rebaño de blancas ovejas por el cielo ruso invadido por los alemanes.

Las nubes corrían en pos de las tropas que se retiraban envueltas en polvo, se apresuraban por llegar a donde no serían partidas por las agudas alas metálicas de la aviación alemana. Y el trigo susurraba, reverenciaba a los soldados rojos, imploraba, sin saber él mismo qué implorar.

–¡Ay! ¡Lloraría sangre! –exclamó Mertsálov–. ¡Sangre salada y no lágrimas!

Una vieja con los pies descalzos y las alforjas medio vacías sobre la encorvada espalda, y el chiquillo de grandes ojazos que la acompañaba, miraban en silencio a las tropas que se retiraban. Era inenarrable, terrible, el reproche de sus miradas apenadas y fijas, infantilmente impotente la de la anciana y senilmente cansada la del niño. Y así permanecieron, perdidos en el inmenso campo.

¡Qué dura fue aquella jornada! Mertsálov no la olvidaría jamás. Esperaba que el enemigo atacase desde el aire, pero el enemigo se presentó por tierra. En el breve combate Mertsálov perdió su tren de servicios y la compañía de Mishanski, que huyó con su jefe hacia el bosque. Por la tarde el regimiento llegó al río. La penosa marcha había terminado. Pero el jefe del regimiento no tenía motivos para estar contento. Le embargaban sombríos pensamientos.

El jefe del Estado Mayor se le acercó y le entregó el parte del subcomisario de la segunda compañía, en el que daba cuenta de un indigno suceso: en el caserón del bosque se había quedado un soldado rojo después de declarar a sus camaradas que resolvía permanecer allí, en espera de días mejores, en compañía de la joven viuda dueña de la casa. Mertsálov ordenó que una camioneta trajera de inmediato al desertor. Esa misma noche fue conducido al Estado Mayor del regimiento, vestido de campesino y calzado con *laptis;* había hundido su uniforme, atado a una piedra, en el estanque. Desde lejos

Mertsálov escuchaba la conversación que habían entablado con él los soldados rojos.

–¿También hundiste el gorro con la estrella roja? –le preguntó el apuntador de una de las ametralladoras.

–Sí-í –dijo el desertor, desanimado e indiferente.

–¿Y el fusil, lo hundiste? –preguntó el proveedor.

–¿Qué falta me hacía si me quedaba en el caserón?

–¡Al parecer también ha hundido su alma en el estanque! –exclamó el soldado Glushkov, alto y sombrío, cuyo hermano había perecido en un combate contra los tanques alemanes–. La ha atado a un ladrillo y descansa en el fondo del estanque.

–¿Y para qué iba a hundir el alma? –dijo, ofendido, el desertor, y se rascó la pierna.

El brigada que había ido a buscar al desertor intervino con una sonrisa:

–Cuando llegamos estaba a punto de acostarse con su viudita, todo muy bien arreglado, la cama preparada, la botella de medio litro de vodka vacía y dos copas en la mesa; habían engullido filetes de cerdo...

–Habría que traer también a aquella golfa y fusilarlos juntos –dijo el apuntador.

–¡Habría que aplastarlos con las botas! –dijo un soldado delgaducho, con cara de sufrimiento y ojos febriles de enfermo.

Mertsálov se acercó al desertor. Recordó toda aquella jornada llena de amargura: los trigos, el cielo, la vieja con el chiquillo, sus reproches a las tropas que se retiraban y, por primera vez en su vida, pronunció palabras crueles y terribles:

–¡Fusiladlo ante las tropas!

Esa noche no pudo conciliar el sueño. «No, no me doblegaré –se decía a sí mismo–, no me faltan fuerzas para esta guerra.»

17

El comisario

Por la mañana Mishanski llegó hasta donde se encontraba Bogariov.

–¡Salud, camarada comisario –exclamó alegremente–, este sí que es un encuentro!

Los soldados que le acompañaban traían las barbas crecidas y las guerreras rotas, algunos venían desarmados. El mismo Mishanski no tenía mucho mejor aspecto. Se había arrancado del cuello los emblemas y llevaba la guerrera desabrochada. La cartera de campaña y el portamapas, que antes siempre acarreaba consigo, no se veían por ningún lado –por lo visto los había tirado para perder el aspecto de jefe–, e incluso había sacado la pistola de la funda y se la había metido en el bolsillo del pantalón.

Se sentó al lado de Bogariov y dijo en voz baja:

–Sí, estamos metidos en un cerco clásico, camarada comisario. Me parece que la única solución es dispersar a las tropas y tratar de pasar la línea del frente de manera aislada.

Al oírle, Bogariov sintió que la sangre abandonaba sus venas; le pareció que hasta se le habían quedado las mejillas frías, lívidas por la rabia.

–¿Por qué tiene su gente este aspecto? –preguntó en voz baja.

Mishanski hizo un ademán de dejadez.

–¿Qué quiere que le diga? –respondió–. Entre ellos no hay héroes. Salieron por la noche a un claro del bosque, los alemanes lanzaron unas bengalas y ellos echaron cuerpo a tierra, como si se encontrasen bajo un fuego huracanado.

Bogariov se incorporó y movió pesadamente las piernas sin cambiar de sitio. Mishanski permaneció sentado y, ajeno a la rabia que desfiguraba el rostro de Bogariov, dijo:

–¿Tiene un pitillo, camarada comisario? En cuanto a nuestra situación, me parece que la solución que propongo es acertada: pasar la línea del frente uno por uno. Cada cual como pueda. De todos modos, en grupo no lograremos abrirnos paso.

–¡Póngase en pie! –ordenó Bogariov.

–¿Qué? –preguntó Mishanski.

–¡En pie! –repitió Bogariov en un tono imperioso.

Mishanski se percató de la expresión de Bogariov y de un salto se cuadró.

–¡Firmes! –exclamó Bogariov, y mirando con desprecio y odio a Mishanski le gritó–: ¿Qué significa ese aspecto? ¿Así es como se acerca a un superior? Arréglense de inmediato como es debido, usted y su tropa; no quiero ni uno solo sin afeitar y ninguna guerrera rota. Los emblemas estarán en el cuello de todos. Dentro de veinte minutos forme la compañía y preséntese ante mí, jefe de una unidad regular del Ejército Rojo que opera en la retaguardia enemiga y a quien queda usted subordinado desde ahora.

–¡A sus órdenes, camarada comisario de batallón! –dijo Mishanski y, en la creencia de que la amenaza no iba en serio, añadió sonriendo–: El caso es que... ¿dónde conseguiré ahora los emblemas si estamos cercados, en el bosque? Supongo que no puedo ponerme bellotas como emblemas.

Bogariov miró la hora y pronunció pausadamente:

–Dispone de veinte minutos para cumplir con la orden. En caso contrario, será usted fusilado delante de las tropas, debajo de este mismo árbol.

Mishanski comprendió y sintió la fuerza indomable del hombre que le hablaba. Mientras tanto los artilleros y fusileros cosían a preguntas a los recién llegados.

–Oye, barbudo –espetó en voz alta a uno de los llegados el apuntador Morózov, el héroe del combate contra los tanques alemanes–, ¿qué edad tienes?

–Soy de la quinta del 12 –respondió el aludido en un murmullo, y con un dedo levantado imploró–: No resolléis tan fuerte, muchachos.

–¿Por qué, compadre? –preguntó Ignátiev al tiempo que alzaba la voz con toda intención.

–¡Más ba-a-ji-ito! –pidió con voz quejumbrosa el soldado barbudo–, ¿acaso no oyes?

–¿Qué, qué? –preguntaron intrigados los artilleros y exploradores.

–Este lugar está infestado de alemanes, sus voces llegan hasta aquí...

Todos se miraron sorprendidos e Ignátiev, de pronto, estalló en una carcajada tan sonora que varios hombres de la compañía de Mishanski comenzaron a chistarle: «Silencio, silencio».

–¿Qué os pasa, muchachos? –les dijo Ignátiev–. ¡Si son los cuervos que graznan! ¿Comprendéis? ¡Los cuervos!

Y una carcajada unánime recorrió el bosque; reían los artilleros, reían los infantes, reían los exploradores, reían los heridos mientras gemían de dolor, reían también los soldados recién llegados mientras meneaban la cabeza, turbados, y escupían.

En este momento se acercó Mishanski.

–Rápido, rápido –exclamó–, os doy quince minutos para afeitaros y tener todo el equipo en orden. Camaradas jefes de las secciones y sargentos: cosed los emblemas y formad la compañía.

Cogió su macuto y a todo correr se dirigió al arroyo. Bogariov se paseaba entre los árboles, pensativo.

«Mishanski dice que en su compañía no hay héroes. Pues los crearemos; serán héroes. ¡Lo serán! En esta guerra, todos tienen que llegar a serlo.»

Poco después la compañía estaba formada. El capitán Rumiántsev recorrió lentamente las filas, inspeccionó con atención el uniforme de los soldados, revisó las armas e hizo serias observaciones por cada pequeñez.

–Cíñase más el cinto, más –decía con aire grave–. ¿Por qué se ha afeitado tan mal? Hay que afeitarse con esmero y no de cualquier modo. Y usted no ha limpiado bien el fusil, esto no sirve para nada. ¿Acaso puede un soldado del Ejército Rojo tratar mal su arma?

Parecía que la escena tuviera lugar en una escuela militar antes de una rigurosa inspección, y no en el bosque, en la retaguardia de los alemanes. Bogariov había pedido a Rumiántsev que realizase esta minuciosa revista y observaba desde lejos la compañía formada. Rumiántsev se acercaba ya al flanco izquierdo y, tras dirigir una mirada inquisitiva a las filas, le dijo al jefe de la sección: «Los soldados de su sección no están bien alineados, camarada teniente». Bogariov dio unos pasos hacia delante. «¡Firmes!», dio la voz de mando Mishanski; luego se adelantó ante las fuerzas formadas y pronunció en voz alta el parte de reglamento. Bogariov recorrió las filas y se dirigió a los soldados. Hablaba sin elevar el tono de su voz y sus palabras, sencillas y sinceras, llegaron a la conciencia de cuantos escuchaban. Les habló de las grandes penalidades de la guerra, de la amargura de la retirada, de lo inesperado de la invasión alemana. Expuso ante los soldados toda la complejidad y los peligros de la situación en que se encontraba su unidad, sin ocultarles nada: les habló de los tanques alemanes, de los caminos cortados, les dijo también qué valor atribuía a las fuerzas enemigas de aquel sector. Les habló de la sangrienta lucha a vida o muerte que venía sosteniendo el pueblo.

–Camaradas, no tenemos otra opción –concluyó el discurso–: todos vosotros sois hijos adultos de vuestro pueblo; habéis pasado por la dura escuela del trabajo y del pueblo en guerra. La situación de nuestra unidad es realmente grave. No tenemos elección. Somos una unidad regular de combate del Ejército Rojo. Dentro de unos días enfrentaremos al enemigo que nos supera en efectivos, le asestaremos un golpe, romperemos sus líneas y alcanzaremos el resto de nuestro ejército. Tenéis que salir victoriosos, camaradas, y lo haréis. Los corazones que laten en vuestro pecho son de Lenin.

Y los que estaban en las filas le escuchaban erguidos, con los rostros serenos, mirando al comisario con ojos perspicaces de hombres a quienes no hay nada que enseñar.

En estas horas y jornadas difíciles la gente sólo ansiaba una cosa: la verdad. Querían saber la verdad, aunque fuese dura y triste. Y Bogariov les dijo esta verdad. Un viento frío que anunciaba el otoño susurraba entre las altas copas de los árboles. Y después del ardoroso estío, después de las oscuras y tormentosas noches de los últimos meses, después del calor sofocante de los mediodías y de las tardes, llenas del zumbido de los mosquitos, este viento llegado del norte que presagiaba el invierno, las nevadas y las tempestades era infinitamente grato y parecía advertir de que el despiadado y abrasador verano estaba llegando a su fin y daba paso a la nueva estación. Los hombres lo habían percibido interiormente y asociarían para siempre la nueva sensación con las palabras del comisario y con el ímpetu violento del frío viento, que hizo vibrar los robles como si fuese noviembre.

Por la noche Bogariov no pudo conciliar el sueño. Se dirigió a la arenosa colina poblada de pinos enormes, se echó al suelo, se tapó con el capote y clavó la mirada en el cielo. Hacía frío. La luna cruzaba lentamente el cielo azul por entre los oscuros troncos. En el bosque, en medio de la arboleda, se observaba con mayor precisión el pausado movimiento de la luna. Era tan grande que ni los troncos más gruesos podían ocultarla ni a ella ni a su halo dorado, que desaparecía por un lado del tronco, crecía y se ampliaba por el otro. Bogariov fumaba y el humo transparente del cigarrillo parecía de cristal a la luz de la luna. El cielo, inmenso, estaba despejado: la luna había eclipsado las estrellas. Sobre la densa espesura del bosque se alzaba una niebla gris azulada, tan sutil como el humo del cigarrillo. Y bajo los pinos se oía un susurro continuo, como producido por millares de hormigas que trabajasen durante las horas nocturnas. Eran las gotas del rocío que, tras deslizarse por las hojas, caían al suelo. El rocío se acumulaba y cuajaba sobre las puntas verdes, el líquido se escurría por las hojas y las gotas se espesaban y fosforescían a la luz de la luna. Era tan grande la belleza de esa noche que la tristeza se apoderó de Bogariov. El leve susurro de las gotas que caían, el movimiento flotante de la luna, las sombras de los troncos que con lentitud inconcreta se movían sobre la tierra hablaban de la sabia belleza del mundo absorto en la noche.

—¿Esa guerra, será la última? —se preguntó Bogariov. Y ardió en deseos de hacer todo lo posible para que el

mundo conociera únicamente días y noches tan magnífi-
cas como aquella.

Pero el mundo estaba estremecido por los golpes de la
guerra, que había irrumpido en las tierras labradas, se
había hundido bajo las aguas, se había elevado a decenas
de miles de metros sobre la tierra, bramaba en los bosques, en los campos, sobre los apacibles estanques cubiertos de musgo, sobre los ríos y las ciudades, sin distinguir el día de la noche. Y Bogariov pensó: «Si Hitler llega
a ganar esta guerra, el mundo no tendrá sol, ni estrellas
ni noches tan hermosas como esta». De pronto vio a un
hombre que estaba sentado en el calvero iluminado.
Bogariov le llamó. Era Ignátiev.

–¿Qué hace aquí, camarada Ignátiev? –preguntó
Bogariov.

–No podía dormir, camarada comisario; la noche es
tan hermosa...

Al comisario Bogariov le resultaba simpático aquel
hombre fuerte y alegre. Veía y sabía el influjo que ejercía
Ignátiev sobre sus compañeros. Había oído cómo estos
se contaban entre sí los chistes de Ignátiev y cómo hablaban de su jovial y astuta intrepidez. Allí donde se sentaba
Ignátiev se formaba invariablemente un corro de unos
cuantos oyentes.

–¿En qué piensa, camarada Ignátiev? –le preguntó
Bogariov.

–Recordaba a mi amigo y camarada Sedov: me da
pena. Cuando estalló la guerra, por las noches también
se veía la luna. Una vez me dijo: «Fíjate qué noche hace,
Ignátiev; aunque la verdad es que no sé cuánto me queda por vivir en este mundo». Y ya ve, ya no está entre
nosotros.

–Y Babadzhanián tampoco –dijo Bogariov, y lanzó
un suspiro.

Bogariov empezó a hablar; a Ignátiev le gustaba escucharle. No le interesaban las charlas instructivas, en las que se dan explicaciones sobre esto y lo otro.

«¿Qué me pueden enseñar? –pensaba–. Yo ya lo sé todo.»

Y por lo general ocurría que no era a él a quien le contaban cosas, sino que era él quien hacía que los demás le escuchasen: conocía muchas historias de todo género, recopiladas de antiguos soldados, de viejos y viejas. Sentía un apasionamiento especial por recoger todos estos relatos, en su mayoría de una sencillez extrema. Se acordaba con facilidad de ellos porque poseía una magnífica memoria. Y como también estaba dotado de una fantasía brillante, solía adaptarlos y contaba a sus camaradas ingeniosas historietas, cómicas y espeluznantes a la vez, de soldados rojos con los cuales Hitler entablaba pelea. Pero aquella noche el comisario habló e Ignátiev escuchó. Y nunca olvidó ni una sola palabra de aquella conversación nocturna.

–Es verdad, camarada comisario –dijo–, esta guerra me ha convertido en otro hombre. Uno marcha, y cada riachuelo, cada bosquecillo infunde tanta lástima que el corazón se estremece. La vida del pueblo no era fácil, pero las dificultades eran propias, nuestras. La tierra era nuestra, las fábricas, nuestras y la vida, nuestra, una vida difícil, pero nuestra. ¿Cómo, pues, entregar todo esto? Ahora medito a menudo. Cuando me marché a la guerra pensaba que todo me daba igual. Ahora me arde el corazón. Hoy venía por un claro del bosque y al oír un arbolillo susurrar e inquietarse se me encogió el corazón. ¿Es posible, pensé, que este arbolillo tan hermoso pase a poder de los alemanes? No, les digo a los muchachos, esto no sucederá. Mi amigo Rodímtsev dice: «Por duro que sea, hay que resistir; es por nuestra tierra por la que luchamos». Ha habido de todo, a veces no tenía qué llevarme a la boca, pero mi vida me pertenecía a mí.

La luz de la luna se había extinguido; un velo negro cubrió el cielo. Poco después empezó a caer una lluvia fina, como un polvillo frío.

Bogariov se ajustó el capote sobre los hombros, carraspeó y dijo con su habitual voz lenta y de bajo:

–Camarada Ignátiev: se ha dado orden a la sección de exploración de aniquilar un tren de servicios alemán. De ello se encargará un nuevo destacamento al que se incorporarán los hombres más débiles de la compañía de Mishanski. Hay que enseñarles y levantar su ánimo. Le he incluido a usted en este destacamento. Que vean cómo se puede machacar a los alemanes.

–¡A sus órdenes, camarada comisario! –respondió Ignátiev.

«Ya ha terminado la noche de luna», pensó Bogariov. El mismo pensamiento cruzó por la mente de Ignátiev, que se alejaba del comisario.

Poco después Bogariov despertó a Mishanski y le dijo:

–Dentro de una hora marchará usted con el destacamento para aniquilar un tren de servicios alemán.

–¿De quién recibiré las instrucciones? –preguntó Mishanski.

–Las instrucciones se le han dado al teniente Klenovkin, jefe del destacamento. Usted marcha a esta operación en calidad de simple soldado, con fusil. Desde hoy ya no comandará la compañía.

–Camarada comisario –dijo Mishanski–, permítame que le explique...

–He querido prevenirle de lo siguiente –le interrumpió Bogariov con frialdad–: no tema a los alemanes, tema su propia flaqueza. No habrá más explicaciones y recuerde mis palabras.

Seis días llevaba el pastor Vasili Kárpovich andando con

18

Lioña

Seis días llevaba el pastor Vasili Kárpovich andando con
Lioña Cherednichenko por las aldeas ocupadas por los
alemanes. El chico estaba muy cansado y se había lastimado los pies hasta sangrar. No dejaba de preguntar al
viejo: «¿Por qué me sale sangre de los pies si todo el rato
andamos por suelo blando?». Durante la marcha habían
comido bastante bien: las mujeres les daban suficiente
leche, pan y tocino. Pero fueran donde fueran, en todas
partes había alemanes. Habían pasado la última noche
en una casa en la que vivían una mujer y sus dos hijas.
Las muchachas cursaban el décimo curso, estudiaban ál-
gebra, geometría y tenían nociones de francés. La madre
vistió a sus hijas con ropas viejas; tenían las manos y las
caras manchadas de tierra, el pelo sin peinar, enmaraña-
do, argucias para que los alemanes no ultrajasen a esas
chicas bonitas. Ellas se miraban en el espejo y no hacían
más que reírse. Creían que, pasados uno o dos días, ter-
minaría esta vida terrible y salvaje, que el *starosta*[20] les
devolvería los manuales de geometría, física y lengua
francesa, recogidos por orden del comandante alemán, y
que dejarían de conducirlas al trabajo. Corrían rumores
de que una multitud de mujeres y muchachas marchaba
por los caminos hacia lejanos campamentos de trabajo,
que seleccionaban a las guapas, que desaparecían sin dejar rastro; que en los campamentos separaban a los hom-

bres de las mujeres y que en todas las aldeas ucranianas los casamientos habían sido prohibidos.

Las chicas lo habían oído, pero en su interior se negaban a creer los rumores que corrían. Los juzgaban demasiado bárbaros. Para el otoño habían proyectado irse a Glújov e ingresar en la Escuela Normal. Leían libros, sabían resolver ecuaciones con dos incógnitas, sabían que el sol es una estrella en fase de extinción y que la temperatura de su superficie es de cerca de 6.000 ºC. Habían leído *Anna Karénina* y en los últimos exámenes de literatura escribieron composiciones acerca de «La lírica de Lérmontov» y «La característica de Tatiana Lárina». Su hermano mayor había sido jefe de estudios en el Instituto Pasteur de Leningrado. Su difunto padre había sido jefe de brigada en el koljós; ingeniero agrónomo, dirigía el laboratorio de la aldea y mantenía correspondencia con el académico Lisenko de Moscú. Las chicas se reían, miraban los trapos que vestían y tranquilizaban a su madre.

–No llore, madre, esto no puede seguir así. Adolf desaparecerá como desapareció Napoleón.

Cuando se enteraron de que Lioña estudiaba tercer curso en una escuela de Kiev, decidieron examinarle: le dieron a resolver problemas con multiplicaciones y divisiones.

Hablaban todos en voz baja, sin dejar de mirar hacia las ventanas; sin querer pensaban que, debido a la presencia alemana, los chicos de las aldeas no podían hablar de aritmética. Y una de las chicas, Pasha, de ojos castaños, rompió en pequeños pedazos el papel en el que Lioña había resuelto los problemas y lo echó al horno.

A Lioña le prepararon la cama en el suelo, pero a pesar del cansancio, no pudo dormirse. La conversación sobre la escuela le había provocado una gran emoción. Se acordó de Kiev, de la habitación con los juguetes, se acordó de cómo su padre le había enseñado a jugar al ajedrez y por las noches solía venir a su cuarto para echar una partida. Lioña se ponía serio, arrugaba la nariz e, imitando al padre, se pasaba la mano por la barbilla. El padre se reía y le decía: «Jaque mate». Junto a estos recuerdos surgían otros: el del incendio, el de la chica asesinada que habían visto en el campo, el de la horca en la plaza de un pueblecito judío, el del zumbido de los aviones. Estos recuerdos se entrecruzaban y confundían: ora le parecía que no existían la escuela, los camaradas, el cine en la calle Kreschiátik, ora pensaba que de un momento a otro su padre se acercaría a su cama y le acariciaría la cabeza y una sensación de calma y felicidad colmaría su pequeño y fatigado cuerpo. Lioña creía que su padre era un gran hombre. Con su infalible intuición infantil sentía la fuerza espiritual de este. Había observado el respeto que hacia él manifestaban sus camaradas militares, había advertido cómo todos ellos, sentados a la mesa, guardaban silencio y tornaban la cabeza cuando se dejaba oír la voz serena y sosegada de su padre. Y este muchacho de once años, impotente, que vagaba a la ventura entre las aldeas envueltas en llamas, abarrotadas de tropas del ejército alemán que estaban a la ofensiva, ni por un segundo vacilaba en sus concepciones: para él su padre seguía siendo tan fuerte e inteligente como lo recordaba de los tiempos de paz. Y cuando marchaba por el campo, cuando se dormía en el bosque o en algún henil, sabía perfectamente que el padre iba a su encuentro, que el padre lo buscaba.

Se estaba durmiendo cuando a sus oídos llegó la débil voz de Vasili Kárpovich, que conversaba con la dueña de la casa.

–He pasado por cuarenta aldeas –contaba el viejo– y he visto cosas que no quisiera ver más. Entre los nuestros había gente que esperaba el nuevo orden, en la creencia de que sería favorable para los campesinos. ¿Y qué es lo que ocurre? En una aldea obligan a ordeñar las vacas de acuerdo a una lista: los soldados llegan dos veces al día y se llevan la leche. Parece como si hubiesen dado las vacas en arriendo a los koljosianos, cuando ellos son los verdaderos dueños. En otra aldea ordenaron a los hombres entregar sus botas. «Vosotros, los koljosianos, andad descalzos.» En todas partes han nombrado *starostas* y estos se convierten en los capitostes del pueblo, aunque no sean dueños de sí mismos: el miedo no les deja dormir, y también temen a los alemanes. El pueblo ha dejado de ser el dueño: si haces esto, mal, si haces lo de más allá, también mal. «En cuanto a la tierra –dice el alemán–, olvidaos de ella.» En ninguna de las aldeas por las que he pasado he oído cantar a los gallos; no han dejado ni uno, les han retorcido el pescuezo a todos. A un viejo lo fusilaron porque no hacía más que subirse al tejado y mirar hacia oriente para ver si venían los nuestros. Y los alemanes le pegaron un tiro. «No tenía por qué mirar hacia oriente», dijeron. Han colocado letreros y flechas indicadoras en todas partes y nadie sabe lo que dicen. Las mujeres se quejan: día y noche las obligan a mantener encendido el horno, a guisar y freír. Ellos hablan y hablan; las mujeres están furiosas porque dicen que no les entienden ni jota, que andan como tontos diciendo: «Matka, matka».[21] No sienten vergüenza delante de las mujeres viejas y andan desnudos frente a ellas. Las mujeres dicen que por su culpa los gatos se escapan de las casas. Una vieja me contaba: «Es mala cosa que los gatos se vayan de casa, pero cuando están aquí los alemanes los gatos se escapan; a un gato no se le puede echar de casa ni con fuego ni con ninguna otra cosa, mientras que ahora se van solos a la huerta». Yo miraba las aldeas y parecía como si hubiera un orden, pero esto no es orden, sino nuestra muerte. Un hermano tiene miedo de mirar al otro. En una aldea reunieron a los hombres y en ucraniano puro se pusieron a explicarles: «¿Quiénes os oprimían a vosotros? Los rusos, los judíos. Esos son los enemigos de Ucrania». Los viejos se quedaron quietos y callaron, y al volver a sus casas iban diciendo: «Ya lo hemos oído: antes todos nos ofendían; sólo ahora los alemanes vienen a hacer el bien». En otra aldea obligaron a los hombres a construir un retrete para el general, y los mandaban a buscar los ladrillos a cuarenta kilómetros de allí, para que todo se hiciese de la debida forma. Un viejo me dijo: «Que me ahorquen, pero nunca más haré un trabajo así». Corren toda clase de rumores, la gente teme mirarse a los ojos, la franqueza ha desaparecido. Los alemanes tratan a la gente como si fuese el ganado del koljós: hacen listas y más listas, los forman según la estatura, los mandan no se sabe adónde... Pronto empezarán a marcar a todos, a cada uno le colgarán un letrero con un número.

Lioña se despertó y dijo de pronto:

—Abuelo, tenemos que irnos ya.

El viejo no respondió. Lioña miró en torno a él. Vasili Kárpovich no estaba en la casa, sus alforjas yacían sobre el banco.

—¿Dónde está el abuelo? —preguntó el chico.

La dueña, sentada junto a la ventana, miraba a sus hijas que dormían mientras gruesas lágrimas corrían por sus mejillas.

—Se lo han llevado los muy malditos; en plena noche se lo han llevado —dijo ella—; hoy se han llevado al abuelo, mañana se llevarán a mis hijas… Estamos perdidos, completamente perdidos.

El chico dio un salto.

–¿Quién se lo llevó, adónde lo han llevado? –preguntaba entre sollozos.

–Ya se sabe quiénes se lo han llevado –dijo la dueña, y empezó a maldecir a los alemanes–: ¡Que les salten los ojos, que no lleguen a ver a sus hijos, que se los lleve el cólera, que se les pudran las manos y los pies! –Luego añadió–: No llores, chiquillo, no te echaremos, te quedarás con nosotros, te mantendremos.

–No, yo no quiero quedarme –dijo Lioña.

–¿Y adónde irás?

–Iré a buscar a mi padre.

–Aguarda un poco, espera a que hierva el samovar. Comerás con nosotros, y después veremos adónde es mejor que vayas.

Lioña se asustó al pensar que la dueña no le dejaría marcharse. Se puso de pie lentamente y se dirigió hacia la puerta.

–Pero ¿adónde vas? –preguntó la dueña.

–Salgo un minuto –respondió él.

Salió al patio, volvió la cabeza para mirar la puerta y echó a correr.

Echó a correr por la calle de la aldea y pasó junto a camiones negros de siete toneladas cuyos altos bordes llegaban hasta los tejados de paja; pasó junto a una cocina de campaña, en la que el cocinero estaba encendiendo el fuego; pasó junto a soldados rojos prisioneros, con caras grises, cadavéricas, sentados sin las botas, con sus ropas ensangrentadas y sucias, tras el vallado de la cuadra del koljós. Pasó corriendo junto a unas flechas indicadoras amarillas llenas de números y negras letras góticas. En su cerebro todo se había embrollado: le parecía que huía de la vieja dueña y de sus hijas, que resolvían con él los problemas de aritmética; se imaginaba que la dueña quería calentar agua en el samovar y obligarle a beber té de la mañana a la noche encerrado en aquella aburrida casa. Llegó hasta el molino de viento y allí se detuvo. El sendero se bifurcaba: una flecha amarilla indicaba la aldea, otra un ancho camino con numerosas huellas de autos y tanques. Lioña tomó el estrecho camino vecinal no señalado por ninguna flecha alemana, en dirección al bosque que negreaba en la lejanía. Hacía mucho tiempo, según parecía, que nadie había andado por aquel camino; por lo visto, en primavera había pasado por allí el carro de un campesino, cuyas huellas habían quedado profundamente marcadas en la endurecida tierra arcillosa. Una hora después llegó a la linde del bosque. Tenía hambre y sed; los rayos del sol le habían extenuado.

En el bosque el miedo se apoderó de él. Tan pronto le parecía que los alemanes le observaban escondidos detrás de los árboles, o que venían arrastrándose desde los matorrales, como se imaginaba ver lobos y jabalíes negros del parque zoológico con sus largos colmillos y su labio superior levantado. Sintió ganas de gritar, de llamar a alguien, pero temía descubrirse y siguió andando en silencio. Por momentos el miedo y la desesperación eran tan agudos que lanzaba un grito y echaba a correr. Corría sin distinguir el camino, hasta que empezaba a sofocarse. Entonces se sentaba, recuperaba el resuello y volvía a emprender la marcha. Había momentos en que le invadía una seguridad rayana en la dicha: le parecía que el padre llegaba a su encuentro con su paso largo y acompasado, escudriñando con penetrante mirada el bosque y aproximándose cada vez más.

En un lugar encontró muchas bayas y se dedicó a recogerlas. Después se acordó de un librito en el que se hablaba de los osos, a los que les gusta salir a los calveros y arrancar la frambuesa de los arbustos, y apresuradamente se adentró en la espesura del bosque.

De pronto, vio a un hombre entre los árboles. Se detuvo, se resguardó tras un grueso tronco y empezó a observar. El hombre estaba quieto con un fusil en la mano y miraba hacia donde se había escondido el chico: era evidente que había oído los pasos. Lioña miraba y miraba, pero la densa sombra le impedía ver bien al hombre. Un grito alegre y estridente resonó entre los árboles. El soldado rojo empuñó el fusil, mientras que el chico corría hacia él y gritaba:

−¡Tío..., tío...! ¡Camarada! ¡No tire, soy yo, yo, yo!

Llegó corriendo hasta el soldado rojo y, llorando, se agarró con tanta fuerza a su guerrera que los dedos se le quedaron blancos.

El soldado le acariciaba el cabello y, al tiempo que movía la cabeza, decía:

−¿Dónde te has lastimado así los pies? No me agarres tan fuerte. ¿Acaso crees que te voy a mandar de vuelta al bosque? −Suspiró y añadió−: Puede que el mío ande también vagando solo por los bosques. Sí, aunque los alemanes me maten dos veces, no me quedaré tranquilo mientras ellos manden. Me levantaré de la tumba.

Poco después Lioña yacía en una cama de ramas y hojas después de haber comido y bebido y de que le lavaran los pies. Llevaba puesto un cinto militar con una verdadera funda de cuero en la que guardaba su revólver de latón. A su alrededor estaban sentados unos oficiales y él les contaba cosas de los alemanes.

Bogariov se acercó y todos se pusieron de pie.

−¿Qué tal se encuentra nuestro huésped? −preguntó Bogariov−. Pronto verás a tu papá. Posiblemente mañana. Vosotros, camaradas, dejad descansar al viajero.

–No, si no quiero descansar –replicó el muchacho–; ahora voy a jugar al ajedrez con el capitán.

–Camarada Rumiántsev, ¿ha encontrado un nuevo rival? –inquirió sonriente Bogariov.

–Sí, hemos decidido jugar una partida –dijo el camarada Rumiántsev.

Colocaron las piezas y Rumiántsev, con aire absorto, clavó los ojos en el tablero. Así pasaron varios minutos.

–¿Por qué no mueve ficha? –preguntó el chico.

Rumiántsev se levantó bruscamente, hizo un ademán con la mano y se marchó a toda prisa hacia el bosque.

–No te ofendas, chico –dijo un sargento de artillería que se hallaba junto a él–, pero el capitán se ha acordado de su comisario. Siempre jugaban al ajedrez.

Entretanto, Rumiántsev seguía caminando sin volver la cabeza y sin dejar de balbucear.

–¡Ya nunca más jugaré contigo, Seriozha, nunca más!

19

Por la mañana el batallón
entrará en combate

Podría parecer que en el campamento del bosque reinaba la inactividad. Pero nunca en su vida Bogariov se había fatigado tanto como en esos días de preparativos para la ruptura de las líneas de defensa alemanas. Se pasaba las noches casi sin dormir; su pensamiento y su voluntad estaban sometidos a la máxima tensión. Y esta tensión de su voluntad se transmitió a todos: desde los oficiales hasta los soldados, todos se sintieron embargados por una moral muy alta. Bogariov daba charlas a los soldados, los oficiales instruían a sus tropas, entre los diversos grupos se estableció el enlace telefónico, el radiotelegrafista recibía cada mañana el parte de guerra del Buró Soviético de Información, que era copiado a máquina, y un motorista lo llevaba por el bosque en una moto capturada a los alemanes para distribuirlo entre los soldados. Por la mañana varios pequeños destacamentos efectuaban exploraciones, observaban a los alemanes, recogían datos sobre el movimiento de sus tropas y servicios. Los uniformes de los soldados fueron arreglados y se implantó una disciplina extraordinariamente rígida. Por no hacer el saludo se imponían castigos severos; los partes se daban de acuerdo al reglamento; se sancionaban las más pequeñas infracciones. Los hombres menos fogueados y tímidos eran paulatinamente entrenados para operaciones peligrosas: se les encomendaban golpes de mano contra los motoristas alemanes, la captura de enlaces, la destrucción de camiones aislados. La primera vez los acompañaban exploradores expertos, luego marchaban solos y se les exigía que obrasen en la medida de sus fuerzas y por su propia cuenta. Por las noches Bogariov conversaba con los mandos sobre el curso de la guerra, y su confianza en la próxima victoria, no fundamentada en un mero optimismo sino nacida de la profunda experiencia adquirida en medio de las grandes dificultades y las terribles pérdidas humanas de los primeros meses de guerra, se contagiaba a sus hombres.

—Me revienta —dijo Rumiántsev— que los alemanes hablen de «guerra relámpago» una y otra vez y fijen plazos ridículos: treinta y cinco días para la ocupación de Moscú, setenta días para terminar la guerra; y que al despertarnos por la mañana nosotros contemos involuntariamente: «Ya van cincuenta y tres días de guerra, sesenta y uno, sesenta y dos, setenta y uno...». Con seguridad ellos se estarán diciendo: «Bah, si no es en setenta, será en ciento setenta, ¡qué importa! No es cuestión de fechas, de calendario».

—Precisamente es cuestión de calendario —señaló Bogariov—. La experiencia de casi todas las guerras sostenidas por Alemania ha demostrado su incapacidad de ganar una guerra larga. Basta mirar el mapa para ver por qué hablan de guerra relámpago. La guerra relámpago es su victoria, una guerra larga es su derrota. —Bogariov soltó una risa y prosiguió—: Recordad mis palabras, camaradas. Muy pronto, cuando digamos que la guerra será corta y que ya está por acabar, los alemanes, a su vez, pondrán el grito en el cielo diciendo que estamos equivocados, que la guerra durará años. Y esa afirmación suya revelará, antes que la certeza de la victoria, su débil esperanza de aplazar su propio final. Es natural entonces que, para nosotros, cada día que pase, cada hoja del calendario que se arranque, nos acerque a la victoria lo mismo que a los alemanes a la derrota. –Bogariov miró a los oficiales y añadió–: Camaradas, hoy debe volver el soldado enviado al Estado Mayor de la agrupación de ejércitos, a través de la línea del frente. Creo que mañana comenzaremos la operación.

Cuando se quedó a solas con Rumiántsev, ambos se echaron sobre la hierba y se pusieron a examinar el mapa. Las exploraciones efectuadas día y noche habían aportado muchos datos valiosos.

Rumiántsev, con seguridad infalible, determinó el punto débil del frente alemán.

–Este es el punto de aproximación, a través del bosque –indicó–; allí podemos concentrarnos y marchar por el bosque hasta el mismo río. Creo que si avanzáramos de noche podríamos llegar a nuestra orilla sin disparar un solo tiro; pasaríamos sin ser vistos.

–¿Eso es lo que cree? –preguntó Bogariov sorprendido–. ¿Cómo es posible que a usted, camarada Rumiántsev, excelentísimo oficial soviético, artillero culto e inteligente, se le puedan ocurrir semejantes herejías?

–¿Cuáles? –preguntó con sorpresa Rumiántsev–. ¿De qué herejías habla? Le aseguro que podemos pasar de noche sin ser vistos. El enemigo tiene pocos efectivos aquí, yo mismo he ido y lo he visto.

–En esto, precisamente, consiste la herejía.

–Pero ¿en qué, camarada comisario?

–¡Por todos los demonios! Usted propone que una unidad regular que se encuentra en la retaguardia enemiga se escurra de noche sin efectuar un solo disparo. ¿Perder una ocasión tan propicia? ¡Nunca! No buscaremos el sitio donde haya pocos alemanes. Buscaremos un lugar donde el enemigo tenga concentrado mucho material, asestaremos el golpe por la retaguardia, lo aplastaremos y saldremos victoriosos, infligiéndole grandes pérdidas. ¿Acaso podríamos proceder de otro modo?

Rumiántsev se quedó mirando larga y fijamente la cara de Bogariov.

–¡Perdóneme! –se disculpó–. ¡Por Dios que tiene razón! En realidad, podemos asestar un golpe en vez de escurrirnos.

–Está usted perdonado –contestó Bogariov, pensativo–. En la guerra, el instinto de conservación juega a veces malas pasadas a la gente. Hay que tener siempre presente por qué estamos aquí: para librar una lucha a muerte, y nada más que para esto. Las trincheras no se abren para ocultarse, sino para hacer fuego desde ellas, hay que meterse en las zanjas a fin de resguardarse hasta el momento del ataque en toda regla, que tendrá lugar una hora más tarde. Pero hay momentos en que la gente cree que los blindajes están hechos para ocultarse, y sólo para eso. La filosofía de nuestra idea puede expresarse de una manera sencilla –continuó–: estamos en el bosque, en la retaguardia del enemigo, para caer sobre él por sorpresa y no para escondernos. ¿De acuerdo?

–¡Completamente!

El teniente Klenovkin se acercó a Bogariov.

–Perdone que le moleste, camarada comisario –dijo, y por costumbre miró la hora–, tenemos una visita.

–¿Quién es? –preguntó Bogariov mientras se fijaba en el rostro del militar que permanecía al lado de Klenovkin. Y de pronto exclamó con evidente júbilo–: ¡Pero si es el camarada Koslov, nuestro famoso jefe de la compañía de exploración!

–El primer teniente Koslov ha llegado para presentarse ante usted por orden del jefe del 111 regimiento, mayor Mertsálov –dio el parte en voz alta y con exagerado énfasis Koslov, y sus inteligentes ojos castaños sonreían como el primer día que se conocieron–. Yo no diría que «ha llegado» sino que «se ha arrastrado sobre la barriga» –añadió en voz baja dirigiéndose a Rumiántsev.

Koslov se sentó al lado de Bogariov y comenzó a transmitirle con todo detalle el plan del golpe combinado elaborado por Mertsálov. Punto por punto le expuso la compleja operación que se había proyectado. Todo había sido estudiado con detalle: la hora de la concentración y del ataque, el sistema de señales para las acciones combinadas, etc. Koslov señaló con un círculo el sector donde operarían los tanques soviéticos, desde donde dispararían la artillería y los morteros; explicó cómo cortarían el camino por el que los alemanes intentarían traer las reservas y cómo batiría la artillería divisionaria las vías de la probable retirada de los alemanes. A continuación entregó a Bogariov un reloj de oro y le dijo:

–El camarada Mertsálov me pidió que le entregara a usted su reloj; él tiene otro niquelado. Los dos están sincronizados.

Bogariov tomó el reloj y lo examinó por todos lados; luego miró la hora del suyo y vio que iba cuatro minutos atrasado.

–Está bien –murmuró–. Se ve que todo aquel montón de cosas desagradables que le dije en su momento a Mertsálov han surtido efecto.

Bogariov se rió y se dijo: «¿Pero acaso habré hecho mal en decirle a Mertsálov palabras tan duras? ¡Quién sabe!».

–Usted se hará cargo del mando de nuestro batallón de infantería –indicó a Koslov–, y usted, camarada Rumiántsev, emprenderá la marcha en cuanto oscurezca:

el camino del bosque no es fácil para los cañones pesados.

–El camino ya está preparado y limpio de árboles, y en algunas partes hemos colocado fajinas –respondió Rumiántsev, que siempre lo tenía todo dispuesto por anticipado.

–¡Muy bien! –le felicitó Bogariov–. Sólo hay un inconveniente: no tenemos nada que fumar. ¿No traerá cigarrillos, camarada Koslov?

–Yo no fumo, camarada comisario –respondió Koslov en tono culpable–. ¡Me matarían ustedes si hubiesen oído cómo trató de convencerme Mertsálov de que les trajese un par de paquetes y yo me opuse, diciendo: «¡Seguro que tienen tabaco!».

–¡Muy bonito! –refunfuñó Rumiántsev–. Y nosotros, aquí, fumando alfalfa...

–¡Sí, mal favor nos ha hecho! –exclamó Bogariov–. ¿Qué cigarrillos le quería dar Mertsálov?

–Unos paquetes de color azul celeste con montañas nevadas y un jinete: Kasbek, si no recuerdo mal.

–¡Nada menos que cigarrillos Kasbek! –exclamó Bogariov–. ¿Qué le parece, camarada Rumiántsev?

–¡Sí, ya lo ve, tenemos mala suerte! –respondió Rumiántsev riéndose–. Es probable que tú seas el único oficial-explorador del ejército que no fuma. Y el maldito destino nos ha unido.

–Camaradas, retírense; hay mucho trabajo –ordenó Bogariov.

Koslov se alejó unos pasos y preguntó en voz baja:

–¿Qué tal Mishanski? –Rumiántsev se lo contó todo.

–¡Me parece muy extraño! –dijo Koslov, pensativo–. Conozco a Mishanski desde hace mucho tiempo, cuando aún estábamos en paz. Era obrero. Es cierto que no le querían, debido a su optimismo formal. No soportaba que le criticaran. No sabía hacer nada más que gritar «¡Hurra!». Subestimaba a los enemigos. Luego, cuando llegó la hora de la verdad, se apagó.

–Es comprensible –respondió Rumiántsev–; se trataba de un optimismo falso y, como dice nuestro comisario, se había convertido en su contraste.

–¿Qué tal el comisario? –preguntó Koslov.

–¡Oh, el comisario es toda una fortaleza! –dijo Rumiántsev, y lanzó un suspiro–. Mi Seriozha Nevtúlov ya no existe... Le mataron.

–Lo sé –dijo Koslov–, era un buen muchacho. ¡Lamento que haya muerto!

Poco después se anunció a los soldados la operación nocturna. Entonces comenzaron los preparativos. Como siempre antes de emprender una tarea seria, los rostros de los hombres adquirieron una expresión concentrada y pensativa. En la semipenumbra que proyectaban las ramas y el crepúsculo, su aspecto era más oscuro, enjuto y varonil.

La gente se había acostumbrado al bosque como a una casa conocida: a los troncos de los árboles, a cuya vera habían sostenido largas charlas, a las zanjas cubiertas de musgo, que servían de camas mullidas y tranquilas, al crujido de las ramas secas, al murmullo del follaje, a los «¡alto!» de los centinelas apostados detrás del nogueral, a los arbustos de frambuesa, a los viveros de setas, al sonoro picotear del pájaro carpintero, al canto del cuco. Al día siguiente por la mañana los soldados ya no estarían en el bosque. A muchos de ellos el destino les reservaba recibir la aurora y la muerte en el vasto campo abierto.

–Coge mi petaca para mañana; en caso de que me maten, quédate con ella. Me da lástima porque es muy buena –decía un soldado a su paisano–; es de goma y cabe paquete y medio de tabaco, y además es impermeable: soporta el agua y la humedad.

–También pueden matarme a mí –contestó el otro, resentido.

–Pero tú eres camillero, mientras que a mí me tocará saltar el primero. Mis probabilidades son mayores.

–Bueno, dámela. Será un recuerdo tuyo.

–Con una condición: si salgo con vida, me la devuelves. Te la doy ante testigos.

Los que les rodeaban se echaron a reír.

–¡Ah, qué ganas de fumar! –exclamaron varios a la vez.

Bogariov andaba entre la gente y prestaba atención a lo que hablaban; luego seguía el recorrido y se paraba de nuevo a escuchar a sus hombres. Y quedó embargado por la tranquila y austera conciencia de la fuerza del pueblo, decidida a lanzarse a un combate mortal. Lo veía, lo sentía.

Los rayos del sol poniente se filtraron entre los troncos de los árboles y durante un instante iluminaron los rostros curtidos de los combatientes y los negros cañones de los fusiles brillaron sobre el metal de los cartuchos que distribuía el brigada, blanquearon aún más las vendas de los heridos. Y de súbito, como si surgiera de este sol crepuscular, se oyó una canción. La entonó Ignátiev. Al momento fue acompañado por otro, por un tercero, por un cuarto. No se veía a los que cantaban, ocultos tras los árboles, y se diría que era el bosque mismo el que cantaba, melancólico y solemne.

El soldado Rodímtsev se acercó a Bogariov.

–Camarada comisario, los combatientes me han enviado –dijo, y ofreció a Bogariov una petaca de tela roja bordada en punto de cruz color verde.

–¿Qué significa esto? –preguntó Bogariov.

—Como todos sufrimos la falta de tabaco —explicó Rodímtsev—, los combatientes han decidido reunir un poco para nuestro comisario.

—¿Cómo? —exclamó Bogariov con voz temblorosa—. Los últimos restos de tabaco... No, no lo aceptaré; yo también sé lo que es, ¡también soy fumador!

Rodímtsev insistió en voz baja:

—Camarada comisario, los soldados se lo dan de todo corazón. Se ofenderán mucho.

Bogariov miró el rostro serio y solemne de Rodímtsev y sin pronunciar una palabra tomó la ligera petaca.

Rodímtsev, como si se disculpara, agregó:

—Lo que reunimos entre todos no llega ni a medio paquete. Los alemanes lanzaron una bomba incendiaria que alcanzó justamente el camión que llevaba el tabaco; los canallas sabían dónde pegar, en el punto más sensible. Los soldados dijeron: «Nuestro comisario se pasa las noches sin dormir, examinando el mapa, y es entonces cuando viene bien un pitillo».

Bogariov quiso expresar su agradecimiento a Rodímtsev, pero de pronto se sintió ahogado por la emoción.

Por primera vez durante la guerra aparecieron lágrimas en sus ojos.

La melodiosa y triste canción sonaba cada vez más fuerte, como amplificada por el incendio rojo del sol crepuscular.

20

Conócete a ti mismo

Mertsálov se despertó mucho antes del amanecer. En medio de la penumbra, en la mesa del blindaje, brillaba la escudilla de aluminio y yacía el mapa, sobre cuyos dos bordes habían sido colocadas sendas granadas de mano para evitar que el papel se enrollase. Después de encender una vela, mientras miraba este plano nuevo, Mertsálov sonrió. El jefe del Estado Mayor del regimiento en persona había traído las hojas la víspera desde la sección topográfica del Estado Mayor del ejército.

–Camarada Mertsálov –dijo solemnemente–: en el mapa viejo no hacíamos más que marcar las líneas de nuestra retirada. Ahora he traído uno nuevo. Mañana lo estrenaremos con un combate para romper las líneas del frente alemán.

Y quemaron el mapa viejo, manoseado, desgastado en los dobleces, el mapa donde, descolorido y arrugado como un trapo, se habían señalado los sangrientos combates del Ejército Rojo en retirada. Aquel viejo mapa lo había visto todo: lo estuvo mirando Mertsálov en la madrugada del 22 de junio, cuando los bombarderos fascistas cruzaron la frontera soviética y aparecieron sobre los regimientos de artillería e infantería entregados al sueño; había visto las lluvias y tormentas, lo había descolorido por el sol de los abrasadores mediodías de julio; lo habían sacudido los vientos de las vastas campiñas ucranianas; lo habían contemplado, por encima de las cabezas de los oficiales, los altos y viejos árboles de los bosques de Bielorrusia.

–¡Bueno! –exclamó Mertsálov, y echó una mirada de reprobación a la brillante escudilla.

«Habrá que pintarlas de color verde para evitar que descubran a los combatientes: refractan los rayos solares y por la noche relucen en la oscuridad», pensó.

Mertsálov sacó su maletín de debajo de la litera y lo abrió. El blindaje se llenó de una mezcla de olor a queso, a embutido, a agua de colonia y a jabón perfumado. Cada vez que Mertsálov abría la maleta recordaba a su mujer, que se la había preparado el día de la agresión alemana.

–¡Bueno! –repitió, y luego sacó una muda de ropa, un par de calcetines y peales limpios. Después encendió una vela y se afeitó. Cuando hubo terminado salió del blindaje. Faltaba cerca de una hora para el amanecer. En oriente reinaba la misma oscuridad y calma que en occidente. Densas y uniformes tinieblas se extendían sobre la tierra. Una neblina fría y oscura flotaba entre los sauces y el cañaveral de la orilla del río. Era difícil discernir si el cielo, en calma e inmóvil como los ojos de un ciego, estaba nublado o despejado.

Mertsálov se quitó la ropa y, respirando con fuerza, se encaminó hacia el río por la arena fría y húmeda.

–¡Vaya! –dijo al sentir el contacto del agua.

Durante largo rato se enjabonó la cabeza, el cuello, las orejas y se restregó el pecho con la esponja. Terminado el baño, se puso una muda limpia y regresó al blindaje. Se sentó en el borde de la litera, eligió una tirilla almidonada y la cosió al reverso del cuello de su guerrera. Luego volcó el resto del agua de colonia en la palma de su mano, se friccionó las mejillas, se empolvó la cara recién afeitada y recogió los polvos que quedaban en la cajita redonda. A continuación se frotó escrupulosamente la cara con la toalla húmeda y comenzó a vestirse sin prisa: se puso el pantalón azul, la guerrera de tela de gabardina y el cinto nuevo. Tardó un buen rato en limpiarse las botas: primero les quitó el polvo, luego les dio crema y les sacó el lustre con cepillo y paño de lana. Después, volvió a lavarse las manos, se peinó el cabello húmedo, se puso de pie, revisó la pistola y se la enfundó; por último, guardó la foto de su mujer y de su hija en el bolsillo de la guerrera que acababa de ponerse.

–¡Bueno! –dijo mirando la hora, y despertó al jefe del Estado Mayor.

Amanecía. Un viento frío comenzó a susurrar en el cañaveral, se extendió sobre el río como una red móvil, recorrió veloz el ancho campo, pasando raudo sobre las trincheras y las zanjas antitanque, levantando remolinos de arena en los montículos de los blindajes, arrastrando como ovillos las matas hasta las mismas alambradas.

El sol ascendía rápidamente en el espacio, como si fuera un viejo juez de este inmenso campo, ajeno a las emociones y pasiones, presto a ocupar el elevado sitial que le correspondía. Las oscuras nubes nocturnas cobraban calor y, como frías masas de hulla, se encendían y ardían con una llama sombría y opaca color ladrillo. Aquella mañana todo parecía siniestro, el presagio de una ruda labor bélica y la muerte para muchos. Era una mañana de otoño normal y corriente. Justo un año antes, en esta misma tierra, en una mañana igual, venían bostezando unos pescadores que llegaron de visita a la aldea, y esta tierra, este cielo, este sol y este viento les brindaban la plenitud de la paz, de la calma y de la belleza campestre. Pero aquel verano todo se había vuelto siniestro: los pozos, cuyas oscuras aguas azul verdosas contenían veneno, y los almiares iluminados por la luna, y los manzanares, y las blancas paredes de las casitas aldeanas, salpicadas de la sangre de los fusilados, y los senderos, y el viento que hacía vibrar los cables, y los nidos vacíos de las cigüeñas, y las huertas, y el alforfón rojizo: el maravilloso mundo de la tierra ucraniana, impregnada de sangre, salificada por las lágrimas y agobiada por el peso de los cuerpos sin vida...

El ataque se inició a las cinco de la mañana. Los oscuros aviones de asalto sobrevolaron los regimientos de infantería. Eran aparatos nuevos, recién incorporados a la línea del frente. Volaban a poca altura y los infantes pudieron distinguir las bombas, ocultas bajo las alas, dispuestas a ser lanzadas. Sobre las posiciones alemanas se elevaron columnas de humo y un estruendo rasante se extendió por el amplio horizonte. Simultáneamente al primer ataque aéreo, abrieron fuego las baterías del regimiento. La atmósfera, hasta entonces vacía, recorrida únicamente por el viento matutino, se llenó de silbidos y del estrépito de las explosiones: el viento sintió que el espacio se estrechaba.

Mertsálov ansiaba marchar al ataque con el primer batallón, pero se contenía. En aquellos momentos fue consciente por vez primera de la importancia de su presencia en el Estado Mayor. «¡Diablos! ¡Él tenía razón!», pensó con disgusto Mertsálov, recordando su agria conversación nocturna con Bogariov. Aquella conversación le atormentaba y se acordaba de ella todos los días. Y ahora comprendía y veía cuántos hilos del combate concentraba en sus manos. A pesar de que ya la víspera todos los jefes y oficiales habían sido informados con exactitud de sus tareas y sabían perfectamente cuál era su cometido; a pesar de que la actividad de los bombarderos, cazas y aviones de asalto había sido planeada con meticulosidad y a pesar de que el jefe del batallón de tanques pesados, mayor Serioguin, había estado más de una hora examinando el mapa con Mertsálov, ya desde los primeros minutos del combate el enemigo había actuado enérgicamente, lo que exigió de inmediato una rápida y tensa dirección de todo el complejo y móvil sistema de fuerzas que participaban en la batalla.

Los aviones soviéticos habían atacado ya por dos veces las primeras líneas alemanas y sobre sus trincheras y blindajes flotaban nubarrones de humo negro. Pero cuando la infantería se lanzó al ataque tras la estela de los tanques, los alemanes abrieron un intenso fuego desde todas sus baterías de artillería, morteros y piezas antitanque. Los jefes de los batallones telefoneaban a Mertsálov para comunicarle que la infantería había echado cuerpo a tierra, que el fuego del enemigo era muy nutrido e impedía el avance. Mertsálov se incorporó de un salto y desabrochó la funda de la pistola: había que levantar a la infantería y abrirse paso hacia delante a toda costa. A él, hombre que desconocía el miedo, le pareció que lo más sencillo era lanzarse al fragor de la contienda al grito de «¡Al ataque, muchachos, seguidme!». Por un instante sintió una rabiosa desilusión: ¿sería posible acaso que fracasara el combate de hoy, tan larga y meticulosamente preparado? ¿Sería posible acaso que fuese vano el esfuerzo que por vez primera había elaborado su plan de batalla de un modo completamente novedoso, casi con rigor académico?

–¡No, camarada jefe del Estado Mayor! –dijo con rabia–. ¡La guerra ha sido y será el arte de no temer al enemigo ni a la muerte! Hay que levantar a la infantería.

Pero no abandonó el puesto de mando. Volvió a sonar uno de los teléfonos e inmediatamente otro.

–Los ataques aéreos tienen escasa incidencia en el enemigo atrincherado. Sigue conservando intacto su poder de ataque –decía Kochetkov–; los cañones y morteros no cesan de disparar.

–Los tanques son recibidos con intenso fuego de artillería, la infantería ha echado cuerpo a tierra y los tanques se han distanciado de ella; dos tienen las orugas averiadas –informaba Serioguin–. Considero que no deberíamos seguir avanzando.

El teléfono sonó de nuevo. Al otro lado de la línea estaba el representante de las fuerzas aéreas, que le preguntaba por la eficacia de los bombardeos y por si consideraba necesario modificar el sistema de los ataques, puesto que los pilotos informaban de que la infantería no avanzaba mientras que la artillería enemiga conservaba su actividad. En ese momento llegó al Estado Mayor un teniente coronel representante de la Dirección de Artillería; planteaba varias cuestiones que exigían una solución inmediata.

Mertsálov encendió un cigarrillo, adoptó un semblante sombrío y se sentó a la mesa.

–¿Repetiremos los ataques contra la infantería? –preguntó el jefe del Estado Mayor.

–No –respondió Mertsálov.

–¿Propondremos a la infantería que prosiga el avance? Las unidades avanzadas están cuerpo a tierra, a trescientos metros del enemigo. Podemos salvar otros cien metros avanzando a saltos intermitentes –señaló el jefe del Estado Mayor.

–No –respondió Mertsálov.

Se había quedado tan pensativo que ni siquiera advirtió que el comisario de división Cherednichenko había entrado al puesto de mando. Tampoco el jefe del Estado Mayor se fijó en él. El comisario pasó por delante del centinela, que se cuadró al verlo, fue a sentarse en un oscuro rincón junto a la litera que generalmente ocupaban los enlaces y, mientras chupaba la pipa, escuchó con calma y atención las conversaciones telefónicas y observó a Mertsálov y al jefe del Estado Mayor.

Cherednichenko había ido a ver a Mertsálov sin pasar por el puesto de mando de Samarin. Quería estar allí en el momento de iniciarse el ataque y, consciente de que Samarin no dejaría de presentarse en el sector donde iba a tener lugar una operación importante, resolvió encontrarse con el jefe del ejército en las avanzadas.

Mertsálov contemplaba el mapa y su mente, aguzada hasta el extremo, concebía la batalla como un todo en el que, a semejanza de un campo de líneas magnéticas alternas, por instantes surgían nudos poderosos de tensión que luego se debilitaban y se extinguían. Había descubierto el eje de la defensa del enemigo, cuyo filo destruía la tensión alterna del ataque. Había percibido cómo los diferentes sumandos, superponiéndose los unos sobre los otros, sólo coexistían mecánicamente, sin interferirse, como las oscilaciones de la misma longitud de onda que se refuerzan de manera recíproca. Su cerebro reprodujo en proyección dinámica los múltiples elementos de este complejo combate. Valoró la tenacidad de la fuerza viva, el estruendoso esfuerzo de los aviones en vuelo y de los rugientes tanques pesados, y la presión del fuego de las baterías de la artillería pesada y ligera, y entonces sintió la energía potencial de las tropas de Bogariov, situadas en la retaguardia enemiga. Y su interior quedó de pronto iluminado por una radiante luz. Había descubierto la solución, extraordinariamente sencilla, matemáticamente irrefutable. Del mismo modo que el sabio matemático o físico, en la primera fase de sus investigaciones, suele sentirse aplastado por la complejidad y el contradictorio peso de los elementos que descubre en un fenómeno en apariencia sencillo y corriente, con gran tensión el científico suma e intenta relacionar estos sumandos dispersos que se contradicen entre sí, y ellos, tercos, rápidos, elásticos, se escurren. Hasta que, como recompensa por la ardua labor analítica, por la intensa búsqueda de la solución, sobreviene una sencilla y nítida idea que anula toda la complejidad y que aporta la única solución acertada, admirable en su irrefutable sencillez. Este proceso se llama creación. Algo semejante sentía Mertsálov al resolver el complejo problema que había surgido ante él. Quizá nunca se había visto embargado por una emoción tan grande y por una alegría tan profunda. Y expuso su plan al jefe del Estado Mayor.

–Sí, pero a esto hay que objetar... –Y el jefe del Estado Mayor enumeró todo aquello con lo que la solución de Mertsálov entraba en contradicción.

–¿Y qué? –le contestó Mertsálov–. ¿Se acuerda usted de lo que decía Babadzhanián: «Hay una sola norma y esta norma es la victoria»?

Se quedó un rato pensativo. En efecto, para adoptar medidas de responsabilidad frente al mapa del Estado Mayor a veces hace falta más fuerza y coraje que para realizar una hazaña en el campo de batalla. Pero Mertsálov encontró en sí este valor, el valor para adoptar una solución de responsabilidad. Él sabía que algunos oficiales rusos, ante una situación difícil, buscaban una justificación y una salida exponiéndose ellos mismos a correr el riesgo de morir. Cuando después de la batalla se le exigía al oficial que respondiese de su actitud, este decía: «Cuando vi que la situación se volvía peligrosa, me puse al frente de mis tropas. ¿Qué más podía hacer?». Pero ahora Mertsálov sabía que hay situaciones en que poner en riesgo su propia vida es sólo una pequeña parte de lo que se debe exigir a un oficial. Siquiera este gran sacrificio en nada podía eludir la responsabilidad por el desenlace de la batalla. La situación era la siguiente: los ataques aéreos no podían quebrar la resistencia de la infantería alemana atrincherada. La artillería enemiga y sus morteros obstaculizaban el avance de los tanques y eran la causa de que estos se distanciasen de su infantería. Las unidades de infantería, al adelantarse demasiado, debilitadas y batidas por el fuego de la artillería y de los morteros, caían bajo el fuego de las armas automáticas alemanas. La artillería soviética, casi dos veces superior a la alemana, desperdigaba sus fuerzas batiendo un vasto sector de las primeras líneas enemigas. Mertsálov veía que el fuego de los aviones rusos, de los tanques, de la artillería y de la infantería, distribuidos proporcionalmente contra todos los elementos de la defensa alemana, dedicaba sólo una cuarta o quinta parte de su potencia a la lucha contra la artillería y los morteros, cuando precisamente lo que había que aplastar eran la artillería y los morteros, ya que la lucha eficaz contra ellos era la clave del éxito en la primera etapa del ataque.

Mertsálov, sin alzar la voz, transmitió sus indicaciones a la artillería del regimiento y a la divisionaria que había sido agregada, al batallón de tanques pesados, a los aviones de asalto, de bombardeo y de caza, que a petición del regimiento bombardeaban y ametrallaban a los alemanes. Ordenó a la infantería que se replegara y se concentrara en abrigos protegidos, con el fin de asestar el golpe en el sector donde estaba concentrado el grueso de la artillería y de los morteros del enemigo.

Mertsálov sabía que los alemanes, confiados en el poder de sus cañones, tenían en este sector sólo unos pequeños retenes de infantería. Sabía que con el fuego a su disposición haría enmudecer sin dificultad la artillería alemana. Eligió para el ataque el sector más fortificado del frente alemán, porque había comprendido y percibido la posibilidad de convertirlo, de pronto, en el más débil y apto para la ruptura.

El jefe del Estado Mayor se quedó pasmado al escuchar las disposiciones de Mertsálov: ¡concentrar la infantería frente a las baterías de artillería y morteros! ¡Replegarse sin combatir de las posiciones ocupadas a costa de tanto esfuerzo y tanta sangre!

–Camarada Mertsálov –dijo–, ¿es posible que haya dispuesto que la infantería se repliegue?

–¡Hace treinta y cinco años que me llamo Mertsálov! –respondió el jefe del regimiento.

–Camarada Mertsálov, hemos avanzado ochocientos metros. ¿No sería mejor que nos fortificásemos allí?

–La orden está cursada y no tengo intención de cambiarla.

–Pero a usted le acusarán... Usted sabe –dijo en voz baja el jefe del Estado Mayor– lo estricto que se muestra Samarin cuando se trata de incumplir la orden extraordinaria sobre las retiradas.[22] ¡Y nada menos que al comienzo del ataque y después de nuestro reciente y desastroso repliegue, usted se lo juega todo a una carta!

–Sí, a esta carta –dijo sombrío Mertsálov mientras señalaba el mapa–; y deje ya de hablar de esto, Semión Guermóguenovich; lo sé todo, no soy un chiquillo y no estoy para bromas.

A la entrada del puesto de mando se oyeron unas voces altas. Mertsálov y el jefe del Estado Mayor se levantaron rápidamente. El general Samarin se aproximaba a ellos. Este se fijó en la cara descompuesta del jefe del Estado Mayor y, tras saludar con un movimiento de cabeza, preguntó:

–¿Cómo va todo, ha roto el frente?

–No, camarada general mayor –respondió Mertsálov–, aún no lo he roto, pero lo romperé.

–¿Dónde están sus batallones? –preguntó Samarin con brusquedad.

Al aproximarse al puesto de mando del regimiento se había encontrado con los tanques y la infantería que se replegaban, y preguntó a un teniente quién había dado la orden de retirarse.

–El jefe del regimiento, héroe de la Unión Soviética mayor Mertsálov –informó el teniente.

Y esta respuesta había puesto fuera de sí a Samarin.

–¿Dónde están sus batallones y por qué se repliegan? –insistió Samarin en un tono inquietantemente calmado.

–Se retiran en orden por disposición mía, camarada general mayor –respondió Mertsálov, y de pronto vio que Samarin, en actitud marcial, miraba a un militar que salía del rincón oscuro del blindaje y se acercaba a él.

Se fijó mejor y también se cuadró al ver que frente a ellos estaba un miembro del Consejo Militar del frente.

–¡Salud, salud, Samarin! ¡Salud, camaradas! –dijo Cherednichenko–. He entrado sin saludar y suerte que el centinela me ha dejado pasar; he estado sentado aquí, en la litera, viendo cómo disponen ustedes la operación.

«De todos modos le demostraré que tengo razón –pensó Mertsálov, decidido–; se lo demostraré.»

Cherednichenko miró la cara adusta de Samarin y al agitado jefe del Estado Mayor y dijo:

–¡Camarada Mertsálov!

–¡A sus órdenes, camarada comisario de división! –contestó el aludido.

Durante un instante el comisario escrutó los ojos de Mertsálov. Y en esta mirada serena y un poco triste, Mertsálov leyó con sorpresa y alegría que el comisario había comprendido toda la seriedad y solemnidad de este momento en la vida militar del jefe del regimiento.

–Camarada Mertsálov –dijo con lentitud el comisario–; me alegro por usted. Dirige de manera magnífica el combate y tengo pleno convencimiento en su éxito hoy. –Echó una mirada con el rabillo del ojo a Samarin y añadió–: Le doy las gracias en nombre de la patria, mayor Mertsálov.

–¡Sirvo a la Unión Soviética! –respondió el jefe del regimiento.

–Qué, Samarin, ¿nos vamos? –preguntó Cherednichenko mientras pasaba el brazo por encima del hombro del general, como si le abrazara–. Tengo un asunto para ti. Además, hay que dejar trabajar a la gente. El aposento se ha llenado de jefes, todos en postura de firmes; puesto que hay tanto que hacer, mejor dejarles que trabajen.

Antes de salir se acercó a Mertsálov y le preguntó en voz baja:

–¿Qué tal su comisario, camarada mayor? –Y añadió con una sonrisa y bajando aún más la voz–: En una ocasión se pelearon, ¿no es cierto?

Y entonces Mertsálov supo que Cherednichenko estaba al corriente de su conversación nocturna con Bogariov, que se lo recordaba con toda intención y que aquella noche y el día de hoy estaban enlazados por un nexo misterioso e incomprensible.

21

En el Estado Mayor de Bruchmüller

El coronel Bruchmüller, jefe de la unidad alemana que se estaba preparando para el paso del río, recibió en su despacho al coronel Grünn, representante del Cuartel General, que había llegado la víspera. La mañana del inesperado contragolpe de los rusos desayunaron en el Estado Mayor, instalado en el edificio de una escuela. Mientras sorbía el café, Bruchmüller miraba la lámina impresa en colores, que otrora había servido de manual para explicar al alumnado el origen del género humano emparentado con los simios o, mejor dicho, la existencia, para ambos géneros, de un antepasado común. Bruchmüller y Grünn eran viejos conocidos y la víspera habían conversado hasta altas horas de la madrugada sobre la guerra y la situación de su país.

Grünn ocupaba un cargo mucho mejor y de mayor rango que el coronel Bruchmüller, pero mostraba sus respetos al dueño de la casa. Bruchmüller era conocido en el ejército alemán como un jefe capaz, un reputado maestro en el combate de artillería. En una ocasión el general coronel Brauchitsch dijo refiriéndose a él: «No en vano Bruchmüller lleva su apellido». Evidentemente, Brauchitsch aludía al famoso homónimo del coronel, que se había ganado los laureles organizando aquellos huracanes de la artillería pesada que antecedían a las ofensivas en el frente occidental durante la guerra de 1914. Y el enjuto Grünn, haciendo caso omiso del complicado sistema de graduaciones que regía en el ejército y que sólo permitía mantener conversaciones confidenciales con gente del mismo ambiente que uno, refirió con franqueza al obeso y calvo coronel el estado de ánimo que reinaba entre los oficiales del Cuartel General y cuál era la situación interna en Alemania. Sus relatos emocionaron mucho a Bruchmüller y le apenaron enormemente.

—Bah, al diablo con todos ellos —afirmó con una rudeza y una llaneza propia de un militar que chocaron un poco a Grünn—, mientras nosotros combatimos aquí, ellos ya están peleándose entre sí. Al fin y al cabo, todas estas intrigas entre los industriales y los nacionalsocialistas, toda esta fronda y contrafronda en el generalato embrollará las cosas. Hay que decirlo bien claro: Alemania es el ejército; y el ejército activo es Alemania. Nosotros, y nadie más que nosotros, debemos decidir y determinarlo todo.

—No —replicó Grünn—; mañana le hablaré de unas circunstancias no menos importantes que los éxitos en el frente y que se vuelven cada día más complicadas e intolerables para los oficiales de alta esfera. A veces la situación es simplemente paradójica.

A la mañana siguiente no continuaron la conversación porque, de manera inopinada, los rusos emprendieron la ofensiva y, como es de suponer, los acontecimientos del día absorbieron el interés de los coroneles.

El enlace funcionaba a las mil maravillas y, sentado en el Estado Mayor, Bruchmüller tenía ante sí un cuadro completo de la batalla que se estaba desarrollando: cada cinco o seis minutos la radio y el teléfono le traían noticias del combate.

—Por lo general los rusos recurren a la presión frontal y la distribuyen proporcionalmente por toda la línea. Lo llaman «golpear en la frente» –explicó Grünn mientras examinaba el mapa–, y es evidente que ellos mismos se dan cuenta de la ineficacia de tales acciones. En sus órdenes hablan con frecuencia de ello. Pero las órdenes quedan en el papel. Esta táctica es una manifestación del carácter nacional de los rusos.

–¡Oh, el carácter! –exclamó Bruchmüller–. Los rusos tienen un carácter extraño. Pero ¿sabe usted?, en los combates nunca he podido comprender el carácter del jefe que tenía enfrente. Es difuso, nebuloso. No puedo captar lo que le gusta, qué arma prefiere. Y eso no es que me alegre precisamente, aun al contrario, me desagrada la niebla.

–¡Oh, no hay nada que esperar de ellos! –dijo Grünn–. Están habituados a las formas de combate más elementales. Les hemos impuesto toda la complejidad de nuestra guerra alemana moderna. Aviones, tanques, desembarcos aéreos, maniobras, ataques combinados: la guerra dinámica, por tierra, mar y aire.

–A propósito, los rusos han traído a nuestro frente muchos tanques pesados y nuevos modelos de avión. Estas máquinas blindadas negras son enormemente eficaces; los soldados las llaman *Schwarztod*.[23]

–Sí, pero con escaso resultado, mire –dijo Grünn al tiempo que le mostraba un parte recién copiado a máquina por el escribiente.

Bruchmüller sonrió.

–Hay que decir con franqueza que aquí todo está dispuesto de tal modo que hasta usted o yo, de tropezar con semejante sistema de defensa, nos desesperaríamos.

Y apoyando su enorme corpachón contra la mesa comenzó a explicar con entusiasmo la organización de su sistema de fuego.

–Se asemeja al juguete con el que se entretiene mi hijo –dijo Bruchmüller–; un anillo está unido a otro, y este a un tercero que, a su vez, está unido al primero. ¡Adivine cómo se desunen! Romperlos es imposible porque son de acero. La clave consiste en que los anillos se rompen allí donde parecen más sólidos y macizos.

La radio y los aparatos telefónicos eran emisarios de buenas noticias desde los batallones, compañías y baterías: el ataque de los rusos agonizaba.

–Debo confesar que me asombra que hayan podido avanzar ochocientos metros. No se puede negar que son valientes –dijo Grünn mientras encendía un cigarrillo, y añadió–: ¿Cuándo piensa usted forzar el río?

–Dentro de tres días –contestó Bruchmüller–, como dice la orden. –De pronto se puso de buen humor y se acarició el vientre–. ¿Qué haría yo en Alemania con este apetito? Sin duda habría muerto, créame; ahora mismo ya tengo hambre. Aquí lo he dispuesto todo a las mil maravillas. Estoy en el frente desde el 1 de septiembre del 39, y le juro que a estas alturas podría trabajar como consultor en cuestiones culinarias en el mejor hotel internacional. Me he impuesto una regla: comer los platos nacionales de los países en los que batallo. En cuanto a la comida, soy cosmopolita.

Bruchmüller miró de reojo a Grünn. ¿Podrían interesar tales cosas a aquel hombre enjuto que se limitaba a beber café negro y que había encargado un caldo con picatostes y una gallina magra cocida para comer? ¿No le parecería desagradable a Grünn el vicio por la comida sabrosa, aquel vicio que Bruchmüller veneraba?

Pero Grünn le escuchaba con una sonrisa en los labios. Le agradaba el animado relato del coronel sobre la comida: tenía algo de ingenuamente militar, campechano y muy propio de alemanes. No dejaba de ser un tema cómico e interesante para sus conversaciones en Berlín.

Y Bruchmüller, riendo de vez en cuando, continuó su relato:

—En Polonia comía *srasi* y *fliaki*, que son repugnantes pero tienen un sabor diabólico, *kletski*, *knishki* y *masurcas* dulces, y bebía *starka*; en Francia comía toda clase de ragús, legumbres, alcachofas, filetes asados..., y bebí además una enorme cantidad de vinos dignos de la mesa de un emperador. En Grecia yo olía a ajo como una vieja verdulera y temía quemarme las entrañas por la excesiva cantidad de pimienta que tragaba. Y en este país me atraco de lechones, gansos, pavos y de un plato muy sabroso: *va-reni-ki*. Es una pasta de harina rellena con cerezas o requesón y cubierta de crema de leche. Hoy lo probará usted, sin falta.

—¡Oh, no, no! —replicó Grünn con una sonrisa, e hizo un ademán como para defenderse de algún peligro—; quiero volver a Berlín, ver a mis hijos y a mi mujer.

En aquel momento un ayudante informó de la retirada de los tanques soviéticos, cubriendo con su fuego el repliegue de la infantería; que su aviación ya no volaba sobre el dispositivo de la infantería y que la artillería de todos los calibres había suspendido el fuego.

—Ahí tiene usted su famosa niebla —dijo Grünn.

—No, se equivoca —replicó Bruchmüller, y frunció el ceño—. Conozco la tenacidad de Iván.

—¿Usted sigue creyendo en la niebla? —preguntó Grünn con ironía.

—Yo creo en nuestras armas —contestó Bruchmüller—. Es probable que el enemigo se haya tranquilizado; pero también es posible que no. Lo más probable es que no. Pero yo no concedo importancia a eso, sino a esto. —Y golpeó el mapa con el dorso de su mano.

En este, entre el verde de los bosques y el azul celeste de las aguas, se veían racimos de círculos rojos trazados con un lápiz grueso que indicaban los emplazamientos de la artillería y de los morteros alemanes.

—He aquí en lo que yo creo —volvió a repetir Bruch-müller.

El coronel pronunció estas palabras lentamente y con marcada intención. Y a Grünn le pareció que Bruch-müller aludía no tanto a los esfuerzos militares de los rusos como al objeto de su conversación nocturna.

Al cabo de quince minutos comunicaron por teléfono que los rusos volvían a mostrarse activos.

El primer golpe de la aviación de bombardeo fue ases-tado a las baterías de la artillería pesada. A renglón se-guido, llegó un parte en el que se decía que los tanques pesados rusos habían localizado el dispositivo de los morteros de los batallones y habían abierto fuego contra ellos con sus cañones del 75. Seguidamente, la voz serena del mayor Schwalbe comunicó que sus piezas del 105 es-taban siendo sometidas a un fuego nutrido de la artillería pesada rusa. Bruchmüller comprendió al punto que los rusos no atacaban con igual ímpetu en todo el frente, que sus esfuerzos se aplicaban en una dirección determinada. Y al coronel le pareció sentir en sus carnes el acero del enemigo que le tanteaba. Estaba tan estrechamente liga-do a las tropas que esta sensación adquirió una realidad física y, de forma instintiva, se pasó la mano por el pe-cho, como si quisiera calmar aquel dolor inquietante. Pero la sensación continuó llenándole de temor.

Apenas se habían perdido de vista los bombarderos rusos cuando sobre los emplazamientos de la artillería aparecieron sus cazas. Los jefes de las baterías comunica-ron que no estaban en condiciones de abrir fuego: los servidores de las piezas se escondían en los refugios.

—Continuad disparando a cualquier precio y con la máxima intensidad —ordenó el coronel.

De inmediato, todos sus nervios se pusieron en tensión. ¡Diablos! No en vano llevaba el apellido de Bruchmüller. No en vano le conocían y respetaban en el ejército. Era un militar con gran experiencia, decidido y hábil. Cuando estudiaba en la academia, los profesores hablaban de él como de un auténtico representante de la oficialidad alemana.

Toda la maquinaria del Estado Mayor, perfectamente montada y engrasada, pareció estremecerse por el impulso de su voluntad y se puso a trabajar. Sonaron los timbres de los teléfonos, el ayudante y los oficiales inferiores iban muy serios de la sección de telégrafos de campaña al despacho del coronel; la estación de radio funcionaba de manera ininterrumpida; los motociclistas de enlace se bebían presurosos un trago de vodka ruso, se ajustaban los gorros, salían del patio de la escuela y, levantando una estela de polvo, volaban por los caminos y sendas.

Bruchmüller habló personalmente por teléfono con los jefes de las baterías.

Apenas si se habían alejado los cazas rusos, cuando sobre los emplazamientos artilleros aparecieron de nuevo los bombarderos en picado. Bruchmüller comprendió que el jefe ruso se había planteado como objetivo neutralizar y aplastar sus principales fuentes de fuego. Las piezas iban quedando fuera de combate una tras otra. Dos baterías de morteros, con todos sus servidores, habían sido machacadas. Los rusos localizaban metódicamente un emplazamiento tras otro.

Bruchmüller ordenó que un batallón de infantería de la reserva entrase en acción, pero al cabo de unos minutos le comunicaron que los aviones de asalto de los rusos habían atacado en vuelo rasante la columna de camiones cuando esta se dirigía hacia las líneas, dejando caer sobre ella un diluvio de obuses y de balas de ametralladora.

Bruchmüller ordenó al batallón que abandonase los camiones y continuase a pie hasta las posiciones. Tampoco eso fue posible: los rusos abrieron un fuego nutridísimo sobre la carretera hasta convertirla en intransitable. Por primera vez en su vida el coronel experimentaba un sentimiento de impotencia. Una voluntad ajena le estorbaba, confundía sus disposiciones. Aquella súbita sensación de la superioridad del jefe enemigo era insoportable.

De pronto le vino a la memoria cómo hacía un año, mientras se encontraba en Francia, había sentido deseos de presenciar una operación quirúrgica extraordinariamente compleja que debía realizar un profesor famoso, de autoridad universal en el campo de la cirugía cerebral y recién llegado al frente. El profesor introdujo en la nariz del herido anestesiado un instrumento extraño, fino y flexible, semejante a una aguja y a un escalpelo, y con sus ágiles dedos fue insertando más y más aquel objeto brillante. En aquella ocasión le habían explicado a Bruchmüller que el lugar afectado se encontraba en una zona de difícil acceso, más arriba del occipital, y el profesor llevaba su flexible instrumento hacia el lugar afectado, haciéndolo pasar entre el cráneo y el encéfalo. Aquella operación impresionó sobremanera a Bruchmüller. Y ahora, creyó ver en su adversario a un hombre de rostro también afilado y atento, con dedos tan ágiles como los de aquel profesor que, a ciegas, hacía pasar su instrumento de acero entre un mar de delicados ganglios y sensibles membranas vasculares.

El coronel llamó a su ayudante en tono irritado.

–¿Por qué está aún aquí? ¿No es usted artillero y además oficial? Me ha comunicado personalmente la muerte de tres jefes de batería y el heroico fallecimiento del mayor Schwalbe, mi mejor ayudante en el combate.

Su deber militar exige que usted mismo solicite su envío a la línea de fuego. ¿O es que cree que sus obligaciones militares se limitan a los fusilamientos de los ancianos y los niños sospechosos de sentir simpatía hacia los guerrilleros?

–Señor coronel... –empezó ofendido el ayudante, y mientras miraba a Bruchmüller continuó presuroso–: Señor coronel, tengo el honor de rogarle que me envíe a la línea de fuego.

–¡Incorpórese! –ordenó Bruchmüller.

–¿Qué pasa? –preguntó Grünn.

–Lo que pasa es que este ruso está revelando por fin su carácter –replicó Bruchmüller.

El coronel volvió a inclinarse sobre el mapa. El enemigo desplegaba su juego con serenidad. Ahora Bruchmüller veía su verdadera faz. «La infantería rusa ha pasado a atacar el sector de los emplazamientos de nuestra artillería», transmitía la cinta del telégrafo de campaña. En este instante entró corriendo un oficial y exclamó:

–¡Coronel, la artillería pesada rusa hace fuego desde nuestra retaguardia!

–Les ganaré esta partida –dijo Bruchmüller convencido–. No podrán vencerme.

Las puertas chirriaban, el viento abría y cerraba con ruido las ventanas, sacudía un gran cuadro de estudio colgado en la pared. La cabeza velluda y parda del cuadrumano representado en aquel cuadro movido por el viento parecía abrir y cerrar testarudamente sus poderosas mandíbulas.

22

¡La muerte no triunfará!

Los observadores de Rumiántsev estaban situados muy cerca de las líneas alemanas. El teniente Klenovkin, tumbado entre unos arbustos, veía cómo dos oficiales tomaban café y fumaban a la puerta de su refugio. Klenovkin oía sus palabras y vio cómo un telefonista les entregaba un parte y uno de los oficiales, evidentemente el superior, daba órdenes al soldado. Con gesto de amargura, el teniente miró su reloj: qué rabia le daba no haber estudiado alemán en su momento; de conocerlo habría podido enterarse de todo lo que decían los alemanes.

Las baterías de obuses estaban emplazadas en la linde del bosque, a unos mil metros del lugar donde se ocultaba Klenovkin. Allí mismo se había concentrado la infantería. También los heridos se hallaban cerca, acostados en las camillas y en los camiones, preparados para avanzar detrás de la infantería cuando esta se lanzase hacia la brecha.

El telefonista Martínov, echado junto a Klenovkin, contemplaba con especial interés al telefonista alemán. Aquel tipo con el que compartía profesión le parecía ridículo e irritante.

–Tiene jeta de zorro, se ve que es un borrachín –susurró Martínov–, pero si pones en sus manos un aparato de los nuestros no sabrá qué hacer con él, ese… alemán.

Todos, empezando por Klenovkin, oculto junto al blindaje alemán, y terminando con los heridos y el pequeño Lioña, expectantes ante el inicio del ataque en el bosque sumido en la penumbra, tenían los nervios de punta. Todos oían el cañoneo, el ladrido de los automáticos y de las ametralladoras, las explosiones de las bombas de aviación. Sobre las cabezas de los combatientes aullaban con frecuencia los aviones con estrellas rojas y viraban hacia las posiciones alemanas. Sólo haciendo ímprobos esfuerzos lograban contenerse y no saludar con la mano o gritar algo cuando los aparatos entraban en picado y ametrallaban las trincheras alemanas.

También Bogariov era presa de la agitación general. Veía que Rumiántsev y el intrépido y cómico Koslov estaban agotados por el nerviosismo de la espera. Habían finalizado ya las etapas del ataque señaladas y convenidas de antemano. Había pasado la hora convenida para el golpe combinado y aún no se había recibido la señal. Cuando el ruido del combate aumentaba, los jefes interrumpían sus conversaciones, escuchaban atentamente y escrutaban el espacio. Pero no. Mertsálov seguía sin dar la señal.

Estas tropas situadas en la retaguardia de los alemanes percibían el ruido del combate de un modo extraño y poco habitual. Todos los sonidos llegaban con signo inverso: las explosiones de los proyectiles eran rusas; las salvas de la artillería, alemanas; de vez en cuando silbaba sobre sus cabezas una bala perdida, una bala rusa. El tartamudeo de los automáticos y el ladrido de las ametralladoras de los alemanes eran extraordinariamente alarmantes y siniestros. Estos sonidos inversos y desusados del combate también agitaban a la gente.

Los combatientes rojos permanecían echados tras los árboles, entre los matorrales y el cáñamo sin recoger;

aguzaban el oído y observaban atentos el despejado cielo matutino, que sólo en algunos lugares ensombrecían el humo y el polvo.

¡Oh, qué hermosa era la tierra en aquellos momentos! ¡Qué benignos parecían a los hombres sus pliegues pesados, los montículos amarillentos, las vaguadas, los hoyos del bosque cubiertos de bardana! ¡Qué aromas tan deliciosos emanaban de la tierra: el olor del follaje putrefacto, del polvo seco, de la humedad forestal; el olor de los hongos, de las bayas resecas y de las viejas ramas desgajadas! El viento traía de los campos el aroma tibio y nostálgico de las flores y hierbas agostadas; en la penumbra del bosque, súbitamente desgarrada por la luz del sol, lucía como un arco iris una telaraña humedecida por el rocío, que parecía respirar la maravilla de la quietud y de la paz.

Rodímtsev yace de bruces. ¿Estará durmiendo? No, sus ojos escrutan la tierra, el cercano arbusto de agavanzo. Respira ruidosamente, aspirando el olor del bosque. Mira curioso, ávido y reverente todo lo que ocurre a su alrededor: unas hormigas marchan en columna por una ruta casi imperceptible para el ojo humano, arrastrando briznas de hierba seca y palitos. «Quizá también estén en guerra –piensa Rodímtsev–, y estas sean columnas de hormigas movilizadas para la construcción de fortificaciones. También puede ser que alguna hormiga ricachona se esté construyendo una mansión y esta sea una columna de carpinteros y albañiles que van al trabajo.»

Inmenso es el universo que abarcan sus ojos, oyen sus oídos y aspira, con el aire, su nariz. Un metro de tierra en la linde del bosque y un arbusto de agavanzo. ¡Qué grande parece este metro de tierra! ¡Qué rico es este arbusto agostado! Una grieta cruza como un rayo la tierra seca; las hormigas la atraviesan por un puente en rígido orden, una tras otra, y al otro lado esperan pacientemente las que vienen en dirección contraria. Una mariquita, como una comadre gordezuela, engalanada con abigarrada casaca roja, corre de un lado para otro buscando también un paso. ¡Cómo brillaban los ojos del ratón que, levantándose sobre sus patitas traseras, asomó el hociquillo y desapareció raudo entre la hierba susurrante! Las hierbas se doblan ante el embate del aire, se inclinan, cada una a su manera: unas, sumisas, rozan apresuradas la tierra; otras, rebeldes, tiemblan, se enfadan y resisten con todas las fuerzas de su pobre y fino tallo. Y en el arbusto se columpian las bayas del agavanzo: amarillas, rojizas, tostadas por el sol como la arcilla en el horno. Una telaraña, evidentemente abandonada hace mucho por su dueña, es arrastrada por el viento; en ella hay apresadas hojas secas, trocitos de corteza y una bellota que la deforma con su peso. Esta telaraña se asemeja a una red abandonada en la orilla después de la muerte de un pescador.

¡Y cuánta tierra así existe, cuántos bosques, qué infinidad de metros en los que reina la vida! ¡Cuántas auroras más bellas que esta hubo en la vida de Rodímtsev, cuántas lluvias torrenciales de verano, cuántos pájaros cantores, cuánto viento fresco y nieblas nocturnas! ¡Cuánto trabajo! Y qué magníficos eran aquellos instantes cuando llegaba a casa y su mujer le preguntaba adusta, pero con cariño: «¿Quieres comer?», y en la tranquila y cálida isba él comía puré de patatas con mantequilla y contemplaba a sus hijos, los brazos de su mujer tostados por el sol. ¡Y cuánta vida le queda aún por delante! ¿Mucha? Todo puede terminar ahora mismo, dentro de unos cinco minutos. Y centenares de combatientes rojos permanecen como él, tumbados; piensan, recuerdan, miran la tierra, los árboles, los arbustos, aspiran el olor de la mañana. ¡No hay tierra mejor que esta en el mundo!

Ignátiev, meditabundo, dijo a su camarada:

–En una ocasión oí hablar a dos tenientes de los antiaéreos: «Estamos en guerra y alrededor nuestro florecen los jardines y los pájaros trinan, como si nada de todo esto les importase», decían. Creo que no tenían razón; aquellos tenientes no percibieron lo esencial. Esta guerra ha abarcado toda la vida. Tomemos por ejemplo los caballos: ¡cuánto tienen que sufrir los pobres! Recuerdo que cuando estábamos acampados en Rogachov todos los perros corrían a los sótanos en cuanto tocaban la alarma. Allí pude ver una perra que escondía a sus cachorros en una zanja y que cuando terminaba el bombardeo los volvía a sacar. ¡Y los pájaros! ¿Crees que los gansos, las gallinas y los pavos no sufren por culpa de los alemanes? Y aquí, en derredor, en el bosque, veo que las aves se asustan en cuanto aparece un avión; levantan el vuelo en bandada y arman un jaleo de mil demonios, sin saber dónde meterse. ¡Cuántos bosques han sido arruinados; cuántos jardines han sido destruidos! Y ahora estoy pensando: el combate tiene lugar en el campo; aquí hemos echado cuerpo a tierra unos mil hombres y hemos trastornado la vida de todos estos mosquitos y hormigas. Y si los alemanes lanzan gases asfixiantes y nosotros contestamos con lo mismo, se trastornará la vida en todos los campos y en todos los bosques, la guerra alcanzará a los ratones y a los erizos, hasta las mariquitas y los pájaros se asfixiarán sin remedio.

Ignátiev se incorporó y dijo a sus camaradas con tono alegre y triste a la vez:

–¡Oh, qué bueno es vivir en nuestra tierra, muchachos! En un día como este llega uno a comprenderlo; me parece que podría pasarme mil años así, tumbado en el suelo sin aburrirme, porque respiro.

Bogariov escuchaba atento el ruido del combate. De pronto el estruendo de las explosiones comenzó a acallarse: los aviones con estrellas rojas ya no sobrevolaban las posiciones alemanas. ¿Acaso el ataque había sido rechazado?

¿Cabía la posibilidad de que Mertsálov no hubiese podido quebrar lo suficiente la defensa de los alemanes para comenzar junto con Bogariov el ataque simultáneo? La pena oprimió el corazón del comisario. La idea de que Mertsálov pudiese haber fracasado era insoportable, extraordinariamente dolorosa. No veía ya la luz del sol, le parecía que el cielo azul se había cubierto de un velo negro; no veía ya el extenso calvero; todo desapareció de su campo visual, incluso los árboles y los campos. Lo único que llenaba su ser era el odio a los alemanes.

Allí, mientras yacía en la linde del bosque, Bogariov se imaginaba con toda claridad aquella fuerza negra que se extendía por toda la tierra del pueblo. ¡La tierra del pueblo! En los ensueños de Tomás Moro y las utopías de Owen, en las obras de los gloriosos enciclopedistas de Francia, en las memorias de los decembristas, en los artículos de Belinski y de Hertzen, en las cartas de Zheliábov y de Mijáilov, en las palabras del tejedor Alekséiev se expresaba la eterna aspiración de la humanidad a la tierra que no conociera la esclavitud, a la vida construida sobre la base de la razón y la justicia, a la tierra en la que se habría destruido la eterna desigualdad entre los que trabajaban y los que vivían del trabajo ajeno. Miles y miles de revolucionarios rusos habían perecido en la lucha por conquistar esa tierra. Bogariov los conocía como si fueran sus hermanos mayores; había leído todo lo escrito sobre ellos; conocía sus últimas palabras y las cartas enviadas a sus madres e hijos en vísperas de la muerte; conocía sus diarios y conversaciones íntimas, anotadas por aquellos de sus amigos que lograron alcanzar la libertad; conocía su camino hacia los trabajos forzados de Siberia, en los que hacían altos para pernoctar, las cárceles donde les aherrojaban. Bogariov amaba a aquellos hombres y los veneraba como a los seres más entrañables. Muchos de ellos habían trabajado como obreros en Kiev, como sastres en Vilno, como tejedores en Bielostok, en las imprentas de Minsk, ciudades invadidas por los fascistas.

Bogariov amaba su tierra con toda su alma, la tierra conquistada en las duras jornadas de la guerra civil, en los tormentos del hambre. Esta tierra aún llevaba una vida austera, de trabajo duro sometido a rigurosas leyes.

Esta tierra era la patria de los pueblos del mundo, de todos los pueblos, de quienes luchan por la libertad, de las mentes preclaras y de los corazones más generosos. Bogariov estaba dispuesto a dar su vida por ella.

Bogariov paseaba lentamente entre los combatientes echados en el suelo, se detenía de vez en cuando por un instante, les dirigía unas palabras y proseguía sus idas y venidas.

«Si dentro de una hora –pensaba– Mertsálov no da la señal, levantaré a la gente para el ataque y romperemos sin su ayuda la defensa alemana. Exactamente dentro de una hora...»

–Mertsálov tendrá éxito –le decía a Koslov–, no puede ser de otro modo, de lo contrario tendré que reconocer que soy ciego y tonto.

Mientras pasaba entre los combatientes vio a Ignátiev y Rodímtsev, se acercó a ellos y se sentó en la hierba. Le parecía que en aquel momento estaban hablando y pensando lo mismo que él.

–¿De qué habláis? –les preguntó.

–De los mosquitos –respondió Ignátiev con una sonrisa turbada en sus labios.

Bogariov se extrañó y se dijo: «¿Acaso es posible que en esta hora podamos pensar en cosas distintas?».

Decenas de hombres divisaron a la vez la señal: los cohetes rojos que se dirigían en línea oblicua desde las líneas rusas hacia las alemanas. Inmediatamente tronaron los disparos de los obuses. Mil hombres contuvieron la respiración. El trueno de los obuses anunciaba a los alemanes que las tropas rusas se habían infiltrado en su retaguardia.

Bogariov echó una mirada rápida y alegre al campo, estrechó la mano a Koslov, que iba en el flanco derecho, y le dijo:

–Querido amigo, confío en usted. –Aspiró el aire a pleno pulmón y gritó–: ¡Camaradas, adelante! –Y ni un solo hombre quedó tendido en la tierra querida y tibia.

Bogariov corría en cabeza. Un sentimiento desconocido invadía todo su ser: arrastraba con su actitud a los combatientes, y estos, a su vez, unidos a él en un todo único, eterno e indisoluble, parecían empujarle hacia delante. Bogariov oía su respiración, percibía el latido ardiente y rápido de sus corazones. Era el pueblo que reconquistaba su libertad. Bogariov oía el ruido de su carrera: era Rusia, lanzada al ataque. Los hombres corrían cada vez con mayor rapidez y su «¡hurra!» iba creciendo, se fortalecía hasta alcanzar las nubes. A través del estruendo del combate, este «¡hurra!» llegó a oídos de los batallones de Mertsálov, que habían pasado al ataque con la bayoneta; lo oyeron los campesinos en la lejana aldea ocupada por el enemigo; lo oyeron también los pájaros que surcaban el alto cielo.

Los alemanes combatían a la desesperada. Adoptaron con rapidez y habilidad la defensa circular y abrieron fuego de ametralladora. Pero las dos olas de infantería rusa avanzaban una al encuentro de la otra. Los infantes rusos destruían fortines, salvaban de un salto zanjas y trincheras, hacían pedazos cables telefónicos, arrojaban granadas contra vehículos y blindados. Los tanques de acero, empotrados en la tierra, se inflamaron por el destructor fuego ruso. Los coches del Estado Mayor ardían, los convoyes llenos de bienes robados se convertían en astillas.

¿Era posible que poco antes aquellos hombres temiesen pronunciar una palabra en voz alta? ¿Acaso habían sido ellos quienes prestaban oído atento a los gritos de los cuervos, tomándolos por palabras en alemán? El sangriento combate cuerpo a cuerpo duró cuarenta minutos. Los batallones de Mertsálov no sólo oían el «¡hurra!» proveniente de la retaguardia alemana; veían ya los rostros de sus camaradas, cubiertos por el polvo y el sudor del combate; distinguían a los lanzadores de granadas y a los fusileros, las charreteras negras de los artilleros y la estrella roja en el gorro del teniente Koslov. Sin embargo, los alemanes continuaban resistiendo. Quizá no fuese la audacia la única causa de su encono. ¿Tal vez la fe en su invencibilidad, que les embriagaba, no abandonaba a los alemanes en el momento de la derrota? ¿Tal vez los soldados acostumbrados en el transcurso de setecientos días a triunfar no podían ni querían aún comprender que este día, el setecientos uno, era el día de su derrota?

Pero los rusos rompieron la línea del frente. Allí se encontraron los primeros dos soldados, se abrazaron y en medio del estruendo del combate sonó una voz:

–¡Hermano, dame un pitillo, que llevo una semana sin fumar!

Unos ametralladores alemanes cercados levantan las manos; un tirador de automático, de cara pecosa y nariz ganchuda, grita: «¡Ruso, no dispares!» y arroja al suelo su arma negra que, de pronto, se le ha vuelto desagradable. He aquí las primeras filas de prisioneros, con la cabeza gacha, sin gorros, la guerrera desabrochada y los bolsillos vueltos para mostrar que no llevan pistolas ni granadas. He aquí que los soldados rojos sacan del Estado Mayor a los escribientes, telefonistas y radiotelegrafistas. He aquí a nuestros combatientes, de rostro severo y cubierto de polvo, contemplando al coronel alemán que se ha pegado un tiro. He aquí a un oficial joven que cuenta rápidamente con la mirada los cañones y automáticos alemanes, los camiones y tanques abandonados por el enemigo en el campo de batalla.

–¿Dónde está el comisario? –se preguntaban los combatientes.

–¿Dónde está el comisario? –preguntaba Rumiántsev.

–¿Nadie ha visto al comisario? –preguntaba Koslov al tiempo que se enjugaba el sudor de la frente.

–El comisario ha estado todo el tiempo con nosotros –explicaban los combatientes–. El comisario ha estado todo el tiempo con nosotros.

–¿Dónde está el comisario? –preguntaba Mertsálov mientras avanzaba entre los restos de las máquinas cubierto de polvo, sucio, con su guerrera nueva destrozada por las balas.

Y le contestaban:

–El comisario iba a la cabeza, el comisario estaba con nosotros.

Por el campo de batalla ya en calma y abrasado por el sol implacable, entre los charcos de sangre que el calor ya secaba y ennegrecía, entre los tanques humeantes y los chasis retorcidos de los camiones, pasó un pequeño coche blindado de color verde. De él salió Cherednichenko.

–Camarada miembro del Consejo Militar –le informó Mertsálov–, en aquel convoy que se acerca viene su hijo; Bogariov lo ha salvado.

–¡Mi Lioña! –exclamó Cherednichenko–. ¡Mi hijo! ¿Y mi madre?

Cherednichenko miró a Mertsálov, pero este no le contestó y bajó la mirada. Cherednichenko observaba en silencio los camiones que, a lo lejos, iban saliendo del bosque y levantaban el polvo del camino.

–¡Mi hijo! –repitió–. ¡Mi hijo! –Y volviéndose hacia Mertsálov le preguntó–: ¿Dónde está el comisario?

Mertsálov tampoco respondió esta vez.

El viento aúlla en el campo. Desde allí, donde el fuego ya empieza a extinguirse, vienen dos hombres. Todos los conocen. Son el comisario Bogariov y el combatiente rojo Ignátiev. La sangre corre por sus uniformes. Avanzan apoyados el uno en el otro, moviendo sus piernas lentamente, con dificultad. La sangre de ambos, caída en la tierra, se mezcla y los hermana, uniéndolos para siempre en la vida y en la muerte.

22 de junio de 1942
Frente del centro Gómel-Briansk

22 мая 1942 г.

La última página del manuscrito de *El pueblo es inmortal*

Epílogo

1. LITERATURA Y REALIDAD

En febrero de 1942 Grossman visitó una división formada en su totalidad por mineros del Donbás, en la cuenca minera del carbón de Donetsk, al este de Ucrania. Le reconocieron por una fotografía suya que había aparecido en una novela de reciente publicación y cuya acción tiene lugar precisamente en el Donbás: *Stepan Kolchugin*. A Grossman le conmovió la calidez con que le recibieron. Escribió a su padre diciendo que en muchas ocasiones veía ejemplares de sus libros en los refugios y que los hombres hablaban de él como si fuera el protagonista del libro, el propio Stepan Kolchugin.[1] Los mineros consideraban a Grossman uno de los suyos, y los acontecimientos que narra son totalmente verídicos.

En la mayor parte de la obra y la vida de Grossman la frontera entre literatura y realidad es una línea borrosa. La figura de Víktor Shtrum, físico nuclear que protagoniza dos de las novelas de Grossman sobre Stalingrado, se inspira en Lev Shtrum, un físico nuclear judío ucraniano que fue su profesor y que murió ejecutado en 1936.[2] El Víktor Shtrum de su creación prefigura al histórico Andréi Sájarov, también físico nuclear y librepensador parecido a él. Los paralelismos entre Víktor Shtrum y Sájarov son tan cercanos que es tentador imaginar que *Vida y destino* fue, en último término, la causa de que Sájarov abrazara la disidencia. Pero esto es imposible: la primera actuación de Sájarov como disidente sin ambages tuvo lugar en mayo de 1968, cuando difundió un ensayo sobre la libertad intelectual. Como no hay constancia de que leyera *Vida y destino* antes de 1973, el personaje creado por Grossman no sólo es una manera de homenajear a un profesor que fue importante para él: es, también, casi una profecía.

Dos de los personajes principales de *El pueblo es inmortal* –el comisario Bogariov y el capitán Babadzhanián– ofrecen ejemplos similares de este juego de intercambio entre realidad y ficción. La principal línea argumental de la novela se inspira en una historia que contó a Grossman en septiembre de 1941 el comisario de regimiento Nikolái Shliapin sobre su experiencia, a principios de ese mismo verano, cuando lideró a una unidad *ad hoc* de soldados y comandantes del Ejército Rojo y los sacó del cerco alemán. Antony Beevor describe el encuentro de Grossman con Shliapin en el cuartel general del frente de Briansk en *Un escritor en guerra*,[3] y el propio Grossman cuenta la historia de otro modo, ligeramente ficcionada, en *Stalingrado*. La traducción que hace Grossman del relato de Shliapin llena unas seis páginas de sus diarios de guerra. Si comparamos estas páginas con los pasajes correspondientes de la novela veremos hasta qué punto esta última se basa en la realidad. Incluso episodios o conversaciones que podría pensarse que son caprichosos o propagandistas, tienen sus cimientos en los cuadernos de guerra.

Poco después de su encuentro con Grossman, Shliapin fue cercado por segunda vez. En esta ocasión no sobrevivió. Grossman quiso rendirle homenaje y cambió su nombre por el de Bogariov, y así le convirtió en personaje central de *El pueblo es inmortal*, creando una imagen que los lectores encontrarán, sin duda, inspiradora. Según un comisario que escribió al editor del *Red Star*, «Grossman ha sido capaz de crear un personaje veraz, un comisario con voluntad de hierro. Con razón cuando las cosas se ponen difíciles uno se pregunta cómo habría actuado Bogariov en una situación así».[4] Y según un lector de un departamento de Ciencias Políticas que también escribió al *Red Star*, «*El pueblo es inmortal* es una obra de arte perdurable, un libro de texto para nuestros comisarios que pueden, además, leer con placer».[5]

De forma parecida, los dos generales que desempeñaron los principales papeles en la defensa de Stalingrado cuentan lo mucho que significó Tolstói para ellos. El general Rodímtsev dijo que había leído *Guerra y paz* tres veces, y el general Chuikov contó en una entrevista, en 1943, que los generales de Tolstói eran el modelo que él seguía para juzgar su propia actuación.[6] Existe, por tanto, un movimiento biunívoco: la literatura se inspira en la realidad, y las personas de carne y hueso se inspiran en los personajes literarios. Esto puede afirmarse sin duda en el caso de Rusia, donde la literatura lleva mucho tiempo desempeñando un papel sociopolítico de excepcional importancia.

En el caso de Babadzhanián la relación entre literatura y realidad es aún más compleja. En septiembre de 1941 Grossman quería escribir sobre el Regimiento de Fusileros 395, que ocupaba una modesta área de terreno en la orilla oeste del río Kleven, en Ucrania. Grossman solicitó permiso para visitar este regimiento y hablar con su comandante, el capitán Hamazasp Babadzhanián, y sus soldados. Como las autoridades estimaron que sería muy arriesgado, le denegaron el permiso. Seis meses después, cuando le informaron de que Babadzhanián había resultado muerto en combate, Grossman puso su nombre al capitán Babadzhanián de *El pueblo es inmortal*. Sin embargo, en 1944 Grossman visitó una brigada de tanques en Ucrania, cenó con su comandante y se dio cuenta de que aquel era el mismo Babadzhanián que había luchado en el río Kleven tres años antes. Babadzhanián dijo, afable: «¡Pero si usted me mató!», y Grossman replicó: «Yo le maté, pero puedo devolverle a la vida». Los dos hombres mantuvieron una buena relación y en 1945 Grossman le entrevistó en Berlín, cuando alcanzó el rango de coronel. Tomando como base esta entrevista Grossman publicó un artículo titulado «Un oficial soviético».

Las ideas de Grossman permanecieron inamovibles con el correr del tiempo. Lo que más le importó durante la guerra fue mantenerse fiel a sí mismo hasta el fin de su vida. El verdadero Babadzhanián sirvió a Grossman no sólo como modelo para el joven comandante de infantería de *El pueblo es inmortal*, sino para el coronel Nóvikov de *Stalingrado* y de *Vida y destino*. Las ideas de Nóvikov sobre las maniobras rápidas con los tanques y la importancia de la coordinación entre estos, la aviación, la infantería y la artillería, se han tomado del artículo de Grossman sobre el coronel Babadzhanián. Y lo que es más importante: tanto Babadzhanián como Nóvikov despliegan un valor de un tinte muy poco habitual. Actúan con decisión y según su propio criterio incluso cuando ello implique ignorar las órdenes de sus superiores. La victoria de Babadzhanián en Yelnia, tal como se narra en el artículo, es el modelo de la exitosa maniobra del cuerpo de tanques en la batalla de Stalingrado; del mismo modo que Babadzhanián ignora las

órdenes directas del comandante de su división, Nóvikov se salta las del propio Stalin.

La justificación que dio Stalin a los desastres de los primeros meses de guerra fue que los alemanes estaban, en
aquel momento, mejor equipados que ellos, con tanques y aviones.[7] Muchos historiadores contemporáneos
lo ponen en duda, y afirman que no era tanto una cuestión de superioridad técnica de los alemanes como de
superioridad organizativa: su habilidad en el manejo
de tanques, aviones y otros equipos de manera eficaz y
coordinada. En *El pueblo es inmortal* Grossman repite
la explicación de Stalin, y puede que en aquel momento
se la creyera. De lo que sí se dio cuenta fue de que había
un factor aún más decisivo: la incompetencia del mando militar soviético.

En 1937, en el momento álgido de las purgas, Stalin
había apartado de sus cargos a muchos de sus más emi-
nentes militares de alta graduación: tres de los cinco mariscales con que contaba, trece de los quince comandantes y un número similar de generales. Algunos fueron
ejecutados, otros simplemente destituidos. Los dos más
brillantes y adelantados en su forma de pensar, el mariscal Tujachevski y el comandante Iona Yakir, fueron ejecutados, acusados –absurdamente– de alta traición. En
habilidad de previsión y capacidad táctica Tujachevski y
Yakir igualaron a Heinz Guderian y a Erwin Rommel
y, como ellos, defendieron una actuación bélica altamen-
te dinámica, que entrañaba una estrecha cooperación
entre los tanques y los aviones. Si aún hubieran estado
vivos en el verano de 1941, si su talento militar y sus conocimientos se hubieran valorado en la Unión Soviética
como se valoraron los de Rommel y Guderian en Alema-

nia, las primeras fases de la Operación Barbarroja podrían haber sido muy distintas. Pero el Ejército Rojo depositó un exceso de confianza en el sistema de defensas fijas, la mayoría de las cuales resultó tan ineficaz como la Línea Maginot en Francia.

Los hombres que sustituyeron a los mariscales y generales de alto rango ejecutados o destituidos eran muy jóvenes en su mayoría, y no era difícil intimidarles. A finales de verano y en otoño de 1941 ya estaban todos aterrados de ser acusados o responsabilizados según la draconiana Orden Stavka núm. 270, que prohibía todo repliegue no autorizado y exigía a todos los soldados que lucharan hasta la muerte, incluso en situación de acorralamiento. De los comandantes se esperaba, además, que estuvieran presentes en el campo de batalla, no que dirigieran una operación desde un puesto de mando en la retaguardia.

La falta de experiencia y el pánico a que les tomaran por cabezas de turco, hizo casi imposible que cualquier comandante respondiera con libertad y creatividad ante una situación que cambiaba de día en día. Por una parte, las unidades llegaban a la batalla sin la menor preparación; por otra, se esperaba que resistieran en posiciones defensivas que eran claramente insostenibles. Grossman fue testigo de esto varias veces. También estaba al tanto de que en junio de 1941 Stalin había dejado a sus fuerzas armadas sin ninguna preparación para una invasión alemana que sus agentes de inteligencia habían calificado de inevitable. En sus cuadernos escribió Grossman: «Cuando empezó la guerra muchos de nuestros comandantes de alto rango o generales estaban de vacaciones en Sochi. A muchos tanques les estaban cambiando el motor, muchas unidades de artillería no tenían bombas y muchos aviones carecían de combustible». [8]

El retrato que esboza Grossman de Bogariov y Babadzhanián está idealizado: lo que perseguía era rendir homenaje a dos hombres a los que admiraba. Sin embargo, al ser prácticamente intachables, ninguna de estas dos figuras cuenta con margen para evolucionar. El comandante del regimiento Mertsálov, sin embargo, cambia mucho a lo largo de la novela; con la ayuda de Bogariov aprende una lección importante. El Mertsálov que conocemos en los capítulos iniciales, con todo su buen humor y su valentía, que tan atractivo le hacen, encarna los defectos principales de los comandantes soviéticos durante el primer año de contienda. El Mertsálov de los últimos capítulos encarna la esperanza de Grossman: una esperanza de cambio que, en muchos aspectos, se cumplió.

El nombre de Mertsálov se deriva del verbo *mertsat*, que significa «brillar». Durante la llamada «guerra de invierno» contra Finlandia, en 1939-1940, Mertsálov recibió la más elevada condecoración de la Unión Soviética: la de Héroe de la Unión Soviética. Sin duda, es un hombre acostumbrado a despertar la admiración. No nos sorprende que se quede estupefacto cuando, en el capítulo diez, Bogariov le somete a una crítica feroz y le acusa de estar más que dispuesto a hacer de héroe o, mejor dicho, a lanzarse de cabeza a una forma de heroísmo inconsciente y ciego. En lugar de exponer a sus hombres, sugiere Bogariov, Mertsálov debería quedarse en su puesto de mando y empeñarse en la tarea, mucho más exigente y responsable, de coordinar las acciones de sus diversas unidades. A Mertsálov le hieren esas críticas, pero al final demuestra tener el corazón suficiente para aprovechar sus beneficios.

Mertsálov interactúa con los alemanes en tres ocasiones. Su primera batalla es una victoria parcial que no puede capitalizar a causa de una planificación deficiente. La segunda es un fracaso desalentador. La batalla final, sin embargo, es todo un éxito, y Grossman se extiende bastante explicando cómo y por qué lo consigue. Primero, Mertsálov había «elaborado su plan de batalla de un modo completamente novedoso, casi con rigor académico». Segundo, dirige la batalla desde un puesto de mando de la retaguardia, lo que le permite mantener una comunicación eficaz con sus subordinados. Y tercero, tiene la valentía, la flexibilidad y la creatividad necesarias para cambiar totalmente de plan cuando se da cuenta de que las estrategias iniciales están fracasando; entre otras cosas, este cambio de planes implica retirar a su infantería sin autorización. Mertsálov contraviene así la Orden núm. 270 en al menos dos aspectos. Si su cambio de plan hubiera fallado, probablemente le habrían pegado un tiro, como ya le advirtió su jefe de Estado Mayor.

Grossman describe el cambio de plan de Mertsálov como un momento de auténtica creatividad, un conocimiento que surge de lo más hondo de su ser. En sus dos novelas sobre Stalingrado Grossman escribe en términos similares sobre esos momentos en que Víktor Shtrum profundiza en la estructura del núcleo atómico. Y en un artículo publicado en 1944 escribe, y no con menor admiración, sobre un joven zapador que presenta un revolucionario método para salvar un puente al que han prendido fuego los alemanes en retirada. Este zapador va a toda velocidad hasta el puente y lanza unas granadas de mano al río que pasa por debajo: surgen así enormes chorros de agua que apagan las llamas.[9] La importancia de la independencia, la inspiración, la apertura de mente y la alerta en todos los campos del pensamiento y la acción, desde la investigación científica y la creatividad artística a la representación de una danza o las actividades rutinarias de la vida cotidiana, es tema central de la obra de Grossman.

En una carta escrita el 25 de febrero de 1942, unas seis semanas antes de empezar a trabajar en *El pueblo es inmortal*, Grossman escribió a su padre: «Qué gente tan extraordinaria tenemos aquí... ¡Y son tantos! Qué modestia, qué sencillez. Y qué amabilidad, sin menoscabo de la gravedad que se le supone a un soldado». El retrato que hace Grossman de Semión Ignátiev y de sus compañeros de la soldadesca puede parecer idealizado, pero triunfa a la hora de mostrarnos el mundo a través de los ojos de esos hombres. Su descripción de los nuevos reclutas cuando marchan por los campos sin cosechar y reconocen los cultivos de diferentes cereales «por el susurro de los granos que caían, por el crujido de la paja bajo las botas, por el murmullo de las espigas que se enganchaban a las guerreras» suena a pura verdad. Su relato de los sentimientos de Ignátiev cuando observa a los alemanes durante su recreo, bebiendo, comiendo o divirtiéndose en un pueblo como el suyo, resulta igual de convincente. Vale la pena recordar también que Ignátiev, como Bogariov, un intelectual leído e instruido, sirve muchas veces de altavoz para difundir las ideas y sentimientos del propio Grossman. La preocupación de Ignátiev por el daño que la guerra está causando a aves, insectos y animales, es la misma que siente Grossman y que expresará con mayor detalle en *Stalingrado*.

Ignátiev es honorable, una persona de fiar, pero también es un poco embustero. Y disfruta contando «ingeniosas historietas, cómicas y espeluznantes a la vez, de soldados rojos con los cuales Hitler entablaba pelea». Tanto Ignátiev como el protagonista de las historias que cuenta tienen mucho en común con el héroe embustero que encontramos en el poema épico cómico de Aleksándr

Tvardovski, Vasili Tiorkin. Ignátiev cuenta sus historias y toca la guitarra; Tiorkin canta y toca la concertina. Ambos luchan en un duelo cuerpo a cuerpo con un soldado alemán. El antagonista de Ignátiev representa al «dios de una guerra injusta»; el de Tiorkin representa a la muerte. Grossman y Tvardovski se conocían bien, y Grossman estaba escribiendo *El pueblo es inmortal* al mismo tiempo que Tvardovski componía su poema. El *Red Star* publicó la novela de Grossman en julio y agosto de 1942, y el poema de Tvardovski alcanzó gran popularidad en septiembre de ese mismo año. La mención que hace Grossman de las historias que narra Ignátiev puede ser un reconocimiento amable del trabajo de su colega escritor, o puede que se trate, simplemente, de que tanto Grossman como Tvardovski bebieron para inspirarse de la misma fuente, pues los soldados del Ejército Rojo contaban historias llenas de humor sobre las hazañas picarescas de soldados como Tiorkin. A fin de cuentas, muchos de los cuentos tradicionales del folclore ruso tradicional tienen héroes parecidos: osados, astutos y con suerte.[10]

Como siempre, el sentido del equilibrio de Grossman es certero. El final optimista de la historia es, casi con toda seguridad, una sincera expresión de fe por su parte, y él es consciente de su deber de instilar la esperanza en sus lectores. Pero en ningún momento aparta la mirada del dolor y el sufrimiento que subyacen al camino que lleva a la victoria. Babadzhanián y Nevtúlov están muertos. A María Timoféyevna, la madre de Cherednichenko, le han pegado un tiro, un incidente que refleja sin duda la ansiedad de Grossman por el destino de su propia madre, a la que no consiguió convencer de que se reuniera con él en Moscú. En cuanto al párrafo final, con su afirmación de la eterna hermandad entre el soldado y el comisario del Ejército Rojo, este es un buen ejemplo de la capacidad única de Grossman para infundir nueva vida a un cliché soviético.

En uno de los primeros capítulos Babadzhanián dice a un alto mando que está muy preocupado por el cumplimiento del reglamento militar: «¡Déjese usted de normas! Yo sólo conozco una norma: ¡la victoria!». En un momento clave, hacia el final de la novela, mientras se prepara para acometer un nuevo plan de batalla, Mertsálov recuerda esas palabras. El comentario, en apariencia tan simple, de Babadzhanián es otro ejemplo de la capacidad de Grossman para conciliar dos exigencias que entran en conflicto. Pocos escritores pueden formular dos frases memorables tan breves, que son a un tiempo extraordinariamente críticas con el sistema militar y perfectas para levantar la moral a las tropas. Las palabras de Babadzhanián adquieren aún más fuerza por su vinculación con la queja de Mertsálov, poco antes, sobre la obsesión del jefe del Estado Mayor con «normas y formas». Y es difícil imaginar a nadie, ya sea un soldado raso o un alto mando, poniendo alguna objeción a estas palabras que podrían, incluso, haber complacido al mismísimo Stalin.

2. VERSIÓN MANUSCRITA Y VERSIÓN MECANOGRAFIADA

Tanto el manuscrito como la versión mecanografiada originales de *El pueblo es inmortal* pueden consultarse y estudiarse en el archivo literario principal del Estado, que se encuentra en Moscú.[11] Ambos tienen fecha del 22 de junio de 1941, primer aniversario de la invasión alemana, pero es una fecha claramente simbólica: el 12 de junio Grossman escribía en una carta a su padre: «Las cosas parecen marchar bien con mi novela. El editor la leyó ayer y la ha alabado mucho. Me mandó llamar por la noche y me cubrió de besos. Dijo una serie de palabras halagadoras y prometió publicarla en el *Red Star* sin cortes».[12] Hay otros dos textos mecanografiados con correcciones del autor y del editor en la sección del archivo estatal dedicado al periódico *Znamia*, que volvió a publicar la novela en agosto de 1942, inmediatamente después del *Red Star*.

Ruinas de Gómel. 8 de agosto de 1941

El manuscrito es el más largo de todas las versiones. Incluye no sólo pasajes eliminados por el propio Grossman, sino otros omitidos posteriormente y cortados por editores y censores. Junto con la versión mecanografiada, en la que aparecen algunos pasajes en versiones abreviadas o directamente eliminados, uno puede hacerse a la idea de cuál era el método de trabajo de Grossman. También permite reincorporar pasajes que, cabe pensar, se omitieron contra el deseo de Grossman.

Muchas de las omisiones más interesantes se refieren a Bogariov. En el manuscrito, además de ser un vehículo para la experiencia del cerco vivida por Nikolái Shliapin, este hombre tiene muchas cosas en común con Grossman: como Grossman, carece de formación militar y ha caído, procedente de su estudio, en lo que él llama el «caldero ígneo de la guerra». Como a Grossman, le perturba profundamente el bombardeo de Gómel. Como Grossman, es un librepensador, un intelectual con un amplio abanico de intereses y simpatiza con la primera generación de revolucionarios rusos.

Hay varios párrafos del manuscrito dedicados a la carrera prebélica de Bogariov, que había sido filósofo de plantilla en el Instituto Marx-Engels-Lenin. Fundado en 1921, era una institución independiente y muy seria, dedicada a la investigación archivística y cuya principal función era publicar ediciones académicas de las obras de Marx y Engels y otros marxistas de primera época: Gueorgui Plejánov, Paul Lafargue, Karl Kautsky, Franz Mehring y Rosa Luxemburg. Habían planeado incluso publicar la obra de uno de los principales opositores ideológicos a Marx: el filósofo anarquista Mijaíl Bakunin. Todo esto nos da una idea de un sorprendente grado de apertura de mente. No es de extrañar que Víctor Serge, feroz crítico de Stalin, haya alabado la institución diciendo de su fundador y director, David Borisovich Riazánov: «Él solo nunca dejó de clamar contra la pena de muerte, incluso durante la época del Terror, y nunca cesó de exigir la limitación estricta de los derechos de la Cheka y su institución sucesora, la OGPU.[13] Heréticos de todo tipo, socialistas mencheviques u opositores de izquierda y de derecha, encontraron en el instituto paz y trabajo, a cambio únicamente de su amor por el conocimiento».[14]

Pero en 1927 se empezó a consolidar el poder de Stalin, y la labor investigadora del instituto quedó restringida. En 1931 Riazánov fue arrestado y exiliado a Sarátov. Esto marcó el final del instituto como organización independiente. Más de la mitad de los 243 empleados fueron despedidos y el instituto acabó en manos del Comité Central del Partido Comunista. Durante las dos décadas siguientes tuvieron lugar las purgas contra los riazanovitas, y el propio Riazánov fue arrestado de nuevo en 1938 y fusilado.

En el manuscrito, Bogariov aparece retratado como un riazanovita: estudia documentos del archivo, participa en debates filosóficos y se encuentra inmerso en la escritura de una larga obra teórica; los directores del instituto e incluso del Comité Central participan activamente en su investigación. Grossman debió darse cuenta de que esto era inaceptable y eliminó del manuscrito la mayor parte de los pasajes sobre los intereses filosóficos de Bogariov, para recrearle como un simple «profesor de marxismo-leninismo en uno de los institutos de enseñanza superior más importantes de Moscú». Pero estos actos de autocensura, por ejemplo, no bastaron para aplacar a los editores de Grossman. La larga conversación de Bogariov con el viejo abogado se eliminó de la versión publicada en el Red Star, y unos cuantos fragmentos más quedaron fuera de las ediciones publicadas posteriormente.

Puede que Grossman conociera personalmente a Riazánov, tal vez a través de su prima Nadia Almaz, cuya estrecha relación con Víctor Serge le valió un arresto en 1933 y el posterior exilio. De lo que no hay duda es de que Grossman quiso homenajear a Riazánov, aunque sólo pudiera hacerlo a través de unas cuantas pistas de lo más sutiles. Una de tan sutiles pistas se encuentra en el primer capítulo, y es una mención de las cartas enviadas por Marx a Lafargue; Grossman –y al menos unos pocos lectores suyos– tenía que saber que fue Riazánov el primero que publicó su correspondencia. En el manuscrito, Bogariov dice a su esposa: «He sentido un verdadero placer leyendo unas cartas extraordinarias de Marx dirigidas a Lafargue: las acaban de encontrar en un viejo archivo». La versión de este párrafo que da el *Red Star* es idéntica, excepto en una cosa: se ha omitido el término «extraordinarias» *(izumitel'nykh)*. En el texto de los últimos libros publicados, sin embargo, esta frase se ha recortado y queda en «He leído una carta de Marx». Aquí al menos Grossman parece haber estado luchando en una batalla perdida.

Grossman se considera muchas veces un escritor relativamente simple y directo; sabe cómo dirigirse a una masa de lectores y tiene escasas simpatías por el hermetismo de muchos de los escritores modernistas. En su testamento personal, *Que el bien os acompañe*, escribió: «A veces pienso que la poesía del siglo XX, a pesar de todo su esplendor, no tiene tanta humanidad ni pasión como la que impregna la gran poesía del siglo XIX. Como si la poesía se hubiera trasladado de una panadería a una joyería y los grandes joyeros hubiesen sustituido a los grandes panaderos». Sería, sin embargo, un gran error dar por hecho que toda la obra de Grossman es completamente transparente. Igual que Isaak Bábel y Andréi Platónov sabía bien cómo explotar las insinuaciones y los silencios. A veces la censura le dificultaba mucho algo tan simple como insinuar una cuestión importante, como lo que intentó hacer con las cartas de Marx a Lafargue. Cuando quedaba claro que un tema era tabú, adoptaba una estrategia diferente. Más que limitarse a guardar silencio, se salía de su camino para atraer la atención hacia el silencio, incitando así a los lectores a pensar por sí mismos y descubrir qué podía ser lo que dejaba sin mencionar.

Así, en el transcurso de la novela, Bogariov participa en tres conversaciones, todas largas e importantes: la primera en Gómel, con el viejo abogado, sobre las políticas de Lenin en 1917; esta conversación se encuentra en el manuscrito, pero se omite en todas las versiones publicadas. La segunda conversación la mantiene con Cherednichenko. Grossman enfatiza la importancia que tuvo esta conversación para los dos hombres, pero no dice ni una palabra –ni siquiera en el manuscrito– sobre lo que han hablado: «En las conversaciones con Bogariov, el comisario sufría una metamorfosis completa: dejaba a un lado su mutismo y una vez incluso se quedó con Bogariov en su despacho casi hasta el amanecer. En aquella ocasión el secretario no podía dar crédito a lo que oía: el comisario hablaba de forma locuaz y apasionada. Cuando el secretario entró en el despacho, los dos interlocutores estaban inquietos, mas no parecía que hubiesen estado discutiendo; se diría que habían mantenido una conversación de extraordinaria importancia para los dos». Si leemos entre líneas no nos quedará duda de que Bogariov y Cherednichenko están hablando de historia y de política, y criticando a Stalin. Esta interpretación se confirma en dos de los pasajes que hemos recuperado del manuscrito: el relato del trabajo de Bogariov en el Instituto Marx-Engels-Lenin y la exhortación de Bogariov a sus hombres en el bosque. En lugar de la acostumbrada invocación de Stalin su conclusión es: «Los corazones que laten en vuestro pecho son de Lenin», lo que resulta sorprendente. Y la total ausencia de menciones a Stalin en cualquier versión de la novela llama mucho la atención.

Grossman nos cuenta igualmente muy poco sobre la larga conversación nocturna de Bogariov con Ignátiev. Lo único que dice es: «Pero aquella noche el comisario [Bogariov] habló e Ignátiev escuchó». También aquí, sin embargo, el lector puede inferir que los dos hombres han estado hablando de la dureza general de la vida de un campesino y, sobre todo, de la colectivización y la subsiguiente hambruna. Eso queda claro en las últimas palabras de Ignátiev en la conversación: «Ha habido de todo, a veces no tenía qué llevarme a la boca, pero mi vida me pertenecía a mí». Ignátiev ya había dicho eso cuando le llamaron a filas: la guerra no le parecía un asunto de importancia. Sin duda él contemplaba el reclutamiento como una imposición más de un gobierno brutal. Pero después de ser testigo del bombardeo de Gómel y la muerte de Vera, y después de escuchar a Bogariov, Ignátiev siente un amor profundo y renovado por su patria, y no le queda duda de que vale la pena luchar por ella.

Sin embargo, hay otros aspectos en los que el estudio del manuscrito original atestigua la determinación de Grossman: escribir respetando la verdad. Igual que Mertsálov, Grossman tuvo que esforzarse por evitar el heroísmo fácil, sostener las riendas del trabajo y no dejarse llevar. Su primera versión del comienzo de la batalla en el koljós es teatral y colorida:

> Cuando el centinela disparó una ráfaga de su automático, el soldado rojo se encontraba a apenas quince metros del heno. Una de las balas le dio en la mano izquierda, pero se las arregló para lanzar una botella de líquido inflamable al almiar más grande.

El soldado salió corriendo, y el centinela fue tras él gritando y disparando ráfagas con el automático. Otros centinelas que estaban de pie junto a los tanques corrieron también en dirección al soldado. Este se detuvo de repente, gritó alegremente unas cuantas obscenidades en ruso y lanzó una granada a los alemanes antes de deslizarse al interior de una cuneta cubierta de hierbajos y césped muy crecidos y llenos de polvo. Desde allí emprendió el camino de regreso al manzanal. En ese momento los alemanes ya le habían perdido de vista, y lo único que podían hacer era disparar al aire, tratando de averiguar su paradero por el ruido que hacía al correr entre los manzanos, rozándose contra sus frondosas copas. Esta acción tan osada sirvió en gran medida para garantizar el éxito de la batalla nocturna.

Todo ello suena demasiado bueno para ser verdad. Al darse cuenta de ello, Grossman eliminó ambos párrafos y los sustituyó por una cruda exposición de los hechos: «Cuando [el centinela] reaccionó y apretó el gatillo de su automático, el soldado rojo se encontraba ya a escasos metros del heno. Tuvo tiempo de lanzar una botella de líquido inflamable contra uno de los almiares y cayó muerto». Y en la versión mecanografiada Grossman añadió unas palabras más a una oración que hay al principio de este episodio. Y como por casualidad, como si no tuviera importancia, menciona que nadie recordaba el nombre de ese soldado. La muerte de un único soldado, de hecho, no tarda mucho en olvidarse en una guerra entre dos grandes Estados. Pero en la visión de Grossman fueron estas acciones sencillas de arrojo individual las que condujeron al Ejército Rojo a la victoria.

El tratamiento directo y sencillo que Grossman da a la muerte no coincidía con las remilgadas convenciones, casi neoclásicas, de la literatura bélica soviética, y no nos sorprende que la mayor parte de las descripciones de los muertos y los moribundos fuera expurgada y quedara debilitada por la autocensura o por la intervención editorial. El ejemplo más claro de esto es el pasaje sobre los dos cadáveres, el del viejo abogado y el de Vera, la joven refugiada, en el capítulo que trata sobre el bombardeo de Gómel. Primero borró Grossman el párrafo que dice «Era difícil reconocer al viejo por lo desfigurado que estaba su cuerpo.» En una fase posterior, ya trabajando con la versión mecanografiada, sus editores eliminaron otras dos frases: «el torso, la caja torácica y el cráneo aparecían deformados y machacados». El siguiente párrafo decía, originalmente: «El carretero, acostumbrado aparentemente a tratar con cadáveres, cogió sin miramientos a la muchacha por los pies y dijo cabreado: "¡Eh!, ¿quién me echa una mano?"».

Aquí también se autocensura Grossman, consciente sin duda de que tanta claridad era inaceptable. Su versión final, suavizada, dice simplemente: «El carretero cogió a la muchacha por los pies y dijo: "¡Eh!, ¿quién me echa una mano?"».

3. *RED STAR*, *PRAVDA*, EL LIBRO PUBLICADO Y LAS PRIMERAS TRADUCCIONES

El pueblo es inmortal se publicó por entregas en varios números del *Red Star*, del 19 de julio al 12 de agosto de 1942. Evidentemente, esto determinó la estructura de la novela. Grossman sabía que muchos de sus lectores no podían contar con recibir todos los números del periódico, así que dividió la novela en dieciocho capítulos breves, y decidió que cada uno de ellos fuera relativamente independiente. Esta forma de estructurar el libro también le facilitaría, posteriormente, la preparación de una versión más corta, de trece capítulos, que publicaría *Pravda* como novela breve.

Entre los lectores de la versión de *Pravda* estaba Vladímir Minorski, un profesor de Estudios Persas en la Universidad de Londres. Profundamente impresionado, Minorski escribió a Grossman y a Thomas Hudson-Williams, colega orientalista y lingüista de gran talento que había publicado ya traducciones de Pushkin, Lérmontov, Gógol y otros clásicos rusos al galés. Hudson-Williams tradujo enseguida *El pueblo es inmortal*, y su versión se publicó en 1945 en Caernarfon. La primera traducción al inglés, realizada por Elizabeth Donnelly y Rose Prokofiev, se había publicado en Moscú en 1943, y una adaptación un poco chapucera de esta, titulada *No Beautiful Nights*, en Nueva York en 1944. La traducción de Donnelly y Prokofiev volvió a publicarse en Londres en 1945.

Las últimas revisiones al texto ruso las hizo Grossman en verano u otoño de 1945, ya terminada la guerra. Hizo varios cambios en el orden de los capítulos y dividió algunos de ellos en dos. La nueva versión, de veintidós capítulos, incluía algunos pasajes que no se habían incluido en publicaciones anteriores. Grossman decidió, además, omitir algunas de las expresiones más duras de odio contra los alemanes y su deseo de venganza; sin duda, debió considerar que el momento de fomentar esos sentimientos había pasado ya.

Es esta versión revisada y aumentada la que *Pravda* publicó de nuevo en un libro independiente en 1945, con una tirada de doscientos mil ejemplares, la que se volvería a imprimir en *Años de guerra (Gody voiny)* en 1945, 1946 y 1947, y en todas las ediciones rusas posteriores. Y es esta versión, con la adición de numerosos pasajes inéditos hasta ahora pero que estaban en el manuscrito y en la versión mecanografiada, la que ha proporcionado las bases para esta nueva edición que ahora publicamos.

ROBERT CHANDLER y JULIA VOLOHOVA,
septiembre de 2021

Notas

INTRODUCCIÓN

1. Vasili Grossman, *Años de guerra* (Barcelona: Galaxia Gutenberg, 2009), p. 487. Las notas de la introducción y el epílogo son de Robert Chandler.

2. Ibid.

3. Frank Ellis, *Vasiliy Grossman* (Oxford: Berg, 1944), p. 48. Hay relatos similares de gente que leyó los primeros artículos de Grossman en Leningrado, durante el bloqueo; algunos de ellos se citan en A. Bocharov, *Vasily Grossman: Zhizn', tvorchestvo, sud'ba* (Moscú: Sovesky pisatel', 1990), p. 132.

4. Versión española: *Años de guerra* (Barcelona: Galaxia Gutenberg, 2009).

EL PUEBLO ES INMORTAL

1. El lector de esta edición española podrá reconocer los fragmentos nunca publicados hasta ahora por estar impresos en gris, en vez de en negro como el resto del texto. De esta manera, podrá juzgar por sí mismo las intervenciones de los editores y censores soviéticos. *(N. del E.)*

2. Denominación coloquial del caza soviético monomotor I-16. Salvo indicación contraria, todas las notas son de Andrei Kozinets.

3. Calzado de corteza de abedul, usado en el campo.

4. La operación de conquista de Grecia, conocida en la historiografía bajo el nombre «Marita» (*Unternehmen Marita*, en alemán) se prolongó por más tiempo del que indica el autor. Comenzó el 6 de abril con la invasión alemana desde el territorio búlgaro y finalizó no antes del 30 de abril, en el momento en que el ejército germano alcanzó la costa sur griega. La conquista de Grecia se completó un mes después, cuando los alemanes ocuparon Creta.

5. Literalmente, «El observador del Pueblo»; periódico oficial del Partido Nacionalsocialista alemán desde 1920.

6. Maurice Gustave Gamelin (París, 20 de septiembre de 1872-París, 18 de abril de 1958) fue un general francés, comandante en jefe del ejército de su país durante la primera fase de la Segunda Guerra Mundial (1939-1940), en lo que se conoció como *«drôle de guerre»* o la Guerra de broma.

7. Mijaíl Ilariónovich Kutúzov: militar ruso de alto rango que se convirtió en el principal artífice de la victoria rusa en las guerras napoleónicas.

8. Abreviatura de *Kollektívnoye Joziáistvo*: explotación agrícola colectiva. Los koljoses fueron creados en el marco de la colectivización obligatoria de la agricultura (1929-1931) con el fin de suprimir la propiedad privada e introducir el pleno control del Partido Comunista sobre la economía y la vida social del campo.

9. La de Héroe de la Unión Soviética era la máxima distinción superior en la antigua Unión Soviética. Incluía la Orden de Lenin y la medalla de la Estrella Dorada.

10. Ese fragmento se reproduce del manuscrito mecanografiado que se conserva en el Archivo Principal de Literatura de la Federación de Rusia. Grossman llevó a cabo la corrección de estilo de dicho fragmento.

11. Abreviatura de *Sovétskoye Jozyáistvo*: asociación del consejo o soviet. Así se denominaba a las explotaciones agrícolas que en la Unión Soviética dependían directamente del Estado, sin carácter cooperativo.

12. Campesinos y agricultores que poseían propiedades y contrataban a trabajadores. Entre 1929 y 1932 el régimen de

Stalin emprendió una dura campaña de represión política, la deskulakización.

13. Este era el nombre por el que se conocía a los campesinos rusos hasta la Revolución de 1917.

14. Una desiatina equivale aproximadamente a una hectárea.

15. Semión Mijáilovich Budionni (1883-1973), militar soviético que tuvo un papel destacado como oficial de la Caballería Roja y llegó a ser nombrado mariscal de la Unión Soviética en 1935.

16. Nombre por el que eran conocidos los aviones de combate soviéticos *Ilyushin*.

17. Ese cargo correspondía a Stalin.

18. Fecha en que se inició la Unternehmen Barbarossa (Operación Barbarroja), nombre en clave que dio Hitler a la invasión de la Unión Soviética por las fuerzas del Eje.

19. Bebida de centeno fermentada.

20. Líder de la comunidad en la tradición eslava.

21. Madre.

22. Se trata de la orden extraordinaria núm. 270 del Mando Supremo del Ejército Rojo del 16 de agosto de 1941, reproducida en parte en las páginas 15-16, que castigaba con pena de muerte a quienes «desertaran» del campo de batalla aun teniendo que combatir rodeados por el enemigo o cayeran prisioneros. Sus familias podían ser encarceladas y privadas de todo apoyo económico estatal.

23. Muerte negra.

EPÍLOGO

1. Alexandra Popoff, *Vasili Grossman y el siglo soviético* (Barcelona: Crítica, 2020).

2. Véase Grossman, *Stalingrado* (Barcelona: Galaxia Gutenberg, 2020), pp. xviii–xx.

3. *Un escritor en guerra*, pp. 31-35.

4. Gosudarstvennyi literaturnyi muzei, otdel rukopisei, f. 76, op. 1, ed. khr. 6.

5. Ibid.

6. Jochen Hellbeck, *Stalingrado. La ciudad que derrotó al Tercer Reich* (Barcelona: Galaxia Gutenberg, 2018), pp. 525-527.

7. I. V. Stalin, O *Velikoi Otechestvennoi voine Sovetskogo Soiuza* (Moscú, 1947), p. 24.

8. *Gody voiny*, 1989, p. 249.

9. Véase «La fuerza creadora de la victoria» en *Años de guerra* (1946), p. 572.

10. En A. Bocharov, *Vasily Grossman*, pp. 123-126, se encuentra una discusión bien fundamentada de las similitudes entre Ignátiev y Tiorkin.

11. RGALI, 1710-1-88 y 1710-1-89.

12. Véase Beevor, *Un escritor en guerra*, p. 113. La traducción está revisada.

13. Los servicios de seguridad soviéticos cambiaron de nombre muchas veces; los más importantes de esos nombres, en ocasiones acrónimos, por orden cronológico, fueron: Cheka, OGPU, NKVD y KGB.

14. Victor Serge, *Memorias de un mundo desaparecido* (México: Siglo XXI, 2002), p. 291. En 1903, el Partido socialdemócrata ruso de los trabajadores se dividió en dos facciones, que se conocerían después como bolcheviques (liderados por Lenin) y mencheviques. Tras morir Lenin en 1924 se formaron dos grupos que se oponían al ascenso al poder de Stalin: la Oposición de izquierda (encabezada por Lev Trotski) y la Oposición de derecha (liderada por Nikolái Bujarin).

Índice

EL PUEBLO ES INMORTAL